人文社科
高校学术研究论著丛刊

文化视阈下的日本文学发展研究

任艳慧 刘艳丽 著

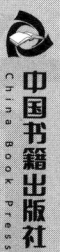

中国书籍出版社
China Book Press

图书在版编目(CIP)数据

文化视阈下的日本文学发展研究 / 任艳慧,刘艳丽著. --北京:中国书籍出版社,2020.10
ISBN 978-7-5068-8049-7

Ⅰ.①文… Ⅱ.①任… ②刘… Ⅲ.①日本文学—文学研究 Ⅳ.①I313.06

中国版本图书馆 CIP 数据核字(2020)第 206262 号

文化视阈下的日本文学发展研究

任艳慧 刘艳丽 著

丛书策划	谭 鹏 武 斌
责任编辑	吴化强
责任印制	孙马飞 马 芝
封面设计	东方美迪
出版发行	中国书籍出版社
地　　址	北京市丰台区三路居路 97 号(邮编:100073)
电　　话	(010)52257143(总编室)　(010)52257140(发行部)
电子邮箱	eo@chinabp.com.cn
经　　销	全国新华书店
印　　厂	三河市德贤弘印务有限公司
开　　本	710 毫米×1000 毫米　1/16
字　　数	237 千字
印　　张	13.25
版　　次	2021 年 10 月第 1 版
印　　次	2021 年 10 月第 1 次印刷
书　　号	ISBN 978-7-5068-8049-7
定　　价	70.00 元

版权所有　翻印必究

目　录

上篇　古代时期的日本文学

第一章　日本文学的起源 ······ 1
- 第一节　口头文学的出现与发展 ······ 1
- 第二节　汉字、汉籍的传入与文字文学的诞生 ······ 4

第二章　古代日本歌谣的产生与演变 ······ 9
- 第一节　上代和平安朝的歌谣 ······ 9
- 第二节　小歌与中世歌谣的发展 ······ 13
- 第三节　三味线的传入与近世歌谣的出现 ······ 15

第三章　古代日本诗歌的出现与繁荣 ······ 18
- 第一节　古代和歌的集大成者——《万叶集》 ······ 18
- 第二节　平安朝和歌的复苏与《古今和歌集》 ······ 22
- 第三节　歌人的集团化与中世的和歌 ······ 26
- 第四节　汉诗的兴起与繁荣 ······ 29

第四章　古代日本散文的兴起与发展 ······ 34
- 第一节　《竹取物语》与散文文学的诞生 ······ 34
- 第二节　《源氏物语》与物语文学发展的高峰 ······ 36
- 第三节　《平家物语》等与军记物语的兴起 ······ 40
- 第四节　《枕草子》与随笔文学的诞生 ······ 46
- 第五节　《方丈记》等与随笔的庶民化发展 ······ 50
- 第六节　日记纪行文学的创作与流行 ······ 53

第五章　古代日本戏剧的出台与发展 ······ 59
- 第一节　日本戏剧的起源 ······ 59
- 第二节　能乐的诞生及其舞台艺术特色 ······ 62

— 1 —

第三节　能狂言分离与狂言的发展 …………………………… 70
第四节　从净琉璃发展到歌舞伎 …………………………… 74
第五节　古代日本戏剧创作的代表人物——近松门左卫门 …… 81

第六章　古代日本小说的产生与流行　85
第一节　假名草子与近世小说的萌芽 …………………………… 85
第二节　浮世草子与近世小说的诞生 …………………………… 87
第三节　读本小说的出现与繁荣 …………………………… 90
第四节　洒落本小说的产生与分化 …………………………… 94
第五节　滑稽本的产生与发展 …………………………… 95
第六节　曲亭马琴与传奇小说的创作 …………………………… 97

下篇　近现代日本文学

第七章　日本文学的近现代转型 ……………………………… 102
第一节　启蒙思潮与文学观念的更新 …………………………… 102
第二节　近现代文学中"自我"的确立 …………………………… 107
第三节　当代日本文学的走向 …………………………… 109

第八章　近现代日本诗歌的转变与发展　113
第一节　高村光太郎等与日本现代诗歌的开展 ……………… 113
第二节　蒲原有明等与象征诗的创作 …………………………… 117
第三节　浪漫主义诗歌创作 …………………………… 122
第四节　荒原、历程、列岛三诗派的创作 ……………………… 127
第五节　新生代诗人的诗歌创作 …………………………… 132

第九章　近现代日本戏剧的改良与多元化发展　136
第一节　近代戏曲的探索与改革 …………………………… 136
第二节　新剧运动与话剧的兴起 …………………………… 140
第三节　现代戏剧的直接起点——筑地小剧场运动 ………… 147
第四节　村山知义等与无产阶级戏剧的创作 ………………… 149
第五节　战后戏剧的新发展 …………………………… 157

第十章　近现代日本小说的成长与发展 …… 166

第一节　二叶亭四迷等与现实主义小说的创作 …… 166
第二节　小林多喜二等与无产阶级小说的创作 …… 172
第三节　森鸥外等与浪漫主义小说的创作 …… 175
第四节　田山花袋等与自然主义小说的创作 …… 180
第五节　三岛由纪夫与唯美主义小说的创作 …… 186
第六节　川端康成等与现代主义小说的创作 …… 189
第七节　芥川龙之介等与历史小说的创作 …… 193

参考文献 …… 199

上篇　古代时期的日本文学

第一章　日本文学的起源

日本文学有着悠久的历史，在口头文学的原初阶段，已经形成了咒语、祝词系列、神话传说系列和原初歌谣系列。口头文学为后来文字文学的诞生奠定了重要的基础，与此同时，汉字和汉籍的传入也对日本文学产生了极大的影响。此后，在不断的发展中，日本文学逐渐形成了。

第一节　口头文学的出现与发展

口头文学又可以称为说话文学，口头文学指的是以神话、传说和童话为素材的具有一定文学性内容和形式的作品，广义上应该包含上代的叙事文学，狭义上主要指平安时代到室町时代所编撰的《日本灵异记》《今昔物语》《十训超》《古今著闻》等。《日本灵异记》基本上按照时代顺序，以佛教在日本的发生、传播和发展进行组织排列，它对日本口头文学有着非常重要的影响，成为日本后世口头文学集子的滥觞。《今昔物语》为日本口头文学的代表性杰作，这部作品规模庞大，内容丰富。《今昔物语》是一部类书，其中收录的故事大都是摘录于先前的各类典籍，其每篇故事的形式也较为固定，这样便于编撰者以传承者的身份对所使用的资料进行改编，同时又可以使来自不同出处、不同作品的说话归于统一的形式之下。口头文学一般具有叙事性、传奇性、寓言性和大众性等特点，作品的个性和艺术性相对低下，但是较为明显地反映了民众的信仰、生活智慧以及爱好等，是研究同时代文学文化、社会制度等方面的重要素材。

日本最原始的信仰，是以山、树木和岩石等自然物体为对象的。从奈良县三轮山大神神社一带发现的最古的祭祀遗迹来看，三轮山的南麓、西麓由巨石组成磐座，上面置有滑石制玉类和土制祭器等物，这是将三轮山体作为"神体"来祭祀的。这类遗迹是相当多的，以"自然灵"和"精灵"为对象的祭祀，就成为上古日本的一种仪式。开始萌生自然崇拜、万物有灵的原始信仰。当时有这样的习俗：制作女性为主的土偶特别突出其生殖器，制作石棒象征男性的生殖器官，显示出一种神秘的创造特征。还有陪葬物——原初的人·神同形的小土偶，含有咒术的意味，可见上古日本先人开始对"死灵"有了朦胧的认识。

从中国相继传入青铜器、铁器和农耕技术以后，古代日本迎来了以金属器为特征的时代。随着生产工具的改良和人的群居生活品质的提高，日本上古的社会、经济和文化，以及生活方式发生了根本性的变革，对神的观念也发生了变化。由信仰以自然物为对象的"自然灵"和"精灵"，变为信仰与农业有关的"稻田神"。当时的祭祀以农事为中心，祭祀的内容千差万别，包括对人的生与死、生殖、成年、葬仪、镇火、住行等。比如，火焰纹土陶器以火焰纹饰，表现了原始人在自然环境中求生存的力量；陪葬的土偶，以女偶为主，含有与女性生殖能力结合的要素。同时，根据某些出土土偶的姿势来判断，也有似是表现咒术者的念咒姿态。因此，可以想象这个时期已有向神念咒的场面，即原初祭祀仪式的萌芽。这反映了当时原始人对"死灵"与"生灵"的认识有了提高，转向了对"死灵"的信仰。开始从咒术的阶段走向祭祀的阶段。

咒语为口头文学系列之一。上古的日本原始人相信语言的生命力和感应力，相信语言具有灵性和咒力，就是具有内在的神灵。于是便试图通过咒术的手段，达到他们实现人的最原始本能的求生克死的愿望。所以，未开化人举行咒术的仪式，通过咒语，以感应自然界，获得生的渴求、灵魂的救赎和共同体的安定。他们以为这种种愿望可以通过人对自然界和自然界对人的相互交流和感应作用而达到。未开化人这种生活和行动，都是受咒术支配的。咒术分为黑咒术和白咒术。在《古事记》中，关于黑咒术有这样的记载：在兄弟山幸与山幸的神话故事里，弟山幸弄失了兄海幸的钓钩。山幸破剑，做了500个、1000个钩作赔偿，海幸都不要，偏要原来的钓钩。山幸求助于海神，海神从鱼群中找回那个钩，交给山幸，并授予咒语"这个钩是烦恼钩、着急钩、贫穷钩、愚蠢钩"，以对付海幸。山幸按海神所教，将钩还给海幸时念了上述咒语，从此海幸更加贫穷，并起了恶心，攻击山幸。山幸拿出涨潮珠来溺死他；海幸哀求时，又拿出退潮珠来挽救他，使他受苦以作惩罚。另外在《古事记》《日本书纪》和《风土记》中还记述了不少神颂土地和人生光明的咒语，这些属白咒术。

这种咒术所使用的语言，与日常性的具有传达意思功能的语言不同，是神授的语言，有感应的功能，语言更加洗练化。作为最原始的咒术宗教的发展，咒术仪式的内容和形式不断充实，形成了多样的性格。从咒术内容来说，有祈愿渔猎丰收的经济行为、维持共同体安定的政治行为，在个人

第一章　日本文学的起源

的抚慰救赎灵魂这点上又有宗教的行为。从形式来说，有语言部分，这是咒术祭祀仪式不可或缺的组成部分；也有行为部分，就是念咒时的手舞足蹈。从内容与形式的总体结构来说，它是一种最原始的宗教现象，也是一种作为口头文学的咒语和作为原始歌舞未分化的文化现象。由此可见，咒语这种最早的"言灵（语言的精灵）信仰"，是以语言作为表现媒体的文化和文学的胚胎，咒术的内容与形式成为文化整体未分化的母胎。

作为口头文学系列之二的日本神话、传说，其本身也是"言灵思想"的产物。这一口头文学的生活意识，究其原型都可以还原为"言灵思想"。古代文献的"神代记"所载大国主神创造出云国，特别提到："乃兴言曰，'夫苇原中国，本自荒芒。至及磐石草木成能强暴。然，吾已催伏，莫不和顺。'"同时提到："然，彼此多有萤火光神及蝇声邪神，复有草木咸能言语。"这里所载的磐石、草木是十分理解"言灵"的。它们以此对抗强暴或邪神，目的是满足对现实的要求，其实现的方法是把人的语言能力理想化。《续日本纪》也写道："日本这倭国是言灵丰富的国家，有古语流传下来，有神语传承下来。"这说明日本神话、传说这类口头文学"向佛也向神"，以神为主流，用自己独特的"言灵"来探索宇宙的开辟、神灵的显现、人类的起源、国土的创造等。

也就是说，上古先民生活在原始的状态，对混沌的世界不甚了然，把许多未能把握的社会现象和自然现象都归结到"神代"的事，将一切神化，以此对种种混沌的现象作出自己的解释。因此，日本神话分为四大类；第一类是天地创始神话；第二类是自然生成神话；第三类是文化始源神话；第四类是风土神话。《古事记》就这样记录了天地始分的混沌状态："世界尚幼稚，如浮脂然。如水母然，漂浮不定之时，有物如芦芽萌长，便化为神。"这段神话，在说明天地是对等的世界时，将伊邪那岐、伊邪那美二神，作为阴阳的体现，伊邪那岐是天神、伊邪那美是地神，通过他们的和合，生成绵亘天地的世界和万物。

从作为口头文学系列之三的原始歌谣的发展历程来看，最初是从一种对生活的悲喜的本能感动发声开始的，比如劳动的配合、信仰的希求、性欲的冲动和战斗的呼号，内容多为殡葬、祭祀，以及渔猎、农耕、狩猎、战斗、求婚、喜宴等，与上古人的实际生活密切相关，纯粹是一种原始情绪和朴素感情的表现。古代的原始歌谣，在未形成独立歌谣之前，是与咒语、祝词、神话传说相生的一种复合文学形态，同时也是一种诗歌、音乐、舞蹈的混合体。关于歌谣的研究第二章会有详细论述，这里不再赘述。

就现存文献来考察日本文学的起源，基本上分两大类别：一类是感动起源说、性欲起源说，这种说法认为文学完全产生于个人心理动机，即由人的心理本能的感动而产生,比如对自然的感动和对性欲的感动而产生的原初歌谣;另一类是信仰起源说、劳动起源说,认为是产生于社会的动机,即由共同体的生活行动需要而引起的感动所产生,比如信仰生活仪式等需要而产生的咒语、祝词,在战斗中、劳动中产生的原初歌谣。它们成为最初的文学艺术,都不是出于纯粹美的动机。前者是个人内部的动机,后者是社会外部的动机,无论哪种动机,如果要将语言的表现构成文学,离开人的喜与悲的感动力是不可能的。如果只有内部动机,人的心理本能离开了外部事件的触发,就很难引起感动,也就不会产生文学;同样,如果只有社会的动机和外部的触发,没有引起感动,也不会产生文学。只有内部动机与外部动机交叉作用才会产生文学。也就是说,不能简单地将文学起源归结为哪一种动机,包括通常的劳动起源说,文学只有在以上各种动机的相互关联中才能产生。

所以,从最初产生文学现象起,内部与外部、个人与共同体、事件的触发与感动的产生、口诵与歌舞等多组的因素都是相互关联的,是一个综合的运动过程。文学和文学史发生的可能性,存在于这个运动的过程之始与之中。口头文学便这样开始在人类历史上占有自己的独立的一页。

概而言之,根据上古的文物发现及其后的文献记载,上古以前,日本仍然处在诸种文化的混杂状态,文学尚未从历史、政治和宗教中分化出来成为一个独立的实体,而是笼统地包容在整个文化中,处在混沌的阶段。

第二节 汉字、汉籍的传入与文字文学的诞生

日本从口头文学到文字文学的发展,有赖于汉字的传入和日本文字的产生,尤其是汉籍的初传日本,对于推动文字文学的诞生起到了很大的作用。本节就将对汉字、汉籍的传入与文字文学的诞生进行阐述。

一、汉字、汉籍的传入

没有文字的日本,经历了漫长的口头文学时期,到了5世纪初期的应神天皇时期,我国的汉字由百济的阿直岐和王仁等传入日本,而由文字记载的文学实质上始于7世纪。

汉籍初传有种种说法,但文献涉及者,主要有徐福赴日初传、神功皇后从新罗带回、王仁上贡《论语》和《千字文》三种说法。《论语》《千字文》是儒学和汉字在日本普及的启蒙书籍。在日本文献上,以重视这一说者居多。《古语拾遗》记述了大和朝廷在王仁献书之后,初设"藏部",收藏包括汉籍

第一章　日本文学的起源

在内的官物。据这些文献记载,在大化(645)之前,日本的教育主要以儒学和文字教育为基础。

6世纪的继体天皇时代,传入了更多的儒学书籍。继体七年(513)五经博士段杨尔、三年后五经博士汉高安茂先后赴日,带去《易经》《诗经》《书经》《春秋》《礼记》五种儒籍经典。所谓五经博士,是指精通五经的学问家。继儒学经典之后,传入了佛教艺术与经书。关于佛教何时初传日本,众说纷纭。一说是据《上宫圣德法王帝说》载,由百济圣明王与大和苏我稻目事前计划,于538年向大和朝廷派使者,携去佛像、太子像的同时,还带去了佛典。另一说据《日本书纪》载,于552年即钦明天皇接受百济送来的"释迦佛金铜佛"和佛典。

汉字和汉籍儒佛经典的传入,给日本人学习汉字、汉文带来很大的促进作用,掀起了讲授汉籍和诵读佛典的风潮,成为日本人活用汉籍的文字表达以及吸收佛教、儒学思想的契机。圣德太子引进当时我国中央集权统治下的五常儒学思想,以《论语》的"为政以德"作为其政治体制改革的参照系,建立官僚制取代氏族的门阀制。他制定的《十七条宪法》,大量引用《千字文》《论语》《礼记》《易经》《尚书》《左传》《韩非子》等儒学经典,而且广泛吸收《诗经》《文选》等韵文、散文古典和《史记》等具有文学价值的史书的精神和文章法,乃至不少条文直接沿用了上述我国经典的遣词造句。所以,《十七条宪法》虽是成文法,却受到了包括我国文学古典在内的汉籍的影响,语言朴实,文章优美,颇富文学性,代表了当时文章的最高水平。

为了推动推古朝的改革,圣德太子在积极吸收我国的先进儒学文化和制度的同时,大力推进遣隋外交。于推古十五年(607)派出小野妹子等前后五次的遣隋使;推古二十六年(618)唐灭隋后,他继续派出遣唐使(在其后派遣唐使共19次,至894年终止,持续了260余年),带回大批儒佛经典,广为流布,不仅促进了儒学和佛教的进一步传播,也为引进汉文学开辟了道路。推古朝及圣德太子的上述业绩对于日本文化划时代的发展起到了不可忽视的作用。首先最显著的是,不仅促进了日本古代文字文学的诞生,而且所引进的儒佛思想对日本古代文学产生了深远的影响。另一方面,从口头文学到文字文学的过渡期,由于日本没有固有文字,仍需借助汉字来表达,给文字化带来很大的制约,在假名文字未被创造出来以前,口头文学与文字文学之间仍存在断层。但是,大体上以这个时期为界,日本文学从口头传诵进入了文字文学的过渡时期。推古朝以后,传承了大量木简、金石文(即墓碑铭、佛像和铜钟上的刻文)的重要资料,经过长期的努力,至奈良朝终结的200年间,从创造出一种具有口头辞章特色的文体,着手编纂《古事记》,到采用多种不同文体编写《常陆风土记》《播磨风土记》

《日本书纪》《出云风土记》，这样许多口头文学也就通过这些文字文学而得以流传后世，从而也完成了日本古代从口诵的原始文学到文字文学的过渡。

二、文字文学的诞生

汉字汉籍的传入极大程度上催生了日本文字文学的诞生。《古事记》是日本现存最古老的书籍，是日本古代文字文学的滥觞，成书于和铜五年（712），分上中下三卷。作者太安万侣，生卒年不详，史学家。《古事记》既是一部最古的典籍，也是第一部朴素地再现从上古传承下来的口头文学的书籍。

天武天皇于673年即位后，下诏修订诸家所传的"帝纪本辞"，以便传于后世，帝纪为历代天皇的谱系及重要事件的记录，本辞则为神话传说以及有关氏族起源的传承。天武天皇让舍人（侍从）稗田阿礼背诵熟记帝皇的继承和先代的旧辞，但天武天皇于天武十五年（686）驾崩，此事业中断。元明天皇继承天武天皇未竟之业，迁都平城京。翌年，命太安万侣撰录稗田阿礼所诵习的历代帝皇继位之事和旧辞。稗田阿礼向太安万侣口传时，以天皇敕令诵习的旧辞为中心，加上继承的神话传说和相关的原初歌谣，这便成为《古事记》的主要内容，它不仅具有历史性，而且具有文学性。因此可以归纳地说，《古事记》具有历史性和文学性两方面的内容。

《古事记》分为上中下三卷，上卷记述了从天地开辟至神武天皇诞生，全部都是"神代"的事，即旧辞——神话和传说；中卷记述了从第一代神武天皇至第十五代应神天皇期间的世代传说；下卷叙述"人代"即仁德至推古的人皇时代的事迹，其间穿插着112首歌谣。全书以日式汉语体为基调，歌谣则采用了一字一音的表音方式，严格地保留了古日本语的形式。需要注意的是，中卷从神武天皇东征始到应神天皇驾崩，虚构与史实混杂，有的属于历史传说，不完全是帝纪；下卷从仁德天皇到推古天皇，基本上属于帝纪。

全书由神话传说、古代歌谣和宗谱史传三部分构成。尽管编著的动机不是作为文学作品，但从实际结果来看，它以朴素的上古神话、传说作为素材，也反映了文学意识的最初抬头。而且还在朴素地再现的神话、传说的叙事中，编织了112首上代朴素的歌谣，加强了叙事中的抒情性，也反映了古代日本人的生活感情。这些歌谣，包括祭祀歌、恋爱歌、求婚歌、战斗歌、酒宴歌、送葬歌、思乡歌等，都是与当时先人的生活结合起来的。在这里尤其值得强调的是，在以大国主神（八千矛神）为中心的传说、倭建命的东征

第一章　日本文学的起源

和思乡、轻太子与轻大郎女的悲恋等的传说中,充分发挥了文学的想象力,在技巧上运用各种比喻和夸张的同时,编入了许多素朴纯真而又富含感情的歌谣。比如有名的"八千矛神的歌话"就唱出:"张开白皙的双臂,紧紧拥抱柔雪般的酥胸,枕着白玉般的双手,双腿伸平美美地做个好梦。"这种接近浪漫的抒情歌的恋爱歌谣与散文融合的形式,增加了文艺上的叙事抒情诗的性格。同时,作为独立歌的"八云神咏歌"——"云霭腾腾起,出云的八重垣,与妻子共住,造一个八重垣,造一个八重垣",初含五七五七七歌体的某些要素,不仅孕育着日本民族诗歌——短歌的胚胎,而且涌动着文学意识。这是《古事记》的一个特色。在这里还可以发现其后出现在日本文学史上的"歌物语"形态的源流的存在。尤其是轻太子与轻大郎女恋爱的故事,插入对歌,以及最后殉情事件的描写,叙事与抒情结合,颇具文学性,开了日本古代此类文学主题的先例。

《古事记》问世 8 年后,即元正天皇养老四年(720)又编撰了《日本书纪》,《日本书纪》是一部在我国的史书影响下产生的编年体史书,从书名和内容来看,也许当时的构想是要编撰一部像我国的《汉书》《唐书》那样的《日本书》,而结果只编成了《日本书》之帝王本纪。全书共 30 卷,由舍人亲王负责编撰。其中前两卷为神代记。余 28 卷则是从神武天皇至持统天皇的纪事,按照编年体编著。神代记两卷内容包括神世七代、八洲起源、诸神出生、瑞珠盟约、宝镜出现、宝剑出现、天孙降临、海宫游行、神皇承运等神话、传说。但从整体上说,《日本书纪》不以神话、传说为主,而以记载史实为重,且尊重古传,尽量保持正史的特质。因此作为国史,它比《古事记》较为详尽周密。编撰者特别参考了我国的《史记》《汉书》《后汉书》《魏志》等大量史籍,采用我国编史的干支纪年法,重视史料,广泛参照和录用《古事记》等日本国内的古文献,比如各氏族的家记、诸寺院的缘起。此外,还借用《文选》《艺文类聚》等一些作品中的用语来进行润色,比如,开篇云:

　　古天地未剖,阴阳不分,混沌如鸡子,溟涬而含牙。

其中的"天地未剖,阴阳不分"摘自《淮南子》,"混沌如鸡子"与《太平御览》《艺文类聚》中的语句类似。这里不仅借用了我国把天地视为阴阳的概念,而且几乎完全借用了我国关于天地开辟的描述。

从总体来说,《古事记》倾向于叙述故事,而《日本书纪》是记录史实,有不少地方的叙述形象生动,具有非常强的文学性。这部书纪具有文学性的另一重要因素,就是记载了128首原初歌谣,不仅比《古事记》多16首,而且在与《古事记》重复或类同的58首歌中,对歌的本意的理解是不尽相同的。比如,它将本是独立歌的"八云神咏歌",组合在本文歌中,没有加上说明文字,就使之具有不同的文学意识。书中还首次出现童谣,在皇极纪中讲述苏我入鹿试图暗杀山背大兄,拥立古人大兄为天皇一节,在逼真生动的叙述中,推出"岩石头上猴烧饭,光吃白米又何妨,斑白乱发似山羊"这样一首童谣。以猴子要烧死山羊,暗喻苏我要弄死老翁山背大兄之意,赋予它文学上的讽刺性并创造了戏剧性结构之美。

总的来说,《日本书纪》更富历史书的性格,作为史书的价值大于《古事记》,然而在文学光彩方面,则略有逊色。但以神代的神话、传说以及人皇历代的传说和歌谣为主体的部分,文章的表现之美,还是确立了它与《古事记》在日本古代文学史上的重要地位。从口头文学到文字文学的过渡阶段,它们起到了不可磨灭的历史作用。

第二章　古代日本歌谣的产生与演变

　　歌谣起源于原始共同体社会的民间舞蹈。歌谣又有民谣与艺谣之别。前者为最原始的歌谣,产生于民众的共同生活之中,除歌词与音乐之外,多伴有舞蹈,未分化出演唱者与听众。民谣的起源,同民族生活一样历史悠久,在未掌握文字的远古,当人们共同劳作、共同祭祀时,口中常常响起歌声,以此来增强他们的共同意识,巩固他们的共同生活。广泛流传于民间的歌谣,随大和朝廷国家统一的实现和政治进步,经宫廷礼仪而输入中央,其中有许多歌谣一方面为适应宫廷礼仪而发生了若干变化,另一方面又作为宫廷大歌①而被演奏、流传下来。作为《古事记》和《日本书纪》素材的歌谣,不少取材于宫廷大歌。大体而言,古代日本歌谣的产生和演变,大致经历了上代、平安朝、中世和近世。

第一节　上代和平安朝的歌谣

　　在没有文字的时代,歌谣是以口耳相传的形式在民间流传的,即使是在文字产生以后,也可以推测到作为口头文学的古代歌谣的存在,这些统称为上代歌谣或古代歌谣。在汉字传入日本以后,一部分被用汉字作为表音文字记录在《古事记》《日本书纪》中,后世特称之为"记纪歌谣"。此外,尚有相当数量的上代歌谣被整理记录在日本最古的诗歌总集《万叶集》内,归入作者未详的歌卷中。还有一些收录在《风土记》《古语拾遗》《琴歌谱》等作品中。大约共有300首。

　　歌谣本来是有歌词、音乐甚至舞蹈的。在《日本书纪·神武纪》中有这样的文字:

　　　　是为来目歌。今乐府奏此歌者,犹有手量大小,及音声巨细。此古之遗式也。

　　这些文字是为了解释"来目歌"的。"乐府"是日本古代按照我国的做法在宫廷里设立的掌管音乐、歌谣的机构。当乐府奏这首"来目歌"时,舞

---

① 大歌:古时日本宫廷祭祀活动时采用的歌。

蹈手势的大小、声音的粗细都是有区别的。这是对原始歌谣形态的一个最好的说明。

歌谣是在原始的共同生活中产生的,往往属于即兴发挥,所以很快就会被人遗忘。只有在重复举行的社会活动及集体性仪式上产生的歌谣,才会流传下来。古代在春秋两季举行的"歌垣"①便是歌谣产生和流传的重要场所。"歌垣"起源于预祝丰收和感谢丰收的宗教礼仪,后来,这种宗教性逐渐减退,变成了春秋两季男女在山上对歌、游乐的集体活动。比如《常陆国风土记·香岛郡》讲述了一对少男少女的故事。少男名叫那贺寒田让郎子,少女名叫海上安是嬢子,他们是各自村里最漂亮的男子和女子,互相闻名,心仪已久,但无缘相见。终于,在"歌垣"上,他们邂逅,互相作歌倾诉思恋之情。像这样"歌垣"场上对歌产生的歌谣,成了恋爱歌谣产生的基础。

上代歌谣的内容涉及恋爱、狩猎、捕捞、农耕等古代生活,歌体有片歌、旋头歌、短歌、长歌等,几乎包含了后世和歌的各种形式。只是音数没有统一为五音七音,有不少是不定型的歌谣形式。不过,歌谣本身具有音乐性,歌谣的不定型并不影响它的音乐感。相比记纪歌谣而言,《万叶集》中的歌谣在音数上已经趋于定型化,应该属于歌谣向定型化和歌过渡时期的产物。只是《万叶集》中的歌谣类和歌虽然在音数上已经具有了和歌的特征,但是在其所表达的内容或情感上依然脱离不了歌谣的集团性,在表现形式上也具有明显的歌谣特征。

另外,由于上代歌谣的大部分出现在《古事记》《日本书纪》《风土记》等作品中,而这些书籍主要是用于记录天皇及其氏族的神话传说或地方史志,所以其中的歌谣并非作为独立的歌谣加以记录,而是散记在神话或传说中。

日本南方岛屿较完整地保存了古代文化,日本民俗学者小野重郎认为南方岛屿古歌谣中生产叙事歌叙述了创始神开创万业的神话。在上代歌谣中有一些歌具备了与南方歌谣中的生产叙事歌相同的构思与形式。例如,《日本书纪·神功皇后摄政》有这样一首歌:

此一神酒	非我酿出	司酒之神	万世常住
少彦名命	尊贵灵妙	口诵祝福	随身起舞
一边狂舞	一边热诵	酿成此酒	无比珍贵
今献与君	无须多虑	万盏千巡	莫使杯空

---

① 歌垣:古时男女相聚对歌起舞的一种娱乐活动。

第二章　古代日本歌谣的产生与演变

　　这首歌是神功皇后前往位于越前敦贺的气比神社参拜时为祝贺誉田别皇太子平安回归，设下酒宴向皇太子敬酒时所唱诵的。虽是赞颂美酒，却回归到酿成此酒的初始的神话世界，强调是神明所酿。这虽不是在酿酒现场所唱诵的歌，但回到初始时间来叙事的这一形式及构思与南方岛屿叙事歌有所类似。

　　与这种以诞生于神明而来的再现创始情景中的神言与神业为基本表现形式相类似，因古代歌谣而引起注意的是来自咒术和咒语的表现形式。这从以下的歌谣中可以看到。

《日本书纪·神武天皇》：

　　有天皇的威势庇护的来目族兵将家的篱笆下
　　在那粟米地里长着一棵浓香的韭菜
　　好似把这香韭从根到叶尖上的嫩芽通通拔去一般
　　把敌人一举消灭光

　　好似有天皇的威势庇护的来目族兵将家篱笆下种的花椒无比辛辣一般
　　把那总是辛辣刺舌的敌人铭刻在心
　　一定要消灭光

《古事记》下卷：

　　好似那初濑山的大小山峰分别插立着旗帜一般
　　大小相依早已定　　我那爱妻哟
　　不论是睡或是醒　　永远护卫你身边　　我那爱妻哟

　　在那初濑川的上游　　打下神圣木桩挂上宝镜
　　在那清澈的下游　　打下木桩挂上玉珠
　　如这宝镜玉珠般珍贵的爱妻哟
　　你可健在无恙　　想起你哟欲回家　　思乡心更切

　　前面两首据《日本书纪》记载，是神武天皇为了给在孔舍卫之战中了敌方之箭阵亡的兄长五濑命报仇所咏。"来目族兵将家篱笆下粟米地里的香韭""篱笆下种的花椒"这些比喻假如只看作修辞，倒不觉得是特别卓越的表现方式。咒术是将确实可行的情况与希望出现的情况作比拟，诅咒所用词句大多运用重复表现方式。这两首是从将已经实现的拔去香韭的行为，花椒的辛辣味道作为比喻来表现希望讨伐敌人这一对重复使用的诅咒词句发展而成的歌谣。

后面两首是与同母胞妹大郎女相恋被问通奸罪而双双自杀的年轻太子思恋其妹时所咏。与前二首相比是抒情性较强的歌谣，但歌谣的题材中交织着咒术，全体的构成为：

  A. 已经实现了的事情 B. 希望得以实现的类似情况

这种比拟运用的是基于希望 B 如同 A 一般得以实现的咒术，可以认为在日语中一般被称作序词的修辞法原本是从法咒的词句以及宗教的祭神文辞中产生的。

记纪歌谣之后，在平安朝前期流行的有作为宫廷歌谣的"神乐歌""催马乐"。神乐歌是在皇宫或与皇室关系密切的神社里举行祭祀仪式时歌唱的"神事歌谣"。原来的神乐是在大尝祭琴歌神宴时表演的一种在琴伴奏下颂神的乐舞，这一时期，它融合了地方的神游歌而加以舞蹈化，发展为民间的土风歌舞，形成和风的艺能。催马乐的内容比神乐更自由而富于变化。它本来是西藏地区的地方恋歌，传入日本后发展出来的形式已经不局限于表现爱情了，但是在歌词中仍然夹杂着一些藏语，歌曲透射出的是西域草原豪放的风格，现在日本民俗乐中还可以听到一些类似"催马乐"的很明显和"和风"曲调不一样的歌曲调子。催马乐在风格上充满野趣，有短歌、旋头歌、杂体等多种形式，现存最古的催马乐谱《催马乐抄》收入 61 首乐谱。《源氏物语》中共引用了催马乐 23 曲之多。神乐歌伴奏的乐器并不多，而催马乐已经有多种多样的乐器伴奏，其音乐性得到了加强。神乐歌和催马乐吸收了不少各地传承下来的歌谣，当时的贵族们四处采风，将流传到民间的歌谣按照宫廷雅乐的风格编曲。催马乐使用的乐器有龙笛、筚篥、笙、筝、琵琶和打击乐器笏拍。演唱者中，领唱 1 人（手持笏拍），伴唱 8 人，催马乐的乐曲以领唱者的独唱开始（这部分没有伴奏），以后转为齐唱和合奏。

到了平安中期，产生了独特的歌咏汉诗、和歌的方法"朗咏"，藤原公任的《和汉朗咏集》就是以此为目的编纂的，选入白居易、元稹等人的汉诗句及日本的和歌，尤其值得一提的是汉诗句，这些诗句通过"朗咏"而为平安贵族谙熟能详。之后，又出现了以七五调 4 句为基调的流行歌谣"今样"，即"新样式的歌"，平安时代针对当时的古风歌曲而采制的名称。今样原本是艺人"白拍子"和娼女阶层的文艺形式，后来受到贵族的青睐，由后白河法皇编撰的《梁尘秘抄》是今样的集大成。今样的种类较多，可分为民众演唱和贵族演唱两类，前者主要是世俗化了的佛教音乐的和赞，亦称法文歌，多为七五调 4 句；后者是以雅乐曲旋律填词演唱，12 世纪时，上述两类逐渐

第二章　古代日本歌谣的产生与演变

结合,统行于贵族社会。今样的伴奏乐器,多用鼓和铜钹,有时也用扇子打拍或使用唯乐的乐器。

第二节　小歌与中世歌谣的发展

到了镰仓时代,平安末期的流行歌谣——今样和朗咏依然流行,其中的今样歌谣散见于《平家物语》《古今著闻集》等作品中。这时的今样歌谣,依旧同平安时代一样,流行于宫廷贵族之间,并逐渐在武士和僧侣之间流行。

随着武家政权的稳固,以武士阶层为中心的歌谣——早歌诞生并流行开来。早歌又被称为宴曲,据说是由僧人明空创作的歌曲。歌词与声明相仿,近于谣曲,为七五调的汉语调,内容则以抒情或写景为主,不使用伴奏乐器,也没有伴舞。表演方式:以短小的独唱开始,继之以齐唱。其主要代表作有《宴曲集》《宴曲抄》和《真曲抄》等。这些歌谣的创作性较强,作者大抵都有据可查。从形式上来看,这些歌谣一般都是长篇的叙事性歌谣,歌词中所涉猎的内容广泛,包括佛教典籍、和歌、物语和汉诗文等。早歌兴起于镰仓时代末期,流行于南北朝时代到室町时代中期,到室町时代末期已完全消失。它在旋律和节奏上给谣曲以很大影响。

室町时代前期,"小歌"逐渐开始流行。所谓的小歌,从字面上来看,其特点便在于一个"小"字,是指那些形式短小且以抒情为主的歌谣。小歌这个称呼,最早可见于平安时代的典籍之中,当时自然是相对于多在宫廷等正式场合吟唱的"大歌"而言的。而小歌真正发展成熟并占据歌谣界的主流,则是在室町时代以后,因此小歌也被称为"室町小歌"。关于小歌与前代歌谣——比如催马乐和早歌等歌谣的不同之处,在第一部小歌集《闲吟集》的真名(汉文)序中便有叙述。该序不仅简明扼要地叙述了日本歌谣的发展历程,而且列出了小歌与前代歌谣的不同:前代歌谣如催马乐或早歌之类,或冗长使人困顿,或喧杂不悦于耳。只有小歌形式短小、韵律悠扬,浅吟低唱间可以抒发情感,使人身心愉悦。

到室町时代后期,小歌几乎席卷了整个歌谣界,各种周边歌谣——如舞蹈歌、劳动歌谣和寺院雅乐都开始小歌化,而且其影响广泛,几乎被当时的各个阶层所接受,上至公卿贵族和武士僧侣,下至平民百姓。其影响之大,非任何其他形式的中世歌谣可比,因此,在歌谣史上,中世通常也被称为小歌的时代。这个时期,比较著名的小歌集如《闲吟集》《宗安小歌集》(又称《室町时代小歌集》)、《隆达小歌集》三本小歌集。其中以《闲吟集》的成果最大,堪称日本小歌的集大成者。其中收录有不少人们喜闻乐见的作品。《闲吟集》是室町中期永正十五年(1518)编撰的,收录311首诗歌,编撰者据说是连歌大师宗长。《宗安小歌集》的编撰比《闲吟集》略晚些,收录歌谣219首,编者为宗安。《隆达小歌集》编纂于室町后期,收录歌谣439首,编者为高三隆达,其中高三隆达自己创作的就有110首,其他的是后人追加的。另外,小歌还散见于狂言、物语和俳谐连歌等文学作品当中。总的来说,这些小歌大部分来自民间,所以,和其他的民间歌谣有许多相同之处。下面重点说《闲吟集》。

《闲吟集》是迄今为止发现的最早的小歌集,成书于16世纪初。《闲吟集》仿照《诗经》收录歌谣,其中"或为早歌,或为僧侣佳句之廊下浅吟之声,或为田乐调、近江调、大和调"。在这里,不管是早歌,还是田乐调、近江调和大和调,都已经不再是完整的原本的歌谣,而仅仅是选取其中一节,将其小歌化了。在《闲吟集》中,歌头分别标有"早"(8首)、"吟"(7首)、"田"(10首)、"近"(2首)和"大"(48首)等字样,表明了他们的来历。还有一些取自狂言或"放下歌谣"①的,分别被标示为"狂"(2首)和"放"(3首)。以上这些在广义上也属于小歌之列。此外,在《闲吟集》中,歌头标有"小"字的狭义上的小歌多达224首。

在编排方式上,《闲吟集》按照《古今集》以来的和歌集的编撰方式,以真名序和假名序两序为始,将歌谣分为四季、杂歌和恋歌,分类虽然不如和歌集细致,但从中可以看出编撰者的意图。另外,在歌谣的排列上,除吸取《古今集》中的和歌排列方法之外,还运用了连歌的方法,在歌谣的排列上甚至可以看出连歌的递进方法。例如,第49首歌谣点明"人世瞬时即逝",接着在下面的三首歌谣中开始感叹"世事无常""人生苦短",然后在第53首中将这种感叹推上顶点。在这个无常的世间,人们该如何生活,接下来的第54首便做了回答:见不得那些自以为是的正经人。最后第55首可以说是对这一个系列做了总结:"人生在世须尽欢,做什么正经模样?"除一个系列的内部联系,每一个系列之间还有联系。例如,第165首到第167首是与"雾"相关的,接下来第168首到第170首则是和"鹿"有关的,再往下的第171首到第184首都是与"枕"有关的。从"踏雾而归"的清晨到"同床共枕"或者"孤枕难眠"的夜晚,构成了一幅中世民众的绵绵爱情画卷。可以说,通过这种有意识的排列,《闲吟集》的编者不再仅仅停留在一个编撰者的层面上,而是很大程度上加入了自己的意识。与其说《闲吟集》是一部歌谣集,还不如说是《闲吟集》的编者借用自己所想到的歌谣所编成的一部歌谣体散文。

---

① 中世街头文艺的一种。

第二章 古代日本歌谣的产生与演变

此外,日本小歌在艺术上还有许多特色,而其中最鲜明的艺术特点之一就是雅调与俗调或俗调与雅调的有机衔接。小歌的这种衔接方法和《新古今贺歌集》中短连歌追求上句与下句调和的倾向形成鲜明的对比。《隆达小歌》中就有雅调后逆接俗调,可能前一句还以"善政""太平盛世"等庄重的格调唱出,创作出典雅的境界,后一句就突然转变调子,以"因为太想您再过来了"之类的句子冲击雅调,这是一心挽留情人的女子的哀怨,是一种俗调。这种逆接是小歌提高诗歌紧凑感的艺术手法之一,而且正相反于中国传统的比兴手法。

直接切入正题也是小歌的一个特点。综观日本的小歌,切入正题从不拐弯抹角,一般都是单刀直入。小歌的这种特点源于它的逆接法和短小的形式。

日本的小歌一般都善于捕捉瞬间的情景或感觉,以之表现抒情主人公在瞬间所得到的感受和体验,而这又反映了日本人超强的感受力和小歌这种短小形式的特点。

日本小歌的另一个特点是它的随意性。日本小歌的前身是民谣,但是它不同于中国的民谣,形式要求也不太严格,格律上也不是那么严谨。而在韵律方面,和中国的乐府诗歌有雷同之处。比如,小歌主要使用的是平易流畅的口语体,有时候也用方言。在韵律方面,它相当自由,一般采用四句形式,但有时使用七五调、七七调、五五调,也有用八六四、五七五七,或七五七五和七七七五等各种形式的调子。

总之,日本小歌显示出了民间文学相对于文人文学比较自由的特点。

第三节 三味线的传入与近世歌谣的出现

一、三味线的传入

近世前期,随着市民阶层的兴起和市民文化的勃兴,源于风月场所和戏剧的各种流行歌谣层出不穷。近世初期最为流行的歌谣是弄斋调,其中大多是以三味线为伴奏的"七七七五"调歌谣。这种调子的歌谣起源于京都,后传播到江户,并作为筝曲、三味线的组歌或长歌①传承下来。之后片拨②和投调等歌谣开始流行,特别是发源于京都的投调,采取的是将"七七

---

① 相对于小歌而言,在近世前期流行于上方地区的长篇三味线歌谣。
② 这里指采用片拨弹奏方式的三味线组歌。所谓片拨,是指在一面自上而下拨动琴弦的弹奏方式。

"七五"调的三四句反复吟唱的形式,流行时间长,而且范围广泛。这里重点说说三味线。

三味线的前身是中国的三弦,于16世纪中期经琉球(冲绳)传入日本后经改造而成型。伴随着江户时代近世邦乐的兴起和繁盛,三味线艺术得到了市民阶层的广泛认可和喜爱,其伴奏功能遍及日本说唱音乐、戏剧音乐、民间音乐诸领域,在现今的日本流行音乐界仍然活跃并自成一派。三味线在形制上分为琴头、琴杆和琴鼓三大部分,或可拆解、拼合。琴杆由木材制成,按其粗细区分为三种——太棹(粗杆)、中棹、细棹。琴鼓也是木质,四方形或者带一点圆弧,表面蒙以猫狗的皮。三根琴弦采用蚕丝或尼龙。除了细棹三味线直接用手指弹奏外,弹拨三味线须使用象牙质的银杏状大拨子。演奏三味线时,通常采用正座(跪坐)于榻榻米上的姿势,斜式持琴,琴鼓靠右大腿,左手按弦,右手用拨子拨击发声。有时,三味线会被当成打击乐器,如在歌舞伎中,用拨子敲击琴身,制造强烈节拍,烘托剧情发展。传统三味线声乐一体,分为"歌谣"和"说唱"。歌谣又分为"地呗(歌)""长呗""端呗""小呗";说唱又分为"常盘津""清元""义太夫"等形式。其中,"地歌"指兴起于京阪地区用三味线伴奏的歌,是现存最古老的三味线音乐体裁,多以青楼游女的爱情为题材,由盲人乐师创制演奏,在盲人间"封闭传承",后与筝、尺八组成"三曲"的演奏形式。明治维新后,地歌才在民众中普及,吸收西方音乐,产生《唐砧》《秋之调》等曲子。

随着当时出版业的繁荣和歌谣的流行,与歌谣有关的书籍也开始被陆续出版,其中以流行歌谣集《松叶》最为著名。《松叶》是近世初期的第一部流行歌谣集,收录了近世初期在上方流行的各种歌谣,一共由五卷构成。第一卷是组歌[①],由于组歌多是几组小歌或者夹杂着小歌的歌谣组合而成,因此本卷的歌谣在歌词方面与《闲吟集》和《隆达小歌集》等作品有着密切的关系。第二卷收录了50首长歌。第三卷为端歌,所收录的大部分歌谣都是元禄时期的流行歌谣。第四卷为吾妻净琉璃,收录的是净琉璃歌谣。第五卷为古今百首投调。从当时的流行歌谣中可以看出,在城市的各阶层之间享乐主义盛行,青楼的风花雪月,休闲娱乐,其生活在当时来说相当前卫。文人雅趣,市井琐事,尽显其中。

在《松叶》刊行出版之后,陆续有《落叶集》《松竹梅》和《松之落叶》等类似流行歌谣集出版。

---

① 所谓的组歌,是指由复数的短篇歌谣所组成的一个曲目。

第二章 古代日本歌谣的产生与演变

二、近世歌谣的出现

在歌谣史上,中世是小歌盛行的时代,与此同时,各种舞蹈也在各地兴起,特别是中世后期以后,风流舞开始流行。到了近世前期,发展为江户的上览舞和京都的市井风流舞,与此同时,歌舞伎舞蹈兴起。与这些舞蹈相辅相成的歌谣便是舞蹈歌,多是夹杂着中世小歌的组歌。

近世歌谣是随着三味线的传入而拉开序幕的。三味线传到日本之后,与古筝一起成为近世歌谣主要的伴奏乐器。以三味线和古筝为伴奏乐器的歌谣亦多采取组歌的形式,被称为三味线组歌和筝组歌。其中筝组歌的歌词内容多出自《伊势物语》和《源氏物语》等古典文学作品,而三味线组歌则多汲取中世小歌以及在中世小歌影响下产生的舞蹈歌谣的内容,富有更多的当代性。组歌的出现标志着小歌时代的结束,但是小歌本身并未消失,而是融入新文艺当中,成为其中的一部分。

谈到近世的民谣,首先要提到盘珪永琢和白隐慧鹤两位禅僧。他们创作了大量具有说教性的歌谣,并以此作为向百姓讲禅的方法。这些创作歌谣流入民间,说教性成为近世民谣的主要特征之一。到了近世后期,民谣开始被有意识地收集并被编辑出版。这其中可以分为两个阶段。其中第一个阶段是18世纪末以《山家鸟虫歌》为代表的一系列歌谣集的编辑出版,这一时期的歌谣集有意识地突出了歌谣的说教性。《山家鸟虫歌》成书于明和九年(1772),收录了明和期以前的日本各地民谣,是日本第一部民谣集。其中不仅包括劳动歌谣,还有各种地方的流行歌谣和通俗歌谣。18世纪初期之后,以《鄙迺一曲》和《巷谣编》为代表的一系列的民谣集编辑出版,这些歌谣集带有浓厚的地方色彩,特别是《鄙迺一曲》中收集了大量的劳动歌谣,尤其珍贵。这些歌谣集对于我们了解当时的民众生活与心境具有重要的意义。在近世歌谣当中,作为重要的民俗歌谣资料,除了各地的民谣之外,还有传承童谣。在近世中后期,近世的传承童谣也被编辑出版,最著名的是行智的《童谣古谣》,其中有一些歌谣至今仍被传颂。

到了近世中后期,随着儒家道德的渗入和幕府对国民控制的加强,一些讴歌盛世和说教性的歌谣被有意识地创作并流传开来。其中讴歌盛世的作品不仅见于舞蹈歌中,还散见于各地的民谣当中,如《山家鸟虫歌》。除了对幕府统治和盛世的祈祷,还有一些宣扬忠孝仁义的说教性歌谣。当然,大部分普通的劳动歌谣和恋歌展现了当时的普通百姓的生活和平凡的爱情。其中,有普通百姓朴实的劳作和对丰收的希冀,有择偶时的犹豫,有惜别的感伤,有相依的温馨,有送夫远行时的担忧和祈祷。

第三章 古代日本诗歌的出现与繁荣

古代日本诗歌是从上代歌谣演变而来的,上代歌谣是指以口耳相传的形式在民间流传的口传文学,在之后的发展中,逐渐演变成为吟咏、记载的和歌,最终发展成为自我意识产物的创作和歌。日本民族是一个在文化上很有特色的民族,其古代诗歌也极富特色,虽然中国的文学对日本的文化文学产生了一定的影响,但是在诗歌方面却有很大的差异,古代日本诗歌的独特性是非常突出的。本章将围绕古代日本诗歌的出现与繁荣进行阐述。

第一节 古代和歌的集大成者——《万叶集》

集体生活中自然产生、传承下来的歌谣,逐渐演变成吟咏、记载的和歌,最终发展成作为自我意识产物的创作和歌。从万叶歌整体来说,以短歌为主体的和歌,成为传统的日本民族诗歌体裁。为有别于当时流行于日本的汉诗,故称和歌。可以说,和歌是日本的各种文学形态中最早形成的一种独立的文学形态。《万叶集》是第一部和歌总集,是上古和歌的集大成,展现了日本上古的抒情文学的世界。

在《万叶集》之前,也曾经有过不同类型的歌集,如《万叶集》的附注中就有《古歌集》《柿本人麻吕集》《笠金村歌集》《高桥虫麻吕歌集》《田边福麻吕歌集》《类聚歌林》等歌集的名称,可以推测,《万叶集》是以这些歌集为资料编撰出来的。

《万叶集》成书于桓武天皇的延历初期(782—783),最终由大伴家持完成编撰工作。由于受到藤原种继暗杀事件的牵连,他不仅被剥夺了官职、姓氏,连藏书也被官府没收,作为罪人的书籍,《万叶集》自然难见天日。据《古今和歌集》序中记载,《万叶集》是在平城天皇时代开始流传的,也就是说,在1806年5月18日平城天皇即位以后,《万叶集》才为世人所知。

《万叶集》收录的歌数,根据较权威的《国歌大观》记录,总歌数为4 516首。万叶歌的体裁多样,其中短歌居多。包括"反歌",共4 200余首。所谓

第三章　古代日本诗歌的出现与繁荣

"反歌",是附于长歌之后,再吟咏一遍长歌的主题,或补充长歌未尽之意,多者附上五六首。另有长歌260余首、旋头歌60余首、佛足石歌体1首、汉诗4首。

和歌的分类基本遵循"相闻、挽歌、杂歌"的三大分类标准,相闻是互相闻问的意思,是表示长幼相亲、男女相爱等内容的作品;挽歌是哀悼死者的作品;杂歌范围很广,包括除以上两类内容的其他作品。

《万叶集》收录了上起相传为仁德天皇皇后磐姬所作和歌,下止天平宝字三年(759)的大伴家持的和歌,大部分为629年即位的舒明天皇以后130年间的作品。目前,一般将这段时间分为四个时期。

第一时期又称初期万叶,大体从舒明天皇时代到壬申之乱发生的天武元年(672),共40余年时间。其间发生了变革日本氏族政治的革命性事件"大化改新"(645),效法当时中国唐朝的政治体制,试图建立中央集权律令制国家。随后又经历了壬申之乱(672)那样动荡的岁月。从歌风来看,初期万叶的作品还保留了古代歌谣的集团性、礼仪性特色,同时开始部分地带有中国文化的色彩。代表歌人为额田王,另有舒明天皇、天智天皇、藤原镰足、镜王女、有间皇子、倭大后等。

《万叶集》的第一首和歌是雄略天皇的作品,是一首他向提着竹篮摘嫩菜的少女的求婚歌,体现了与《古事记》的继承关系。《万叶集》实际上的开篇之作应该是上引舒明天皇的作品。这是一首天皇登高望远,赞美国土的勃勃生机,祈求大和国更加繁荣昌盛的和歌。歌中说,虽然大和地方有许多山,我登上这神圣的香具山眺望国土,只见广阔的田野上炊烟缭绕,无际的海面上海鸥纷飞,大和国,真是个美好的国土。这里描写的不应该是实景,首先在香具山上看不到海,它所讴歌的应该是天皇心目中的国土的理想姿态,体现了初期万叶和歌中古朴而高远的格调。

额田王是大海人皇子的妃子,《万叶集》收录了她的12首和歌。在当时,她是一个可以代替天皇作歌的歌人,在古代的和歌史上有着举足轻重的地位。她是近江朝的"游宴之花",经常参与朝廷的各种游宴活动。额田王的代表作为她在668年参加采集药草活动时所作的和歌。大意为:在这紫野禁地,你这样向我挥袖示爱,难道看守的人员会看不到?这首和歌节奏明快清新,是《万叶集》中的秀逸之作。

第二时期为壬申之乱后(673)至平城京迁都的和铜三年(710),共计38年。在壬申之乱中取得胜利的天武天皇,开始推行以天皇为中心的中央集权制的建设,颁诏制定国家律令。其后的持统天皇坚持继承亡夫的遗志,颁布净御原令、营造藤原京、制定律令、建造佛寺,甚至在其孙文武天皇即位(697)之后,也依然执掌着实权,推动律令制国家的建立,终于在大宝元年(701)完成了大宝律令。而在持统驾崩的当年(大宝二年),第 7 批遣唐使团渡海前往大唐学习,和铜三年(710)模仿长安都城而造的平城京建成并迁都,律令国家的建立宣告完成。这是一个开始向中国文明主动学习的时代,中国文学对万叶作品的影响,不仅体现在柿本人麻吕及皇子皇女所创作的"七夕歌群"上,也表现在人麻吕众多长歌作品的手法创新及题材变化上。这一时期的和歌作品,无论是创作题材还是表现手法上,都极大地超越了万叶初期的作品特色,尤其是在抒情和歌方面,实现了本质性的突破。

柿本人麻吕既是继承上古歌谣要素的最后一个歌人,又是最先开辟万叶长歌的第一个歌人,他受到汉诗的启迪,整合五七反复音数律。固定末尾五七七句法,并附反歌的新的表现形式,为长歌的成型做出了不可磨灭的贡献。他的抒情歌,尤以挽歌最为优秀,比如《哀吉备采女死之歌》《哀赞岐狭岑岛石中死人之歌》《见香具山尸悲恸哀作歌》等,这些对庶民死者的挽歌,首创了浪漫的抒情歌风。

天武天皇在上古歌谣的基础上创作了代表作《人吉野御制歌》,虽然还留下上古歌谣的残影,但已显露个性的意识。这个时期还出现了许多身份低微的宫廷歌人的独咏歌,内含不少四季行事的歌,这些都有利于培育个人抒情歌的成长、美意识的萌芽,以及增加季节感的表现。

同时期,稍后的代表歌人高市黑人、长意吉麻吕与柿本人麻吕不同,他们没有创作长歌,而在短歌方面创造了咏自然和思乡歌,他们的叙景歌充满了大自然的生命律动,思乡歌则飘溢出一股淡淡的哀愁感,丰富和发展了文武天皇、持统天皇时期以来的从驾歌,使这些歌更具独特的个性意识。在皇族方面值得注意的歌人有志贵皇子、大津皇子、大伯皇女、穗积皇子、但马皇女、弓削皇子等,他们的歌与前期的歌有一定的传承性和连续性,大多歌颂爱与死的主题,同时还开始关心这一主题的物语性,出现了"歌语"的倾向,其传统流贯于整个万叶时期。所谓"歌语",是颂歌与歌相关的故事,其后这种形式发展为"歌物语"。

从此,长歌和短歌兴隆,扩大了杂歌、相闻歌、挽歌等领域的和歌素材,拓展了歌的多样性。同时,从类同性的歌谣向富有个性的创作歌发展,从而完成了歌谣到抒情歌、口头文学到文字文学的过渡,确立了短歌形式在日本古代文学史上的重要位置。

第三时期从平城京迁都奈良至天平五年(733),共计 24 年,开始了万叶的新时期。神龟三年(726)出现了新的变革。日本和歌史上新旧交替,歌人辈出,著名歌人有笠金村、高桥虫麻吕、山部赤人、车持千年、大伴旅人、出上忆良、大伴家持等。这一时期的特征是:虽然仍继承前期柿本人麻

第三章　古代日本诗歌的出现与繁荣

吕的宫廷赞歌的传统，但是，无论在赞颂天皇方面还是吟咏自然方面，都更多地注入了主观色彩，而且关注最富人性的生活，比起前期观念性的歌来，更多的是趋向主观的感受性，强化歌的抒情性。具有代表性的，如笠金村，他的挽歌没有因袭前人而是以自己的意趣和技巧，抒发自己的感怀，为这一时期树立了与前期不同的新歌风。

值得注意的是，这一时期的万叶歌逐渐走向了多样化。比如其主要代表歌人山部赤人的叙景歌的优美化，大伴旅人的人生颂歌的情趣化，高桥虫麻吕的传说咏歌的多彩形象，以及山上忆良的对人生的执着和对社会的关心等。这一时期还有一个特点，就是许多贵族知识分子接受汉学的熏陶，汉诗文造诣颇深，都接受中国典籍的影响，以此作为创作歌的基础，个性更趋向多样化，创造了许多在和歌史上不朽的作品。在哀歌方面，悼念亡妻的歌，颇具丰富的个性。

在山上忆良以后，即进入奈良时代，短歌有了长足的发展，占压倒性多数。可以说，这时期歌人的文学意识觉醒，他们的短歌完成了艺术化、个性化，进入了多彩的时期，也是万叶歌的全盛期。

第四时期始自天平六年（734），止于《万叶集》所载的最后一首和歌的创作年代天平宝字三年（759），大约25年。在这一段时间里，一方面，由于律令制矛盾的深化，导致了社会生活的不稳定，这也使得和歌不再具有顽强的生命力。另一方面，和歌逐渐成为社交的工具，这一倾向使和歌开始趋向情趣上的唯美、雅致和技巧上的精工、娴熟。

这一时期，继山上忆良、大伴旅人之后创作歌的数量最多的，是大伴家持。他的歌日记，以及与笠女郎、坂上大嬢等女性的相闻赠答歌，都创造了非现实的心象风景，达到了烂熟的程度。除了笠女郎、坂上大嬢之外，女歌人辈出，她们以恋歌为中心，留下了许多秀歌，吟咏人生的哀乐。其中尤以坂上郎女最为活跃，她的歌以相闻歌、宴歌、祭歌居多，还创作了不少与大伴家持的赠答歌等。

大伴家持"春愁三首"中的最后一首和歌，是《万叶集》中屈指可数的杰作之一。上半句描写了明媚的春光中云雀高飞的情景，而下半句却表述了与上半句截然不同的哀婉孤独的心情。作品没有给出产生这种哀婉孤独心情的缘由，使上半句和下半句产生了歌意上的断层，而正是这一断层，使得哀婉孤独之感更加深刻沉重。大伴家持在这一组和歌中表达出来的充满忧愁、孤独的细腻感情，是其他任何万叶歌人都难以企及的。

这一时期，歌作者的范围不仅限于皇族和宫廷歌人，而且扩大到近畿地方的庶民。一些近畿地方以外的东国地方歌和戍边人的戍边歌，大多是无名氏歌人创作的，在这一时期占有重要位置。

《万叶集》作为日本诗歌的第一部总集,其主导倾向是吟叹人生的苦闷悲哀,抒发诗人对外在事物尤其是自然景物的细腻的主观感受。它初步奠定了日本诗歌的重主观情绪、重感受、重宣泄苦闷悲哀的审美基调。

第二节 平安朝和歌的复苏与《古今和歌集》

《万叶集》所收的最后一首和歌为大伴家持759年的作品,从那以后到9世纪中叶,是汉诗文的繁荣时期,尤其是在公众场合,汉诗几乎成了唯一的社交通行证。相反,和歌已难登大雅之堂,已堕落为恋爱的道具和艺人们的谋生之计。之后,到了平安朝时期,和歌出现了复苏的迹象,并出现了《古今和歌集》这一重要的和歌集。

一、平安朝和歌的复苏

(一)平安朝和歌复苏的背景

到了仁明天皇时代,在宫廷中,和歌出现了复苏的迹象。据《续日本后记》记载,845年正月,有一个113岁的长寿老人尾张滨主在天皇面前表演自编的舞蹈《和风长寿乐》,之后还献上了和歌一首,歌意为老翁年老心不老,恰逢盛世自献舞。据说天皇及左右都感动得流下了热泪。4年以后的849年2月26日,仁明天皇四十寿庆之际,奈良兴福寺的僧侣献佛像40尊、《金刚寿命陀罗尼经》40卷、象征长寿的浦岛子像及300多句的长歌一首。《续日本后记》在记录了长歌以后,这样感慨道:"夫和歌之体,比兴为先,感动人情,最在兹矣。季世陵迟,斯道已坠。今至僧中,颇存古语。可谓礼失则求之于野。"

在菅原道真提出"和魂汉才"的方针和废止遣唐使的大文化背景下,以赛歌为中心,大力推进撰歌,宫廷和贵族社会又流行沉寂已久的和歌,形成和歌、汉诗并存共荣的局面,编出了和歌、汉诗合集的《新撰万叶集》《句题和歌》等,将迄今视为游戏的和歌提高到与汉诗对等的地位,同时促进了歌论的诞生。于是私家和歌集(个人歌集)、私撰和歌集、敕撰和歌集流行起来,和歌中兴,进入新的隆盛时代。

私撰和歌集始于菅原道真,他的《新撰万叶集》(上卷,893;下卷,913)是平安时代的第一部私撰和歌集,收入了《万叶集》以来的大量和歌,因流布的版本不同,歌数也各异,约200余首,大多采录宫廷赛歌会上发表的歌,分春、夏、秋、冬、恋五大类别,和歌仍继承《万叶集》的表记法,以万叶假

第三章　古代日本诗歌的出现与繁荣

名书写。每首和歌各配一首七言四句汉诗,前提是两者需具歌题的相近性,意匠的对应性,表现技法的共同性,这是复兴和歌过渡期的一种特殊的文学现象。它不仅是第一部私撰和歌集,也成为开辟敕撰和歌集的里程碑,而且对于其后和歌、汉诗对等意识的产生,以及确立和歌再自觉创作的发展方向都是至关重要的。

(二)平安朝和歌的时期划分

对于平安朝时代的和歌,文学史上一般分为"无名氏时代"、9 世纪后半期的"六歌仙时代"和 9 世纪末至 10 世纪初的"撰者时代"三个时期。

第一期"无名氏时代",指从迁都平安京(794)至仁明天皇的嘉祥二年(849),也就是所谓的国风黑暗时代。这一时代的和歌数量不多,除了平城天皇、小野篁这样和汉兼作的歌人外,本集收录的四分之一的无名氏作品中,除了部分万叶时代的和歌外,大多数属于这个时代的作品。

第二期"六歌仙时代",指从嘉祥三年(850)至宽平二年(890),由于六歌仙中生卒年明确的僧正遍昭和在原业平活跃在这一时期,才有此称。六歌仙中,遍昭、在原业平和小野小町的和歌较有特色,尤其是在原业平和小野小町的恋歌,对恋爱感情作了细致入微的描写,"挂词""缘语""比喻"等咏歌技巧已经得到广泛的运用,体现了古今歌风的初步形成。

第三期"撰者时代",指宇多天皇的宽平三年(891)至醍醐天皇的延喜年间(901—923)。这一时期的主要歌人除上述两位天皇、本集的四位编撰者外,还有索性法师、藤原兴风、大江千里、在原元方、伊势等。由于歌赛的举办,这一时期的和歌开始带有"公"的性质。在手法上更加追求技巧,甚至出现了语言游戏性的作品。也正因为如此,使得和歌的表达脱离现实世界而充满了理智的思维。

二、《古今和歌集》

《古今和歌集》是根据醍醐天皇的敕命编撰而成的第一部敕撰集,编撰者为纪友则、纪贯之、凡河内躬恒、壬生忠岑。905 年时基本完成,以后大约经过 4 次增补,最终于延喜十三、四年(913—914)完成。共 20 卷,总歌数大约 1 100 首,除长歌 5 首、旋头歌 4 首之外皆为短歌。以四季和恋歌为中心,分为春上·下、夏、秋上·下、冬、贺、离别、羁旅、物名、恋 1~5、哀伤、杂上·下、杂体、大歌所御歌各部。《古今和歌集》是日本文学史上第一部敕撰和歌集。它在整合和统一《万叶集》《文华秀丽集》的分类上,确立了和歌集的新模式,起到了私撰集无法替代的历史作用。

(一)《古今和歌集》的结构

《古今和歌集》的结构是通过分部排列呈现出来的。

首先,部与部之间构成对立统一的关系,四季部与恋部、贺部与哀伤、离别羁旅与杂部、物名与杂体相对应,而这些又与大歌所御歌相对应,构成了《古今和歌集》的整体美。

其次,各部内作品的排列不是没有规则的,四季和恋歌为本集的中心内容,排列上的特点在这两部中也体现得最为明显。在这两部中,和歌的排列体现了岁时及自然景物的推移和恋爱进展的程度与心理变化。比如四季部的春卷,是以"年内立春"歌开始,以"春终"结束的。在恋部中,按恋爱自开始到结束的各个阶段分为5卷,以最初悲叹不能相见的暗恋、恋爱成功得以相会的热恋、恋爱终结被对方抛弃的失恋等基本歌题为中心,细致入微地刻画出恋情的产生、深化、成功、变化和失败的过程。按时间排列的方法赋予了歌集一个整体的内涵。这一分部排列方法成为其后敕撰集分部的典范。

最后,卷首卷末分别附有《假名序》和《真名序》,两序都参照了我国的《毛诗大序》《文选序》和白居易的《与元九书》,多用对偶句,文字相当优美。尤其是由纪贯之执笔的《假名序》,论述了从万叶至六歌仙的和歌史、和歌的本质与效用、和歌六体、《古今和歌集》成立的始末,特别是在评述六歌仙的文字中提出的"心""词"的概念和"心词相兼"的歌学理论为了解纪贯之歌论的贵重资料,在歌论史上的地位也不容忽视。《假名序》在强调和歌作为日本固有文化的意义的同时,极力提高和歌的地位。只是这种提高也是以汉诗为标准的,以汉诗六义来解释和歌六体便是最好的例证。

同时需要注意的是,包括纪贯之在内的4位编撰者,在当时都属于卑官微职。纪友则到40岁尚没有官职;纪贯之为"御书所预",是管理天皇用书的图书管理员;凡河内躬恒为前任甲斐少目(地方官的第四等);壬生忠岑则为当时的大将藤原定国的随从。他们极力提高和歌的地位与他们的不遇处境有关,或者说,他们之所以要把和歌与汉诗相比,也同样是要实现文章经国,当然,这文章不是汉诗而是和歌。

(二)《古今和歌集》的歌风

从《古今和歌集》的歌风来说,大多数歌的歌风与《万叶集》不同,万叶歌风除东歌和戍边歌具庶民性,以粗犷奔放、质朴健康见长外,总体而言,古雅质朴、雄浑凝重,或艳丽风流,多带贵族咏风的风范。古今歌风则纤细

第三章　古代日本诗歌的出现与繁荣

优美、平淡澄明,语言洗练、歌调正雅,倾于内向性和世俗化。简言之,《古今和歌集》的歌风从古雅质朴转向纤细优雅,形成古今时代的新歌风,具体表现如下。

首先,古今歌对自然表现出比较自觉的关心,不是客观描写自然,而是将主观投入自然。就四季歌来说,顺应自然,顺随季节的推移而咏歌。卷首纪贯之的立春歌咏道:

双袖汲水结成冰,
今日春风催冰融。

这首歌的意思是,夏雨秋雨濡湿衣袖的水,到了冬天结了冰,令人推想河川结冰,大地冰雪覆盖,可是立春一到,春风拂来,大地万物冰融雪化,又开始了新一轮的四季流转,从而将一年的时间自然地象征化。

《古今和歌集》的歌,对自然和季节的感受是非常纤细的,它的歌也开始依照季节转换选择景物作为歌语。拥有一定美的形象和明确的季节美意识,出现了季节的咏题,催生着咏季歌。在《万叶集》中也出现过按春夏秋冬四季分类,吟咏种种的"季之题",可推知某物属某季之题,但是这仍属于季节感的性质,古今歌则在这个基础上有所发展和创新。更加强化季节感的同时,也逐渐产生季题意识,直至影响其后俳句季题的诞生。

其次,恋歌的歌风内向,含蓄委婉,从实际到虚空。乃至到梦境,展现爱的心路,而不像万叶恋歌那样外向,直率炽烈。在万叶的恋歌中频繁使用"枕君眠""同衾枕"等来表达艳丽风流的、非常现实的有形世界。在古今歌中,这是很难见到的,它的恋歌不少是寄托在梦中相会或梦中思念,表达内观的、心理的无形世界。小野小町和在原业平的恋歌就颇具代表性,小野小町的恋歌多以梦中的对象来吟咏,其中两首这样哀切地咏出:

梦里相逢人不见,
若知是梦何须醒。

假寐依稀见恋人,
莫如梦中来相会。

小町的这两首恋歌,纤细哀婉地咏出在梦中流溢的一股淡淡的雅情,这是她的恋歌的特色之一。

在原业平与恋人(佚名)相赠的恋歌,常常以托梦寄情方式表现出来。业平的歌在小序中说:"相逢伊人翌晨咏此歌相赠",歌曰:

昨夜梦中幻境虚，

　　今朝愈觉影依稀。

伊人的答歌曰：

　　君来我往若虚影，

　　是梦是醒难说清。

《古今和歌集》还有许多托物思情的恋歌，夜间白露、空中飞雁、早春野雪、烟霞山樱、秋野花色、梅开莺鸣、白浪白波等也都成为咏恋歌之对象物。

概言之，《古今和歌集》以自然与恋情为双轴，心词相兼，以"哀而不伤，乐而不淫"作为歌心而展开。古今时代的歌风，替代万叶时代重直观而停留在咏叹调的歌风，在时间的流转上吟咏出人与自然的相融世界，作为和歌的正统而成为其后歌学的典范，为后世相传。

在表达方面，古今歌普遍使用假名，而且全集长歌只有 10 首，将和歌固定在短歌型上，这更能充分自由地表现日本人的思想感情和体现日本人纤细简约的审美意识。同时，比起抒情性来，更重知性的结构，以五七调为基调，追求修辞的旋律美。表达技巧也不是单纯写生，而是虚实结合，营造风情，发挥联想，含蓄而富余情余韵，展现了一种古典式的忧郁抒情美。

第三节　歌人的集团化与中世的和歌

一、歌人的集团化

和歌发展到中世，依然是文学的主流。这一时期的特点是，歌人开始集团化，形成了不同的派别，派别与政权相结合，以编撰敕撰和歌集的方式来主导和歌创作。

早在《后拾遗集》编撰的时候，就出现了对敕撰集的众多非议，被推测为源经信所著的《难后拾遗》便是一部责难《后拾遗集》的歌论书。在《词花集》成书以后，为了表示对所收和歌的不满，出现了藤原教长的《拾遗古今抄》（已散佚）、藤原为经的《后叶和歌集》（以下简称《后叶集》），而针对为经的《后叶集》，《词花集》的撰者藤原显辅之子清辅又撰述了《牧笛记》来进行还击。歌论、歌学随之繁荣，但同时，派别也就产生了。到平安末期，基本上形成了以藤原清辅、显昭为代表的六条藤家和以藤原俊成、定家父子为中心的御子左家两大流派。六条藤家基本上是以继承三代集以来的传统歌风为宗旨，而御子左家则吸收了平安末期歌人源俊赖的充满革新意味的

第三章　古代日本诗歌的出现与繁荣

新手法,两派一直互相对立。藤原清辅去世后,藤原俊成接替清辅成了权门九条兼实的和歌导师,御子左家在歌坛的地位得到提升,再由藤原俊成主持《千载和歌集》的编撰,御子左家随之也成了和歌的主流。

俊成之后,藤原定家继承了其父的歌风,成为歌坛的中心人物,通过1191年藤原良经主办的"六百番歌赛",定家得到了后鸟羽上皇的赏识。在随后形成的后鸟羽院歌坛中占据了重要的地位,他的新风和歌成了歌坛效仿的规范,也使他成了由后鸟羽院下诏编撰的《新古今和歌集》的编撰者之一,《新古今和歌集》应该是定家父子新风和歌的结晶。

定家之后,他的子孙们开始世袭由定家奠定的作为和歌宗匠家的地位,和歌创作自然由模仿走向平庸。其中,只有伏见天皇时代,京极为兼引导的京极派以其强烈的思辨性创作出了清新的叙景之作。到了室町时代,在编撰了第21代敕撰集《新续古今集》之后,也就不再有敕撰集问世。这意味着贵族文化的衰退,也是自万叶以来的和歌文学的衰退。

镰仓时代,作为"团座文艺"的连歌开始繁荣,在关白二条兼良的推动下,到了室町时代以后,连歌受到了广泛的欢迎。

二、中世的和歌

(一)藤原俊成与《千载和歌集》

藤原俊成(1114—1204),为御子左家的奠基人物。就在源平争战最为激烈的寿永二年(1183)二月,后白河法皇向藤原俊成下达了编撰第七部敕撰集《千载和歌集》(以下简称《千载集》)的"院宣"。全书共20卷,于1188年完成。有不少文学史家把《千载集》看作平安后期的歌集,但至少从成书时间来看,应该算作中世时期的作品。

在接到后白河法皇的"院宣"时,俊成已经70岁了。他根据当时歌坛对第六部敕撰集《词花集》的诸多非议以及后白河法皇对该集的不满,在继承三代集传统的、正统歌风的基础上,树立了清新典雅的富有抒情性的歌风。入选的作品大多为当代歌人的和歌,其中有不少带有浓厚述怀色彩的作品。不问流派,只重视和歌本身的内涵,入选最多的是源俊赖的和歌52首,而俊赖的新风和歌是一直与俊成的导师藤原基俊的保守歌风相对立的。另外,不少作品具有强烈敏锐的视觉、听觉感受。应该说,《千载集》既保留了中古的歌风,也开拓了通往《新古今和歌集》的方向,是一部承前启后的作品。

(二)西行与《山家集》

西行(1118—1190)生活的时代几乎与藤原俊成相同,他原本是负责上皇御所警卫的武士,23岁时抛妻别子出家为僧,在那战乱的年代里,周游各国,在行旅中创作和歌,展开了一个独特的和歌世界。在《词花集》中,西行的和歌只有一首被作为无名氏作品入选,《千载集》以圆位法师之名选入了他的18首和歌,在他死后编撰的《新古今和歌集》中,选录了他的94首作品,是所有歌人中入选作品最多的。后鸟羽天皇称他为天生的歌人,他的和歌流畅,让人感觉不到技巧,达到了自然与艺术的高度融合。

从内容方面看,西行的创作大致可以分为歌咏自然美景、抒发宗教情操、描绘隐居生活、吟唱男女恋情等几大类。自然美是西行创作中的重要主题,其中尤以樱花和月为代表。西行自选的《山家心中集》(《山家集》的精选)开篇便是花月各36首。

另外,西行充满传奇色彩的一生为后人提供了绝好的创作素材,对说话集、物语、能乐等后世的日本文学产生了深远的影响,他那特殊的生活方式甚至成了宗祇、芭蕉等连歌师、俳人们仿效的范本。

(三)《新古今和歌集》

由后鸟羽上皇下令编撰的第八部敕撰集《新古今和歌集》(以下简称《新古今集》)诞生之前的二三十年间,是日本历史上少有的激荡的时期。源平争斗、迁都福原、平氏灭亡、幕府设立等一系列的重大历史事件都发生在这短短的二三十年之间。从此,日本历史上出现了京都朝廷与幕府政权并存的政治体制。后鸟羽上皇对镰仓幕府政权始终抱有强烈的对抗意识,在他看来,作为传统贵族文化的和歌是京都朝廷的象征,于是积极推进和歌创作,主办了正治二年(1200)的"正治二年院初度和歌百首"、建仁元年(1201)的"老若五十首和歌"等歌赛、歌会,还在建仁二年主办了日本历史上最大规模的"千五百番歌赛"。1201年7月成立撰敕撰集机构和歌所,同年11月,后鸟羽上皇对源通具、藤原有家、藤原定家、藤原家隆、飞鸟井雅经、寂莲(第二年病逝)下达了编撰敕撰集《新古今集》的命令。在编撰工作基本完成的元久二年(1205)3月26日,在上皇的仙洞御所,举行了史无前例的《新古今集》竞宴。在承久之乱失败,后鸟羽上皇被流放到隐岐岛后,还亲自对《新古今集》作了反复修改。虽然同为敕撰和歌集,后鸟羽上皇与《新古今集》的关系是非其他敕撰集可以比拟的。《新古今集》编撰的整体过程体现了上皇对已逝王朝时代的憧憬,对和歌所具有的政教性的极度看重,而这一切无外乎是后鸟羽上皇强烈的皇权意识的体现。

第三章　古代日本诗歌的出现与繁荣

《新古今集》由真名(汉文)、假名(日文)两序文和 20 卷正文构成。正文 20 卷,收入了自万叶时代以来的古今和歌近两千首。古代和歌约占 60%,同时代和歌约占 40%。入选和歌数在 35 首以上的 9 人,皆为同时代歌人,而且除西行以外,都是御子左家派别的。

在分部上,《新古今集》一方面基本沿袭了由《古今和歌集》确立的框架,另一方面又吸收了《古今和歌集》之后的敕撰集新增的类别。在顺序的编排上,继承了《古今和歌集》按时序编排的传统,四季部按照季节顺序,恋部按照恋爱发展的顺序编排。在体裁上,《新古今集》收录的全部是 31 音的短歌形式的和歌,而没有收录长歌、旋头歌等所谓的杂体和歌,另外像俳谐歌、物名等带有游戏性质的和歌也一首都没有收录,这可以说是《新古今集》构成上的一大特色。

在题材上,《新古今集》的歌人们开拓了不少新的题材。如以"春雪""春月""春曙"的形式,打破了"雪""月"只作为冬歌、秋歌的景物的传统观;对传统素材进行重新组合,如"立秋"+"露"、"风"+"红叶"、"时雨"+"红叶"。由于题材的开拓,在四季歌中历来不被重视的夏歌和冬歌也得到了大幅度的增加。夏歌为 110 首,在四季部中所占的比重是八代集中最大的(《古今和歌集》为 34 首);冬部为 156 首,第一次超过夏部成为四季部中的第三位(《古今和歌集》为 29 首)。而像夏歌和冬歌这样游离于传统美意识的和歌的增加,反映了在寂静、荒凉中发现美的《新古今集》的时代特色。

除了传统的序词、挂词(双关语)、缘语(相关语)以及断句等修辞方法以外,新古今时代歌坛最为流行也最具特色的创作技巧称作"本歌取"。"本歌取"也就是"取本歌",以已经被视为古典的和歌作品为"本歌",从中截取部分词句置于自己的作品中,以词语上的这种共有关系,使"本歌"的意蕴融入新的作品中,并在此基础上开拓新的意境。这种"本歌取"的方法,实际上是对和歌传统的继承与发扬,也是《新古今集》古典主义精神的集中体现。

《新古今集》的歌风大致可以分为两类:一是以藤原定家为代表的妖艳、华丽的风格;二是以定家之父俊成及西行等为代表的幽寂的歌风。

第四节　汉诗的兴起与繁荣

一、汉诗的兴起

早在第一部和歌总集《万叶集》诞生之前约 20 年,淡海三船编撰的汉诗集《怀风藻》(751)就问世了,这部现存最古的汉诗集,共收入 120 首诗作,其中以酒宴诗、叙景诗居多,也收有游览诗、望乡诗、七夕诗,大多属上层社交诗,在宴席上所作,以赞帝德帝政、颂物咏志为主,恋爱诗只有 2 首,这与《万叶集》以恋歌为主有本质的不同。作者 64 人,均为天皇、皇子、诸王、官人和僧侣,无一庶民。

关于《怀风藻》汉诗的特色,从内容来说,诗的思想性颇受中国的儒、道思想的渗润,尤其是摄取老庄思想最多,表现在以下几个方面:第一,从序文、大友皇子的诗开始,使用了许多老子、庄子的语句;第二,摄取老庄的章句构思,比如叙自然而寄托对仙境的憧憬,特别是以吉野作为仙境而赋诗;第三,宣扬道教隐士思想和无为自然观。后两类诗中,并无直接借用老庄的语句,但已渐近老庄的神仙思想和无为自然的境界。内容接触佛教者,只有二三首,可见受佛教的影响较少。

从诗形来说,以六朝《文选》乐府的五言诗为规范,《怀风藻》以五言诗占压倒性多数,其中以五言八句为多,占全集的三分之二。这是当时的时代诗形的基本定向。

余为四句或十二句。因其时唐代刚盛行七言诗,所以只有后期收录 7 首七言诗。《怀风藻》的汉诗对句多,不含对句的只有两首。且多用押韵,也有平仄,但并不多。可见多学六朝古诗,也开始追赶唐初诗的新潮。还有联句,对其后日本连歌的形成产生一定的影响。

就整体水平而言,《怀风藻》会集了日本最古汉诗的精髓,也是日本文学与中国文学交流的滥觞,为上古日本文学大放光彩,并且对于催生平安时代初期的三大敕撰集《凌云集》《文华秀丽集》《经国集》起着无可替代的作用,在日本文学史上具有不朽的地位。

二、汉诗的繁荣

平安时代前期,即 9 世纪前半叶,汉诗文进入全盛期,其重要标志有以下两点:第一,朝廷的政策明显地向汉风文化倾斜,以嵯峨天皇为中心的汉诗人圈,频繁举行诗宴吟诗作文,流行敕撰、私撰汉诗文集,比如上述三大敕撰汉诗文集和菅原道真的汉诗文集,汉文学被公认为正统的文学;第二,以留唐归国僧人为中心,大力引进中国诗论和诗学,出现了空海的诗文评论集《文镜秘府论》《三教指归》等多方面的作品和最澄的散文等,迎来了汉诗文的第一个繁荣时期。可以说,日本汉文学成为"大陆文学圈"的边缘,展开了独自的日本汉文学的历史。

敕撰集流行时期,正是嵯峨天皇积极摄取隋唐文化,再建律令新体制

第三章 古代日本诗歌的出现与繁荣

时期。当时宣扬讴歌唐风,以魏文帝曹丕《典论》的"文章经国"思想作为指导思想,积极继承和消化前一时期吸收的六朝初唐的汉文学遗产,促成一个时代的正统理念和文学理念趋于成熟,并风靡于当朝。这就成为《凌云集》《文华秀丽集》《经国集》诞生的基础。

《凌云集》序文强调了魏文帝的"文章者经国之大业"的精神,以儒家"文以载道"的基本理念作为编纂的指导方针,以孔子在《论语》中所述的"循循然善诱人,博我以文,约我以文",作为编纂的态度和规范。本集韵主要诗人首推嵯峨天皇,其次是小野岑守、贺阳丰年。嵯峨天皇(786—842)不仅学习唐朝制度治理国家取得很大政绩,而且热心借鉴中国文化,对推动日本汉文学的发展也做出了不少贡献。在平安时代的汉诗中,嵯峨天皇作诗数量居首位,共 97 首。其中收入《凌云集》22 首、《文华秀丽集》34 首、《经国集》40 首,而且诗的题材和诗风在不同阶段有所变化。《凌云集》多酒宴诗,君唱臣和"经国大业",也有个别吟咏日本传统和歌素材的作品,例如《赋樱花》:

> 昔在幽岩下,光华照四方。
> 忽逢攀折客,含笑亘三阳。
> 送气时多少,垂阴复短长。
> 如何此一物,擅美九春场。

这是《凌云集》所收的平城天皇的作品。在万叶时代,樱花是和歌的传统题材,《怀风藻》中也没有吟咏樱花的诗作。以汉诗的方式吟咏和歌的传统题材,这种诗歌的出现,为以后汉诗的本土化提供了先例。

从诗的形式来说,《凌云集》与五言诗绝对居多的《怀风藻》不同,以初唐新兴、中唐流行的七言诗占半数以上,增加了长诗(一般为三四十句)和长短句并用的杂言诗,比较重视韵律平仄的原则,而《怀风藻》是不重视平仄的。《凌云集》的篇幅虽不大,但诗的质量比《怀风藻》有了很大的提高,技巧趋于精练。它对促进当时汉诗文的隆盛起着巨大的作用,直接促成了第二部敕撰集《文华秀丽集》的问世。

《文华秀丽集》也是奉嵯峨天皇的诏令,由仲雄王与菅原清公、勇山文继、滋野贞主、桑原腹赤等商议编纂的,作者 28 人,主要作者仍是嵯峨天皇,以及编纂者和后起之秀巨势识人、朝野鹿取等,其中不乏寒门出身者。他们向传统诗坛挑战,桑原腹赤就勇敢地说出"高才未必贵种,贵种未必高才"。嵯峨天皇提倡学《乐府》诗,并亲自裁定,收录诗 143 首。诗的"文章经国"色彩不如《凌云集》,仲雄王在序中主张"艳流映绮靡"的诗风,比如嵯峨朝的主要诗人之一的菅原清公,以及巨势识人、朝野鹿取的长诗就颇具唯美的诗风。从集取名"文华秀丽",也可窥见编纂此集的意图。

编纂采取"皆以类聚题"的方法,全诗集分3卷,上卷为游览、宴集、饯别、赠答;中卷为咏史、述怀、艳情、乐府、梵门、哀伤;下卷为杂咏,共分11类。值得注意的是,出现了《凌云集》所没有的艳情诗11首,数量仅次于杂咏、游览、赠答。比如,嵯峨天皇的《春闺怨》一出,数名宫廷诗人争相唱和,较有代表性的,是这集子的重要作者之一的朝野鹿取的《奉和春闺怨》:

妾本长安恣骄奢,衣香面色一似花。
十五能歌公主第,二十工舞季伦家。
使君南采爱风声,春日东嫁洛阳城。
洛阳城东桃与李,一红一白蹊自成。
锦褥玳筵亲惠密,南鹏东鲸还是轻。
贱妾中心欢未尽,良人上马远从征。
出门惟见扬鞭去,行路不知几日程。
尚怀报国恩义重,谁念春闺愁怨情。
纱窗开,剐鹤唉。
似登陇首肠已绝,非入楚宫腰忽细。
水上浮萍岂有根,风前飞絮本无蒂。
如萍如絮往来返,秋去春还积年多。
守空闺妾独啼虚,坐尘暗空阶草萋。
池前怅看鸳比翼,梁上惭时燕双栖。
泪如玉箸流无断,发似飞蓬乱复低。
丈夫何时凯歌归,不堪独见落花飞。
落花飞尽颜欲老,早返应看片时好。

诗中将丈夫出征,妻守空闺的心情,用了"欢未尽""肠已绝""愁怨情""独啼虚""泪如玉箸流无断""不堪独见落花飞"等最为哀怨的词吟了出来,尽情地抒发了个人的感情,实为这个时代艳情诗的佳作之一。另一重要诗人巨势识人也有一首《奉和春闺怨》,唱出"妾年妖艳二八时,灼灼容华桃李姿"句。

《经国集》由淳和天皇敕命良岑安世、滋野贞主、菅原清公等编纂,集名直接采自"文章经国之大业"句。共20卷,收入178名诗人,逾千首诗作,主要包括平安时代初期小野篁等名诗人的作品,还含赋、序文、对策等,这是前两部敕撰集《凌云集》《文华秀丽集》所没有的,可以说是一部诗文合集,其规模比前两集都大,但今已多散佚。作为敕撰汉诗文集,首度采录空海等僧侣和有智子内亲王、姬大伴氏等宫廷女性的诗作。嵯峨天皇的皇女有智子在唱和父皇的《巫山高》一诗《奉和巫山高》中吟道:

第三章　古代日本诗歌的出现与繁荣

巫山高且峻,瞻望几岩岩。
积翠临沧海,飞泉落紫霄。
阴云朝暗暗,宿雨夕飘飘。
别有晓猿叫,寒声古木条。

此前一般女性很少学汉籍,汉文学底子差,且汉文不如和文好,多作和歌,很少写汉诗。此时女性写作汉诗,并且成绩非凡,从一个方面反映了汉诗作者群的扩大,汉诗在上层和知识分子中更加普及,男性咏美人的歌也增多。

归纳来说,这三大敕撰集,从内容来说,增加了艳情、乐府、梵门、哀伤、杂言等诗。

"敕撰三集"还有一个非文学性的特色,那就是这些编撰者都官居要职,藤原冬嗣深受嵯峨天皇的信任,为第一任藏人头,最终升至左大臣,小野岑守、滋野贞主都官至参议,良岑安世也为右近卫大将,这些高官重臣加上以菅原清公为代表的文章博士,俨然构成了一个文人政治圈,而这便是文章经国思想的最为形象的体现。

继"敕撰三集"之后,9世纪中期的主要汉诗人为岛田忠臣和都良香,之后出现了划时代的诗人,即菅原道真。

菅原道真(845—903),是平安时代前期的汉学家、汉诗人、歌人,有"文道之祖,诗境之主"的称誉,菅原氏为学者世家,祖父清公、父亲是善共为文章博士,为当时的文坛领袖,道真自幼在这样的家庭氛围中饱受熏陶,很早就展现了在汉诗方面的特殊才华,11岁已习作汉诗,18岁应第,当上了文章生,后又应奉方略试(录用官吏的国家考试)及第,并成为当时只有两个位置的文章博士。在清凉殿侍宴上赋诗,打动了天皇,天皇即时脱下御衣相赠于他,他感激涕零,作诗唱道:"恩无涯岸报犹迟,饮酒听琴又咏诗。"他的才华受宠之时,也为学阀妒忌之始,成为众矢之的,无缘由地受到政治诽谤中伤,最终被卷进了宫廷政治争斗的漩涡,又一次失意被贬为赞岐守,流放于筑紫,过谪居生活。他历尽沧桑之后归于宁静与淡泊,以学问与文学为本,将人生况味,凝于笔端,成诗成文,留下一笔宝贵的文学遗产,临终吟唱《谪居春雪》,含冤死于流放地。

道真的诗,受中国文学特别是《白氏文集》的影响极大,不过道真之诗,被认为早已超脱了单纯模仿白氏文学的境地,树立了格调高昂的独特风格。

第四章 古代日本散文的兴起与发展

  日本散文在假名文字创制之前，公卿贵族使用汉字汉文写作，主要是实用性的文牍，缺乏文学价值。日本假名文字创制之后，在非实用性的、个人化的写作领域，如日记、随笔中首先被使用起来，而使用日文写作的，主要是那些衣食无忧、生活悠闲而又不免苦闷的宫廷贵族妇女们。此外，当时的贵族妇女没有公开学习和使用汉文的权利，而刚刚创制的日本假名文字被认为是最适合妇女使用的。于是，她们便用自己民族的语言创立了日本的散文。日本古代散文文学最早出现的是"物语"这个文学模式。所谓"物语"，是将发生的事向人们细说的意思。从文学文体来说，也就是说话文体。物语是日本散文文学的一种很独特的样式，是将日本化了的文体与和歌并列使用而创造出来的。它是一种叙事性散文的统称。不同时期的物语性质有所不同，有的相当于传奇故事，有的相当于轶闻趣事。物语文学最先是分传奇物语与歌物语两类。传奇物语，如《竹取物语》，对民间流传的故事进行加工和创造，强化其虚构性，赋予其浪漫的色彩，并加以艺术润色，将其提炼成比较完整的故事。歌物语，如《伊势物语》，则与中国的"本事诗"近似，和歌与散文结合，互为补充，叙说着世间的故事和人间的情感。这两类物语文学向独立的故事发展，接着产生了长篇的虚构物语《源氏物语》，统合虚构物语与歌物语，以写实与浪漫手法相结合，以虚构的故事与诗歌相结合，构成了独立的文学想象空间，形成一种新的物语品种——创作物语。随着时代的变迁，物语文学不断发展，至近古，产生了以《平家物语》为代表的军记物语，另外还有历史物语、英雄传记物语、说话物语等类型的物语文学。古代日本散文也有随笔、日记纪行文学等形式，其中最著名的随笔作品如《枕草子》《方丈记》等，日记纪行文学代表作品如《中务内侍日记》《海道记》《奥州小道》等。

第一节 《竹取物语》与散文文学的诞生

  9世纪后期，日本人创造了假名文字。《竹取物语》就是最早使用假名创作的日本文学史上第一部物语文学作品，根据宫岛达夫编《古典对照语表》统计，《竹取物语》中的"和文"率占91.7%。此作首次在文学作品中使

第四章　古代日本散文的兴起与发展

语言与文字相统一,标志着用假名散文虚构的物语形式的诞生。

《竹取物语》的作者无从考证,可能是一位律令制度下,精通汉文、和歌和佛教,仕途却并不得志的官吏文人。《竹取物语》中的"竹取"即"伐竹"之意,古本又写作《采竹物语》。因其主人公是一位名叫"辉夜姬"的美丽姑娘,这部作品又称《辉夜姬物语》。全书共九章,第一章写辉夜姬的出生。伐竹翁在竹筒中发现一个三寸长的小人,带回家中,盛在竹篮里抚养。三个月后,小人长大成一个姑娘,姿容艳美,老翁给她取名辉夜姬。第二章写"求婚"。辉夜姬长大成人后,天下所有男人都想方设法娶她,然而,所有求婚者都遭拒绝,怏怏离去。唯独其中的两位皇子和三个大臣不断来访,死缠不放。于是,辉夜姬想出了一个难题来抗婚,要他们分别去寻找五件稀世珍宝:天竺大佛的石体、东海蓬莱山上的银根金茎上的白玉枝、唐土(中国)的火鼠裘、龙头上发光的五色玉、燕子窝中的子安贝。结果无一人成功。以下五章以喜剧形式分别写这五个贵族如何冒险和用欺骗手段蒙骗辉夜姬,并被她一一戳穿的故事。第八章写天皇强娶辉夜姬的失败。天皇听说辉夜姬的美貌盖世无双,遂下诏令她入宫。辉夜姬誓死不从。于是,天皇便借出猎游幸之机,见到了清秀美丽的辉夜姬,扯住了她的衣袖,想把她拉进銮舆里。忽然,辉夜姬化为影子,销声匿迹。待天皇许诺不再带她走,才显出原形。最后一章写辉夜姬升天。三年后,辉夜姬告知竹取翁自己是月宫中仙子,下凡人间,期限三年,现归期已到,须返回月宫。老翁听后异常悲痛,祈请天皇阻止。天皇派兵包围了老翁住宅,仍未能达到目的。八月十五的夜晚,辉夜姬将不死之药和书信留赠天皇,穿上天上的羽衣,坐上飞车,升天而去。这个故事情节单纯,类似民间故事或童话。但从细节来看,由于作者以幽默、讽刺的态度,刻画了五个向天女求婚的贵族的种种丑态,使得这部最早的物语文学,从其情节描写的细腻,人物性格的突出以及对贵族保持的批判精神来说,都给日本文学带来了崭新的东西。

《竹取物语》的二元构成十分鲜明。作者以"化生""升天"作为开头与结尾,充分发挥了文学的想象力,扩展了艺术表现的空间。这可能是用天上的"洁净"和人间的繁杂来对照,加入"求婚"一节的强烈对比,对现实社会作一番冷嘲热讽。从某种意义上说,"升天"是"污浊"与"洁净"的对比,是对现世污浊的一种批判。现实性与传奇性、现实与理性、丑的世界与美的世界、天上的无限性与人间的有限性,对照的要素极尽其妙,既承袭了古代"口承文学"中善人与恶人、美与丑的传统审美类型,又"旧瓶装新酒",推陈出新,描写人间的悲哀,憧憬美好的世界,还适度幽默地讽刺现实社会,浪漫气息十分浓郁。《竹取物语》以散文叙事为主,中间穿插了少量和歌,这种和歌与散文水乳交融的形式,既增强了语言的生动性和抒情性,也有助于人物形象的刻画和心理活动的揭示,提高了作品的艺术水平。

《竹取物语》的产生,首先与日本本土的固有文学有着密切的联系,日本自古就有在自己的风土上培育出来的丰富的神话和传说故事,《古事记》《日本书纪》《风土记》等就多有传承。其次与中国民间传说《斑竹姑娘》《月姬》和"嫦娥奔月"也有明显的联系,有许多类比性可考证:一是女主人公辉夜姬和斑竹、月姬都是从竹中出生,以竹幻化为女性的象征;二是都描写多名(五名或三名)男人向她们求婚,她们出难题,难倒对方,使对方的要求落空。可以说,《竹取物语》无论在故事结构或思维方法上都与《斑竹姑娘》《月姬》十分雷同。《竹取物语》在日本文学史上占有重要的地位,它的特色可以归纳为:首先,它具有神仙谭的本质要素,带着某种神奇性,又发挥了一定的文学想象力,显示了浓厚的浪漫主义色彩;其次,它具有严谨的结构,初步运用了文学的心理描写;再次,它有一定现实生活的基础,不失某种历史真实性,如五个求婚者都不完全是虚构人物,其中三人在史书上确有真名实姓。由此可以说,"竹取"的故事尽管来自许多民间传说,但经过有意识的虚构,增加了生动的对话、细节的描写和心理的刻画,让想象在现实生活的基础上驰骋。可以说,它既超越了历史文学,又改变了传统的韵文文学——和歌、汉诗先后一统文坛的主导地位。

第二节 《源氏物语》与物语文学发展的高峰

11世纪初,《源氏物语》标志着日本平安朝物语文学创作的最高峰。它在"传奇物语"和"歌物语"的基础上,使物语成为逼真地描摹人情世态,细腻地抒发情感的文学体裁。作品行文典雅,文风似散文,字里行间充满作者对人、对事的敏锐观察和深刻领悟。加上书中引用白居易的诗句90余处,及众多巧妙地隐伏在迷人的故事情节之中的诸如《礼记》《战国策》《史记》《汉书》中的史实和典故,使得我国读者读起来犹如在研读一本中国的古典文学书刊。与中国的《红楼梦》中所描述的相近,《源氏物语》主要是以宫廷生活为主线,所涉及的人物大都为皇族。该作品是日本最重要的古典文学作品之一,有日本"国宝"之称。

紫式部(约973—约1015),本姓藤原,原名不详。[①] 紫式部出身中层贵族,其父兼长汉诗与和歌,对中国古典文学颇有研究。紫式部受家庭环境的熏陶,博览其父收藏的汉籍,特别是白居易的诗文,很有汉学素养,对佛学和音乐、美术、服饰也多有研究,学艺造诣颇深。19岁时,紫式部嫁给一

---

① 因为其父兄是式部丞,故人们称呼其为紫式部,紫是作品里的人的姓。

第四章　古代日本散文的兴起与发展

个比自己年长二十多岁的地方官,婚后生育了一女。结婚未满三年,丈夫因染流行疫病而去世。1005年,紫式部因为博学多识被召入宫中,给摄政王的女儿当家庭教师。后来,摄政王的女儿彰子成了皇后,紫式部也就名正言顺地成了宫中女官,专门讲授《日本书纪》和《向氏文集》等汉籍古书,官名为藤式部。在宫中供职期间,紫式部写了《紫式部日记》《紫式部集》等书,记叙了在宫中的见闻与感受。逝世前,紫式部将这些文字日记编写成《源氏物语》。

《源氏物语》产生的时代,是藤原道长摄政下的平安王朝贵族社会的全盛期,表面上一派太平盛世,实际上却充满复杂而尖锐的矛盾。皇室内外戚之间、同族之间展开了权力之争。加上地方势力迅速抬头,庄园百姓的反抗,使这些矛盾更加激化,甚至爆发了多次武装暴动。整个社会危机四伏,已经到了盛极而衰的时期。《源氏物语》以这段历史为背景,通过主人公源氏的生活经历和爱情故事,隐蔽式地描写了当时贵族的政治联姻、权力的腐败与淫逸生活,并以典型的艺术形象,真实地反映了那个时代的面貌和特征。

《源氏物语》共80多万字,分为54卷,每卷都有卷名。有些卷以书中的人物居所为名,有些卷以人物所咏和歌中的词汇为名,有些卷则以书中贵族行乐的内容为名。古时日本妇女社会地位低下,没有名字,因而有些卷名也作为文中女子的代称。作品虽以长篇形式写成,但内容类似多部短篇的组合。各短篇间以主人公源氏相连。作品前40卷描写了源氏的一生;第41卷只有卷名没有正文,暗示源氏生命的终结;第42到44卷讲述了源氏死后发生的一些事;最后10卷,主角则变成了源氏的儿子薰君。随着作品情节的展开,故事中的人物一一浮现。

《源氏物语》描写源氏的爱情生活,但不是单纯描写爱情,而是通过描写源氏的恋爱、婚姻来反映一夫多妻制下妇女的欢乐、愉悦、哀愁与悲惨的命运。作者笔下的众多妇女形象,有身份高贵的,也有身世低微的。但她们的处境都是一样,不仅成了贵族政治斗争的工具,也成了贵族男人的玩物。源氏本是桐壶与一更衣①生下的儿子。桐壶帝对小皇子非常疼爱,因为考虑到他没有靠山,将其降为臣民,赐姓源氏。源氏长大后极其俊美,多才多艺,极受天皇宠爱,并让他与左大臣的女儿葵姬结婚。但源氏并不喜欢葵姬,逐渐开始追求其他贵族女性。他凭着自己的才情和特殊权势,前后染指近20位女性。他与其继母藤壶私通,生下一男孩冷泉。冷泉被立

---

① 更衣位在女御之下,女御相当于我国古代的妃子,更衣相当于我国古代的贵人或才人。

为太子。同时,源氏在仕途上平步青云,官至近卫大将。桐壶帝逝世后,源氏异母兄长接任皇位,便是朱雀帝。朱雀帝登基后,源氏一落千丈,被逐还乡,然而朱雀帝很快病逝,冷泉帝登基。冷泉帝在服丧期间得知源氏是自己的生父,由此源氏东山再起,执掌朝廷,并修建六座院,将过去结识的十多位女子迎入其中,共享荣华。晚年源氏为了保持自己的权势,娶了朱雀帝女儿三公主为妻,谁料他竟发现三公主与葵姬的侄子柏木私通并生下一子,取名薰君。懊丧的源氏视为这是上苍报应。不久,他最宠爱的妃子紫姬死去,他痛感人生无常,遁入空门。薰君爱上了八亲王的大女儿,但她的早逝使薰君极为悲恸。他得知少女浮舟与其容貌相似,便移情于她。然而不幸的浮舟却被他人玷污,她夹在两个男子之间不能自拔,最后投湖自杀未遂。浮舟看破红尘,决意出家。薰君屡次想与浮舟见面,均未能如愿。在这些故事里,不难看出诸多乱伦关系和堕落生活是政治腐败的一种反映,和他们在政治上的衰落有着因果关系。

总之,《源氏物语》现实地反映了时代与历史的潮流,虽也写了源氏等的好色和风流,但也是为了折射与之相伴而产生的矛盾、人心的嬗变、世间的无常、荣华背后的衰落,从内部揭示了这个贵族社会盛极而衰的历史趋势,堪称一幅历史画卷。应该说,这是有深层的历史意义、深邃的文化内涵的。

《源氏物语》在艺术上也是一部有很大成就的作品,它开辟了日本物语文学的新道路,将日本古典写实主义推向一个新的高峰。全书出场人物有名可查者400余人,主要角色也有20~30人,其中多为上层贵族,也有中下层贵族,甚至有宫廷侍女、平民百姓。作者将人物描写得细致入微,使其各具鲜明个性。葵姬骄矜而偏执,末摘花古板而守旧,明石姬自卑而稳重,紫姬贤淑而嫉妒,六条妃子贪情而怨望,藤壶女御温情而内疚,花里散驯顺而随和。

《源氏物语》的结构也很有特色。前半部44卷以源氏和藤壶、紫姬等为主人公,其中后3卷描写源氏之孙丹穗王子和源氏之妃三公主与柏木私通所生薰君的成长,具有过渡的性质;后半部10卷以丹穗王子、薰君和浮舟、大小两位女公子为主人公,铺陈复杂的纠葛和纷繁的事件。它既是一部统一完整的长篇,各章节也可以成相对独立的故事。全书以几个重大事件作为故事发展的关键和转折,有条不紊地通过各种小事件,使故事的发展和高潮的涌现彼此融会,逐步深入揭开贵族社会生活的内幕。

与此同时,作者在书中尽展宫廷春夏秋冬四季的活动和自然景物,以描绘出一个宫廷生活的真实世界和追求富贵的真实存在。比如,对白马节、踏歌节会、灌佛、佛名会、迎神赛会、赌弓、内宴、花宴、赏月宴、菊花宴、

第四章　古代日本散文的兴起与发展

新尝节、大尝节、贺茂节、五节等四季的重要活动都有出色的描绘。尤其是对白马节、踏歌节会和五节的描写非同凡响，具有自己独特的风格。对于四季自然景物的描写，成为四季活动场景描写的重要组成部分，常常出现在这些叙事场面中，以增加抒情的艺术效果。而且一年春夏秋冬的各种风物，都是随人的感情变化而有所选择，其中以秋的自然和雪月景物为最多。最典型的是"浮舟"一卷的小野草庵明澄的秋月之夜，庭院秋草丛生一节的描写，映衬出此时浮舟栖身宇治的孤苦心境。然而"桥姬"一卷则是例外，将薰君与女公子们交际中所展现的人物的风流情怀，尽倾在"夜雾弥漫的朦胧淡月"下，使自然带上人情的或悲苦或喜乐的多种色彩。在描写月、雪物象上尤其泼洒浓重的笔墨，因为雪、月蕴含一种无常的哀感。开卷的"桐壶"一卷，皇上的"徘徊望月，缅怀前尘"，想起弘徽殿女御冷酷对他和他至爱的更衣，吟出"宫中泪眼映秋月，焉能长久居荒野"句，寄托于月来抒发自己的感伤和悲戚情怀。"花散里"一卷源氏顿萌厌世之念，与丽景殿女御回思往事时，描写了"缺月升入天空中，树木阴影深沉沉"，衬托出源氏对世间万事都感忧恼之情。这些描写使人与月之间产生一种精神的律动。"总角"一卷写到与浮舟的命运一样被薰君等置于荒凉宇治山庄的大女公子病逝时的"飞雪蔽天，竟日不息"的场面时，薰君即景赋歌嗟叹"人世无常久难住"，揭示了人生寂寥至极之心，体现了一种"物哀"的洗练的美感。这些宫廷举办的四季的活动和季节景物的描写，在"末摘花""须磨""萤""铃虫""夕雾""法事""总角"等卷中，都有出色的表现。总之，作者将四季自然和物象，与自己的思想、感情、情绪乃至想象力相协调，表现了自然美、人情美，进而升华为艺术美。

《源氏物语》一方面接受了中国的佛教文化思想的渗透，并以日本本土神道的文化思想作为根基加以吸收、消化与融合；另一方面广泛活用了《礼记》《战国策》《史记》《汉书》《文选》等中国古籍中的史实和典故，引用了它们的原文，将《白氏文集》《诗经》《游仙窟》等二十余种中国古典文学的精神融贯其中，尤其是吸收了白居易的《长恨歌》的精神，并把它们结合在故事情节之中，主要表现在以下几个方面。

从文学观来看，白居易强调文章是"感于事""动于情"而产生的，主张走写实与浪漫结合的道路。紫式部则强调她的《源氏物语》是"写世间真人真事"。紫式部这种文学观，以及根据这一文学观的创作实践，固然源于日本古代文学的"真实"文学思想，但也不能否认她受到白居易的文学观的影响，在文学植根于现实生活，是现实生活的反映这一点上，不难发现两者的近似性。

从思想结构来说，白居易的《长恨歌》的思想结构是两重性的，即讽喻与感伤兼而有之,其讽喻意味表现在对唐明皇的荒淫以及与其密切相关的种种弊政进行揭露,以预示唐朝盛极而衰的历史发展趋势。《源氏物语》也与这一思想相呼应,通过源氏上下三代人的荒淫生活,以及贵族统治层的权势之争,揭示贵族社会崩溃的历史必然性。

从作品的结构来看,《长恨歌》内容分两大部分:一部分写唐明皇得杨贵妃后,贪恋女色,荒废朝政,以致引起"安史之乱";另一部分则写唐明皇与杨贵妃的爱情,唐明皇对死去的杨贵妃的痛苦思念。《源氏物语》也具有类似的两部分内容:一部分描写桐壶天皇得更衣、复又失去更衣,把酷似更衣的藤壶女御迎入宫中,重新过起重色的生活,不理朝政;另一部分则描写桐壶天皇的继承人源氏与众多女性的爱情生活。白居易和紫式部所写的这两部分都是互为因果的两重结构,前者是悲剧之因,后者是悲剧之果。他们都是通过对主人公渔色生活的描述,进一步揭示各自时代宫廷生活的淫靡,加强对讽喻主题的阐述。

就人物的塑造来说,《长恨歌》对唐明皇的爱情悲剧,既有讽刺,又有同情。《源氏物语》描写桐壶天皇、源氏爱情的时候,也反映出紫式部既哀叹贵族的没落,又流露出哀怜的心情;既深切同情妇女的命运,又把源氏写成是个有始有终的庇护者,在一定程度上对源氏表示了同情和肯定。也就是说,白居易和紫式部都深爱其主人公的"风雅"甚或"风流",其感伤的成分是浓重的。

从《源氏物语》与白居易诗文的比较中,不难看出白居易诗文对《源氏物语》的影响。川口久雄在《平安朝日本汉文学的研究》中指出:"紫式部没有停留在模仿《白氏文集》的零星辞藻,或照搬《文集》诗的体验上,而是继承了《文集》那种'文章合为时而著'的真正的诗精神,连同消化《史记》的精神,以及特别运用《长恨歌》那种叙事诗形式,将颓废的现实形象化,并加以批判,而且将这种精神具现在自己的作品上。"

第三节 《平家物语》等与军记物语的兴起

物语文学中显示强大生命力的是表现武士精神的军记物语,又称战记物语。12世纪下半叶日本的镰仓时期是新生事物与行将灭亡的事物对立和斗争的时代。贵族知识阶层里有一些人对本阶级的没落深感悲哀与惋惜,对武士阶级的兴起感到惊异与赞叹。政治动乱又表现为连年的战争。在这样的背景下,军记物语开始兴起,日本文学由此也迎来了英雄的叙事诗时代。军记物语是在当时战争传说的基础上,经说唱艺人琵琶法师传唱,不断补充完善而形成,具有很强的即兴性,着力描写新兴的武士驰骋战

第四章　古代日本散文的兴起与发展

场、叱咤风云的形象。军记物语草创期的先驱作品，是《将门记》。它描写了平定天庆三年(940)平将门之乱的始末，以及反叛的平将门的英雄事迹和悲剧命运，创造了叙事文学的新模式，成为军记物语的起点。军记物语完成期，主要作品有《保元物语》《平治物语》《平家物语》《承久记》等。故事结构大致上都是先写战乱事件发端、战斗经过，后写事件挫折，讴歌武士的壮举和宿命的悲剧命运，塑造了众多的忠勇的武士形象，表现了变革期特有的人物造型，堪称"四部会战书"。下面主要说《保元物语》《平家物语》这两部作品。

《保元物语》作者未详，主要说的是围绕平安王朝末期皇室为皇位继承问题而展开的保元之役的故事，立体式地描写了战争的历程，以及主人公源为朝所表现出来的刚强和勇武，塑造了一个"勇猛、武道皆独步古今之间"的武士的丰满的艺术形象。作品开篇记叙了保元之乱爆发的原因。崇德天皇的执政没有特别的失误，却因为美福门院深受鸟羽上皇的宠爱而迫使崇德天皇让位于美福门院之子，时年仅3岁的近卫天皇。从此，鸟羽上皇与崇德院之间父子关系失和。14年之后，这位过早继位的近卫天皇在17岁时不幸去世，于是皇位的继承再次成了众人瞩目的焦点。崇德院认为自己没有什么过错就被迫退位的委屈应得到弥补，即便自己不复位，也应该由自己的长子重仁亲王来继位。而美福门院却以为爱子近卫天皇的早逝是崇德院和重仁亲王诅咒的结果并因此怀恨在心。于是，美福门院过继了崇德院的四弟为子，并促成其继位，即后白河天皇。至此，政局动荡已经到了一触即发的程度。而保元元年(1156)7月2日，鸟羽上皇的驾崩终于点燃了战火。

保元之乱最初由皇室的内部纷争引起。但随着两派力量的增大，又引发了摄关家族、源氏一族的家庭纷争。当时对抗双方的成员分别是：以源为义、源为朝为主将的崇德院与赖长一方，和以平清盛、源义朝的军事力量为主的后白河天皇与忠通一方。崇德院与后白河天皇是兄弟，赖长和忠通又同为手足，源为义、源为朝和源义朝分别是父子、兄弟的关系。可以说，保元之乱是由父子、兄弟之间的骨肉相残开始的，而这种残杀又成了武士力量进入政界的一个巨大的契机。

《保元物语》从战乱发生的原因开始记叙，在描写了作品的高潮白河殿之战后，娓娓道出乱后(特别是对战败者)的处置，以崇德院血写经书、西行参拜崇德院墓地收笔。其中，白河殿之战的片段描写了源义朝、源为朝兄弟在战场相遇时的情景：经过一番理论之后，为朝趁天色渐明，想拿出射箭的绝活给义朝致命的一箭。但考虑到两军开战不久就杀了对方主将有失情义，况且义朝又是自己的哥哥，所以决定只给义朝一个下马威。

他射出的箭擦过义朝的头盔,有一半射透了宝庄严院的五六寸厚的院门,射得士兵们乱成一团,也吓得义朝目眩心乱。可当义朝发现自己既没有流血又没有受伤的时候,他又开始逞强,反过来讥笑为朝的射艺平平。这种对武士的情义和勇武的描写,拉近了人物与读者之间的距离,使武士形象变得有血有肉,跃然纸上。而对义朝害怕又逞强的心理表达,则超越了武士的身份界限,揭示了人性的本真。胜负决出后,日本的中世逐渐拉开帷幕。《保元物语》纵然有军记的"记"的特点,但并非单纯记录战事、记录历史。它是物语,具有一般文学作品所有的"虚构情节"与"塑造人物"的两大特点,也有它想表现的东西:一个是想描写今上和元天皇为争夺皇位而发生的战乱;另一个是想表现由此造成的皇室、贵族、武士内部的父子、兄弟等骨肉相争的悲剧;还有一个是想塑造武士源为朝的超人的英雄形象。

《平家物语》最能体现时代特点,被日本文学史家誉为"描绘时代本质的伟大民族画卷"。该书相传为13世纪初的信浓前司行长所著,描写了新兴的平氏与宫廷的对立、宫廷的阴谋与源氏的卷土重来,平氏、源氏两大武士集团大会战、平氏失败与灭亡,最后源氏胜利的全过程,反映了镰仓时代风云变幻的武士社会变迁,以及地方武士崛起的风貌。作者以"诉说世事本无常"开始,以"永归净土"结束,在描写武士的国与家、君与臣的选择上,也表达了儒家的忠孝伦理观,形成了中世纪武士的审美价值取向。书中充满了儒家的"忠""孝""仁""义"和佛家"盛者必衰,诸行无常"等因果报应思想。

《平家物语》原来叫《平曲》,也叫《平家琵琶曲》,当时由琵琶法师以地方听众为对象广为说唱,不同版本多达200种,书中很多感人的故事已是家喻户晓。现存的这部军记物语,全12卷,并附1卷。故事从天承二年(1132)平忠盛升殿,荣任公卿拉开序幕,至建久九年(1198)其嫡系六代玄孙被处极刑,结束了平家氏族盛衰的60余年历史。

1087年,"武家栋梁"源义家在后三年之役中消灭了奥州清原氏,此时正是白河上皇开始院政的第二年。白河院害怕义家的势力进一步扩大,所以冷遇义家。1101年,义家之子义亲介入了受领和庄园领主之间的纠纷,被大宰府控告而流放到隐岐岛。之后,他于1107年杀害了出云国的目代,于是白河院任命北面武士伊势平氏正盛为追讨使,派他捉拿义亲。第二年,正盛带着义亲的首级凯旋,受到了京都人士的狂热欢迎。正盛因这次的功绩而迁任熟国但马(今兵库县北部)的但岛守[①],此后历任若狭(今福井

[①] 国司(受领)的长官为"守",次官为"介"。

第四章　古代日本散文的兴起与发展

县西部)、丹后(今京都府北部)、备前(今冈山县东部)、赞岐(今香川县)等地的受领积蓄财力,在不惜财礼为白河院服务的同时,他还很好地完成了武士的工作,如镇压南都、北岭僧兵等事。其子忠盛也作为北面武士侍奉白河、鸟羽两院,历任诸国的受领积累了巨万财富,最后作为殿上人进入宫廷社会。叙述平氏兴衰的《平家物语》,就是从这个忠盛"殿上暗讨"的场面开始的。

但是,对于忠盛的荣升过程和这过程中发生的保元之役、平治之役这段历史故事,作者用简笔带过。主要笔墨集中用在忠盛之子平清盛身上,他经过数次大战役,击败敌手源氏家族,其妻妹也受鸟羽院之宠并生下皇子,其女德子纳入中宫,尊号建礼门院,也生下了安德皇子,平家获鸟羽院的信任,青云直上,官至太政大臣(出家后称"入道相国"),掌握了中央的政治实权,压倒旧贵族的势力,并立3岁的安德为幼帝,达到了鼎盛。不过,平清盛执政后,推行极权政策,破坏佛法,遭到白河法皇等皇室和旧贵族的反抗。怀才不遇的皇子以仁王与源赖政共谋推翻平氏,但起事败露而告失败。平家的六代子孙尽享荣华,过着旧贵族式的奢华生活,最终走向了贵族化。他们在政治上腐败无能,已丧失新兴武士阶级所代表的先进力量,而一直保持着新兴武士阶级本色的源氏势力,多年积蓄力量,试图东山再起。源赖朝为首的义仲、义经等源氏势力,趁平家与皇室之间因权力之争而产生矛盾之机,全国举兵讨伐平氏。源氏征战多年,于坛浦展开最后决战而获全胜。作者成功地树立了平清盛这个典型的人物形象。平清盛是平家的代表人物,也是《平家物语》的第一主人公。在作者笔下,他具有新与旧、进步与反动的双重性格,代表着新兴的势力,在推动历史的变革中起到了重大的作用。在这一点上,作者将全部热情倾注在清盛的身上,称赞他是"治国良相",极尽夸张与肯定之能事。全书不仅描写了两军厮杀的刀光剑影、武士的忠义精神,而且随处都飘溢着人文的"风雅"诗情和"哀"的悲调,交织出一幅丰富的人生和历史的多彩画卷。

《平家物语》虽然表面上是写"源氏争乱"中平氏一族的兴亡史,但实际反映的是构成日本社会巨大转折的历史。因此,作品的客观意义,要比作者的主观意图大得多。日本自7世纪中叶至8世纪初,建立了中央集权的古代天皇制统一国家。在政治组织上实行"律令制",在土地制度上实行"班田制",亦即"公地公民制",农民担负着沉重的赋税与徭役。这种土地制度没有维持多久,从8世纪中叶起,以"垦田私有法"为契机,"班田制"开始走上解体,出现了由皇族、名门贵族及各大寺院私有土地的庄园制。到了10世纪以后,拥有大片私有土地的地方豪族,为了他们的土地不被地方政府"国衙"所没收,将他们的土地所有权以"寄进"的名义奉献给中央最有权势的贵族或皇族,出现了大量的"寄进庄园"。这些土地的奉献者,将一部分收益,献纳给当时称作"领家"或"本所"的中央贵族,然后凭借中央贵族的权势,与"国衙"相对抗,并逐渐取得"不输不入"[①]的特权。平安中期百余年间由藤原氏推行的"摄关政治"[②]就是以拥有这种大量"寄进庄园"作为他们的经济基础的。到了 11 世纪末,天皇皇室以退了位的天皇[③]为中心,也是利用"寄进庄园"为经济基础,取代了藤原氏的摄政,建立起"院政"[④]。"院政"的出现,由原来的天皇一族与藤原氏的矛盾,转变成"院"与在位天皇的矛盾。到了 12 世纪中叶,天皇与上皇之间的内部矛盾,以及分别依附于一方的中央贵族之间的矛盾激化起来,爆发为两次军事政变——1156 年的"保元之乱"及 1159 年的"平治之乱"。这两次军事政变,导致了天皇皇室及旧贵族势力的衰落,给平氏、源氏这类地方豪族出身的武士夺取中央政治实权开辟了道路。治承四年(1180),以源氏子孙为中心,全国爆发了打倒平氏的叛乱,经过了五年左右的时间,和数十次大小战役,最后平氏一族为源氏所灭。以此为转折,取得胜利的源氏在东国的镰仓建立了武家政权"镰仓幕府",这一政权虽带有与旧制度一定程度的妥协性质,但它毕竟结束了日本古代社会,开始进入之后延续六百余年的封建社会。《平家物语》经过许多作者之手不断增饰润色,完成于镰仓初期。镰仓时期的文化,正和它政治上带有一定过渡的性质一样,也带有某种新旧文化过渡的性质。当时武士阶级本身,只能作为文化的享受者,还不具备创造文化的能力,从而只能依靠出身于贵族、有较高的文化素养,而又对新兴的武士阶级有一定理解的人来担负起这一使命。《平家物语》这部作品,正如书名所表示的那样,它不是把"源平争乱"这一重大历史事件,不偏不倚地从文学上加以再现,而是把焦点集中在平氏一族由极盛转入灭亡的悲惨命运上。由于作者们都是一些富于贵族教养和贵族生活趣味的人,他们的同情自然集中在公卿贵族化了的平氏这一边。但他们的世界观显然是矛盾的:对旧秩序、旧文化的被摧毁,出于他们的阶级本能,表现出无限恋惜与哀伤,同时他们又生活在新秩序已经建立起来的镰仓时代,作为这一时代冷静的旁观

---

① "不输"即不向地方政府缴纳赋税,"不入"即不许地方官吏进入庄园行使行政权。

② 天皇未成年时由特定的贵族任"摄政",天皇成年后,"摄政"改称"关白",这种政治形态,统称"摄关政治"。

③ 天皇退位后称"上皇",上皇出家,则改称"法皇"。

④ 上皇居住的地方称"院",如"二条院",因此"院"也就成为上皇的代称。有时也以在位时的帝号附上"院"号来称呼上皇,如"高仓院"。"院政"是由上皇代替天皇行使政权的一种政治形态。

第四章　古代日本散文的兴起与发展

者,一方面他们对包括天皇一族在内的旧公卿贵族的庸碌无能,时时发出慨叹,另一方面又对武士阶级旋风般的兴起感到一种不可抗拒的力量。由于作者们这种充满着矛盾和复杂的心理状态,反而使得这部作品在客观上真实地再现出武士与贵族、兴起与衰亡的历史真面目。

也就是说,作者以浓重的笔墨聚焦在平家的没落与消亡的紧张过程上,而这之中又更多的是展现武士的精神世界。交织着作者的爱与恨、喜与悲、解放的昂奋与内省的孤寂。作品开篇犹如"一把辛酸泪",奠定了苍凉的基调。"祇园精舍钟声响,诉说世事本无常。娑罗双树花失色,盛者转衰如沧桑。骄奢淫逸不长久,恰如春夜梦一场。强梁霸道终覆灭,好似风中尘土扬。"作品后半部的一符、筱原、志度、坛浦等几次大战役中,更是有意识地凸显以源氏为代表的武士集团始终保持质朴刚健的精神和他们忠勇的英雄群像。全书贯穿了新兴的武士精神,武士、僧兵取代贵族的地位。这些形象的出现,标志着日本古典文学开创了新的与王朝文学迥然不同的传统,源义经是日本文学和传说中最伟大的军事人物之一,传说中的镰仓战神,也是兔死狗烹式的悲剧性胜利者的典型。《平家物语》中源氏的主角正是源义经。从源赖朝一手建立镰仓幕府起,武士逐渐成为社会的重要阶层,武士的精神准则也在逐渐成熟。武士道精神以为主君不怕死的觉悟为根本,强调"毫不留念的死,毫不顾忌的死,毫不犹豫的死",为主君毫无保留的舍命献身的精神。武士道最重视的是君臣戒律,尽忠是绝对的价值,其核心准则主要包括"忠""孝""勇""礼""诚""知耻""名誉""勤俭"等。

作者还以风雅的笔致,写了许多动人的爱情故事和悲惨的爱情故事,例如,关于少将与小督的爱情故事。高仓天皇失去葵姬,中宫将自己身边的女官小督送到天皇那里,给以慰藉。而大纳言隆房卿还是少将的时候,已经与小督一见钟情,开始咏歌、写信表白对小督的恋慕。小督托人捎话给他说:"我已被召到君侧,少将不管说什么,我都不会答一句、回一信。"少将还是抱着一丝幻想,写了一首和歌,歌曰:"爱卿之情充四野,临近卿前反成空。"他将这首歌投进小督的帘子里,小督原封不动地扔到院子里。少将很是难堪,想寻短见。人道相国听得此事,预感小督活在世上,天下不会太平,得弄死她才好。小督闻后,抱着"只对不起皇上"的心情,离开了皇宫,从此不知去向。皇上想念她,便差仲国到处寻找。

作者描写贵族的恋爱故事的同时,也描绘武士的爱情故事,但与前者比较,虽也很风雅,但没有那样放荡不羁。比如,平家将中的平重衡被俘后,与相爱的女官通过书信与和歌来传达情意,写得也是十分悲切动人。这些散文和韵文结合的描写,更增加了武士作为有血有肉的人的抒情性,也大大地增加了作品的艺术效果。

《平家物语》与中国文化、文学也有着密切的联系。作者在书中引用了许多中国典籍，从《论语》《礼记》《孝经》到《史记》《诗经》《庄子》《荀子》等。比如，书中写到人道相国缓和了对朝廷谋反的心思，称赞少有这样的内大臣时，突出了孔子的"为君则尽忠，为父则尽孝"的忠义忠孝思想，并两次引用《孝经》的语句。在叙述保元、平治时代，人道相国保住了君主的地位，安元、治承时代又想把君主消灭的故事时，也多有引用中国典故和《孝经》等，讲明"百行之中以孝为先，明王以孝治天下""君犹舟也，臣犹水也，水能载舟，亦能覆舟"的君臣的忠义之理。

　作者以史为鉴，写了一大段中日的历史比较，并以儒佛文化作为《平家物语》的指导思想，铺陈平清盛为首的平安兴衰的动人故事。在故事发展的过程中，秦始皇、汉武帝派人入海求仙、荆轲刺秦王、汉武帝与李夫人的恩爱、唐明皇与杨贵妃的悲恋、魏徵的梦子夜泣、越王勾践的卧薪尝胆、孟尝君于函谷关学鸡鸣、武王伐纣在过黄河时有白鱼跃入舟中等这些民间熟悉的中国典故轶事，都进入了它的故事之中，成为故事的有机组成部分。此外，还引用了一些中国民间传说故事。比如，在描绘重盛夫人听闻重盛战死，在自杀前望着无边的沧海，产生了"双星渡河"的幻觉，这就借用了牛郎织女银河相会的传说故事。重衡与女官悲切的生离死别的赠答歌中，除了引用白居易的"连理枝"诗句，还借用了中国古代传说中"天子觞西王母于瑶池之上"的故事等，都大大增加了叙事抒情的悲剧效果。更重要的是，作者大量借用、活用白居易的诗，而且都是与故事情节的展开和人物形象的塑造紧密结合，浑然一体。其中以活用《长恨歌》尤为出色，使故事和人物都得到了进一步的深化。

　在语言艺术上，《平家物语》也取得了前所未有的成就，特别是创造了"和汉混合"的新文体，汲取汉文质朴遒劲与和文缠绵婉曲之长，融会贯通，巧妙运用，抒情、叙事互相交融，形成一种独特风格。该书被誉为日本文学史上的代表作品，代表了镰仓时代文学的最高成就，对后世文学的影响十分深远。

第四节　《枕草子》与随笔文学的诞生

　在日本古典文学中，作为最重要的，并经常能与《源氏物语》比肩的便是《枕草子》[①]这部作品。这两部作品都是诞生在平安王朝极盛的中期，都

[①] "草子"也写作双纸、草纸、双子等，因此文献里有"清少纳言枕草子""清少纳言记""清少纳言抄"等称呼，但一般以"枕草子"为正统。其书名可理解为"放在枕边的册子"。

第四章 古代日本散文的兴起与发展

记录了作者自己在宫中的见闻和感怀。只是体裁和形态不同,前者是物语,后者是随笔集。《源氏物语》是日本随笔文学的滥觞、嚆矢,其构成之巧妙,内容涵盖之丰富,表现形式之新颖与多样,运用语言上的考究和富于魅力,鲜有出其右者,诸如长、短句的穿插,对句法的使用以及富于独创性的删减省略和生动、活泼、闪耀着个性色彩的人物对话,独具匠心的叙事、写景、抒情、析理都不同凡响。随笔集《枕草子》青春而富于知性,独创了"をかし"(Okashi,明快)的美学理念,谈及日本平安时期的随笔,主要就是指这部作品。

《枕草子》约成书于1001年,作者清少纳言生殁年不详,据她入宫侍从一条天皇的中宫(后为皇后)定子时是二十四五岁来推测,是生于天禄年间(970—972),殁于万寿年间(1021—1028)。她名字不详,是清原元辅之女,以清字为姓,以父兄辈的中纳言的官职为名,遂称清少纳言。她是中层贵族书香门第出身,曾祖父、祖父都是著名歌人,父亲是《后撰和歌集》的编撰者之一,受到家学的严格训练,自少就有和歌和汉学很深的教养。由于宫中权力争斗,定子先遭禁闭,后被逐出宫,清少纳言也因此辞仕闲居家中。宫廷权力斗争结束,她才与定子返回宫中,直至定子辞世。清少纳言的婚姻生活并不美满,她与橘则光结婚,由于情感的不合和官场人事的纷扰,婚后三年便离异。这种家庭生活和宫廷生活的阅历,为她积累了丰富的素材,成为《枕草子》诞生的人文基础和主要记事的内容。

《枕草子》共分三百余个段落。从段落的形式而言,大体可以分为三种类型。第一种是类聚形式,围绕某一个特定的主题,展开对某事物的观察和思考。第二种是随笔形式,内容通过对虫鸟花草、四季变换等大自然以及人们日常生活的观察,抒发作者的感怀。第三种是日记回忆形式,记录了清少纳言在宫中的所见所闻和亲身体验。因此可以说,《枕草子》既是日本古典文学作品,又是历史文献资料。集子中各段文章长短不一,长篇有如"草庵""积善寺""陆常介""听子规""二条宫"等达数页者;短篇有如"歌集"者,只列举了三部歌集的名字,不到一行;"陀罗尼"者也只记"陀罗尼是:宜于黎明"一句。

《枕草子》富含诗情的想象性、纤细的感受性。作者以浪漫笔触,抒写了四季自然的瞬间微妙变化之美,以及春夏秋冬的四季情趣、山川草木的自然风情和花鸟虫鱼的千姿百态,不仅内容异彩纷呈,而且文字也充满诗的节奏感和韵律性。作者对四季自然风物的感受,是在时空的交错和色彩的变幻中,敏锐地发现和精确地捕捉瞬间的美。例如,书中的第一段,兼具列举和随想的特点,也是此作品最具特色的段落:

春天，拂晓时分最美。山峰泛白，渐渐亮了起来。紫色的云彩，飘忽其间，很有情趣。

夏日，夜里最美。月光辉映下自不用说，就是昏暗之夜，萤虫纷飞，发出点点微光，也很有风趣。渐沥夜雨，更富有韵味。

秋天，日暮时分最美。夕照行将抚触到山巅之时，正是乌鸦归巢，三三两两结伴匆匆飞翔，那归心似箭，不由令人泛起爱怜之情。何况飞雁成行，掠空远去，越看越小，饶有情趣。夕阳西沉了，风声虫鸣，更有一番说不尽的美妙风情。

冬日，清晨最美。雪花纷纷扬扬，自不消说，就是霜降大地，呈现一派洁白，也十分动人，即令不霜降，寒气逼人时，就得急忙准备好烤火。人们手捧火盆穿过廊道的景象，与冬日清晨的氛围，也十分协调。到了白昼，冷觉逐渐淡薄，火盆里的炭火也渐次化成灰烬，令人怅然。①

《古今和歌集》以来，春天最美的是春霞、嫩草、莺、樱花、山吹、紫藤；夏天是月光、雨、短夜以及萤火虫最富有情趣；秋天最有情趣的是松虫、秋虫、大雁、露和红叶；冬天是雪、霜和枯草最具审美观。而在清少纳言笔下，春天拂晓时分最美，夏日夜里最美，秋天日暮时分最美，冬日清晨最美。将季节的一天中某个时间带作为审美的基准，独具匠心。描写景物除注重色彩之外，时空的交错，声音以动制静，光线忽明忽暗，相得益彰，构筑了和谐美好的世界。从日、月、云、雨、风、霜、雪等自然景象和春夏秋冬、黎明、清晨、白天、傍晚、夜晚等岁时结合，描绘出天地自然的调和与理想的四季变化，可以说是典型的阴阳哲理的体现。

《枕草子》从琐事中见巨细纷繁的世态。作者运用列举文、随想文、日记文诸种文体，把所见所闻中扫兴的事、可憎的事、惊喜的事、怀恋的事、讨厌的事、可羞的事、偶感而发的中日文异同之事，以及高雅的东西、不相配的东西、漂亮的东西……都展现在散文随笔中。而所有这些"事"和"东西"都是与平安朝的时代、京城、贵族、女性和自己的个性交错相连，反映了一定的社会世态。比如，作者在"积善寺"这一最长的章段中，通过瞻仰法会的盛大，赞颂了藤原道隆家族的繁荣；"月与秋期""牡丹一丛"等段，叙述了在道隆逝后，慨叹"月与秋期身何去"和"世间多有事故，骚扰不安，中宫也不进宫"，"（中宫）那边的情形很凄凉"。作者也受牵连，被女官传为内通政敌而遭人恨。通过这些事，作者记录了中宫的荣华与厄运。

---

① 叶渭渠. 日本文学大花园[M]. 武汉：湖北长江出版集团，2007：46.

第四章　古代日本散文的兴起与发展

作者在随笔中也多记录一些中宫的生活，以折射宫廷里的喜怒哀乐的故事。有一段这样记道：

> 她刚进宫侍奉中宫定子不久，中宫问她："你想念我吗？"她回答说："为什么不想念呢？"这时传来了一个打喷嚏声，中宫质疑说："你是说了假话吧？"回到女官房里，女官拿了一首歌让她看，歌曰："真话假话谁知道，上天又无英明神。"她哀怨地咏道："想念心浅也难怪，为了喷嚏受牵连，不幸，不幸啊。"

作者以"喷嚏"为题，将讨人厌的、可恨可叹的事写了一段，这看似琐碎的事，也从一个侧面反映了宫里人际的纷繁。

《枕草子》谙熟地活用了许多典籍。书中有不少佛事的记录，比如"小白河八讲""经""佛"等章段，根据《法华经》的佛法描写随处可见。同时，引用或应用了《文选》《新赋》《史记》《汉书》《四书》等汉籍中的不少中国典故，比如"假的鸡鸣"，写了头弁行成到中宫职院，已是深夜，翌晨他给作者写信道："后朝之别，实是遗憾。本想彻夜不眠地畅谈昔日的闲话，然天亮鸡鸣所催，便匆匆归去。"作者读信后，写回信道："半夜的鸡鸣，是孟尝君的鸡叫声吧？"接着，两人在信件中还对起歌来，并反复地借用孟尝君的深夜函谷关鸡鸣故事。

作者对白居易诗文更是运用自如，活用得最多。尤其是她利用了白居易"兰省花时""庐山雨夜"一联，赢得了"草庵"的雅号。《枕草子》第70节大意叙述：一个旧相知头中将，在给"我"写信时，援用了白诗"兰省花时锦帐下"一句，要"我"对出下联。"我"在回答的时候，并没有明写出这联的下句"庐山雨夜草庵中"，却故意续了半句和歌："草庵寂寂有谁深情来相访"。当回信带给了头中将之后，头中将将信拿给他的朋友们看，大家都一致赞赏作者的才智，并给"我"送了一个绰号"草庵"。《枕草子》第256节讲"我"在雪晨卷帘之际，机智地援用了香炉峰的典故，使得人们为之击节惊叹。故事大意：一天，雪下得正紧，"我"在中宫前伺候，中宫（皇后）忽然说道："香炉峰雪正不知如何的情况呢。"当时"我"立刻站起来，亲手将殿前的御帘卷起。中宫看了，不由得微笑起来。周围的女官们也都夸赞"我"的机智，因为"我"把白诗"香炉峰雪拨帘看"灵活运用了。

可以说，在《枕草子》中，女作家清少纳言尽展其优秀的文章表现能力、敏锐的观察力、纤细的感受力和丰厚的汉学才华。在《枕草子》诞生前和诞生后的近200年间，未见此类随笔文学的出现，它与紫式部的《源氏物语》不愧是雄峙于日本古代散文文学史上的双峰。

49

第五节 《方丈记》等与随笔的庶民化发展

到了近古,随笔文学开始趋于庶民化,出现了杂文、小品、日记、纪行文、随想录、谈艺录、见闻记、讲演词,凡此种种,尽列其中,大致可概括为三类:文学性的随笔、文学论的随笔、知识性的随笔。这些随笔的作者们都是兴之所至,漫然书就,笔致却精确简洁,朦胧幽玄而闲寂地展现事物的瞬间美,给人以丰富的艺术享受,在日本文学史上占有崇高的地位。近古的随笔作者不像古代由贵族垄断,而主要是隐士来充任,他们是当时的知识分子的主流,远离权力舍弃社会地位,形成了日本文学史上的"隐士文学"。这一时期的文人多感世间无常,隐居念佛成为一种时代的潮流,形成日本文学史上所称的"隐士文学"。其中镰仓时代以鸭长明的《方丈记》、吉田兼好的《徒然草》为代表。

《方丈记》的作者鸭长明(1153?—1216)出身于神职家庭,自幼丧父,家道中落。年轻时修炼和歌、音乐,经历了火灾、风灾、地震、饥荒等自然灾害和社会的动荡,深感"天变地异"的无常。中年时当歌人而活跃于镰仓歌坛,并曾在后鸟羽院再兴的和歌所任职,自撰和歌集《鸭长明集》。50岁时厌世出家,法号莲胤,隐居于洛北大原、日野山等地。他长期积郁于心中的无常感,在随笔集《方丈记》里表现了出来。从结构来说,该作品分点题性地叙述人生无常、种种自然灾害、自述闲寂的隐居生活、老来反省修心悟道四大部分,共37段。在描写自然灾害时,是按灾害发生的年代顺序排列,自述闲寂隐居生活部分则以相似性类聚,两者之间,以艰难的社会环境和自己的身份境遇作为连接部,社会的大空间和个人的小空间浑然一体,使全书各段相互对应,保持了结构的统一性和整体性。

从内容来说,"序"段起到了开宗明义的作用:

> 川河水流不息,然已非原来的水。浮在淤水上的白泡,消结无常,尚无久驻之例。世间的人与居处也如此。(中略)人与家居争无常之相,与牵牛花上的露珠无异。或露落花仍残留,花虽残留,然迎朝阳即枯萎。或花萎露仍未消,全消须待黄昏时。

作者以如"流水"、如"白泡"、如"露落花残"来象征性地提示人生的苦恼与无常,并以空无观为根底,用咏叹调道出了支撑这部随笔命题的无常观,体现了作者的现世苦难和人生无常的文学主体精神。

之后,笔锋一转,作者开始描述自己脱离纷繁复杂的尘世隐居山野的闲情逸致。文笔清秀飘逸,读来令人心驰神往。可是临近末尾,作者再次

第四章　古代日本散文的兴起与发展

调转笔锋,从一个佛教徒的立场深刻地反省自身迷恋于山野闲情的贪念,并在虔诚的念佛声中悄然掩卷,余韵无穷。

以写实的笔致描绘了自己经历过的大灾害和社会诸现象,是《方丈记》主要内容之一。其中,有安元三年(1177)的大火、治承四年(1180)的旋风、养和年间(1181—1182)的饥荒和病疫、元历二年(1185)的大地震等自然灾害,折射出社会种种不可思议的世相,就像绘制出一幅悲惨灾害的精密的绘卷。这些天变地异的描写,多从隐士的视角出发,抒发了个人的无常感,同时也慨叹了人间社会的无常相。但这不是消极的,而是显示了积极的关心。比如,养和年间发生大饥荒,京城病疫流行,盗贼行劫、百姓弃婴、死者满巷,这种"哀声充盈于耳"的惨状,在长明的笔下,如泣似诉地展现了出来。

在《方丈记》里,作者还谈歌论诗,话琵琶,品尝了艺术的三昧,确是"方丈极乐"。这种"极乐"是艺术感受的、心灵感受的愉悦,蕴含着一种幽远的情趣。然而,此时作者在艺术享乐中,在心灵的自我慰藉中,仍不忘世间的无常。慨叹自身犹如"黎明舟后掀白波",一现即逝。它与"序"段的"白泡消结实无常"是相照应的,喻人生一切犹如梦幻的泡影。

长明蛰居方丈草庵,过着闲寂的生活,以四时为友,也写了花鸟虫鱼风雪月。比如写了春观藤波起,联系到西方往生;夏听杜鹃声,联系到冥途的旅路;秋闻飞蝉鸣,联系到空蝉之悲世;冬赏白雪飘,联系到积雪、化雪似世间罪障,从中发现自然之美,并在美中捕捉闲寂、空寂与无常,达到了宗教思辨和美的融合。

《方丈记》各段的篇幅短小,但作者直接而坦率地表白自己激越的感情、纤细的感受、冷静的思索和明确的思想。在准确叙述的同时,也十分注意表述的技巧性。有时远距离地观察客观的事件和社会,有时又近距离地思索主观对这些事件和社会的体验,充满了真情实感。这大大地提高了叙述的力度,以及表述文学思想的深度,最后使对象与主体、客观描写与主观表现的融合达到浑然一体。

《徒然草》的作者吉田兼好(1283—1352),俗名卜部兼好。祖辈系贵族,住日本京都吉田神社。青年时曾奉仕贵族堀川具守,北伏见天皇时任禁中的泷口(守卫禁中的武士),花园天皇时任左兵卫尉,又任后宇多天皇的北面武士(院政时期为天皇担任警卫的侍官)。后出家为僧,改名吉田兼好,俗称兼好法师。他博学多识,精通中国的儒、佛、老庄之学,对和汉文学也有较深的造诣。他的散文代表作为《徒然草》。另有和歌集《兼好法师集》行世。《徒然草》是一部散文总集,与清少纳言的《枕草子》,被称为日本古典散文的"双璧",具有自然、真实、朴素、生动、深刻的特点。

《徒然草》上下两卷,分序段和正文243段。该书记述的内容非常丰富,既有对无常的领悟,也有对各类兴趣的见解;既有作为出家求道者的言论,也有关于人生、道德的独到见地;既有对各类人物的描写,也有对人物内心的窥探;既有日常生活上的训诫,也有对艺能修行、居处摆设的建议等,堪称浓缩了中世社会方方面面的小型百科全书。全篇大致可分无常感、求道说、人生谈、艺术论、自然观、生活训、青春颂、仪式法制、自颂自赞等项。从形式来说,有随想、说话、艺谈、回忆等。书中各段相对独立,不时转换主题,涉及中日古今的大小话题,然全篇又贯穿作者鲜明的创作主体和统一的精神,是知性与感性的结合,抽象观念和具体事物的并叙。关于写作此书的目的,作者在序段也作了交代:"徒然闲寂,终日对砚,心中浮现出幕幕琐事,漫然书就,达到痴迷的程度。"

在作者"心中浮现的幕幕琐事"中,既有对现实生活的烦恼,又有超脱现实后闲寂生活的愉悦。他在文中进一步言明《徒然草》序段点题的"徒然"闲居生活的意义和状况,展现其"远离尘俗,身心闲寂,可自得其乐"的思想,并以此思想为中轴,铺陈他对各项内容的叙述。第一,他有一股强烈的求道之心,表明"吾生已蹉跎,当放下诸缘之时也"。书中无处不引用佛典和儒籍,使用佛语和带哲理性的语言,展现了作者对生死无常的独到认识。作者的无常感,最早是用咏叹式、感性式表现出来,带有浓重的感伤性。经过隐居求道生活的历练,从不自觉到自觉。理性地认识无常——"贪生"即人的生的欲望和"利欲"即物质的欲望。"自然变化之理",这是《徒然草》的一个重要的思想特质,它支撑着随笔集的整个结构。在这项内容的有关段里,就集中地显现出这种从"感性的无常观"到"理性的无常观"的思想发展脉络。同时,在许多段中,通过对有代表性的硕学高僧,比如弘融、道我、贤助等作了人物素描,形象地加以说明。第二,这种自觉的无常观,反映到对人生的态度上,就是积极论说自然与人的生命转化之理,即生死的辩证关系,内容主要是有关自然与人的本质、生与死的关系,以及社交、处世的心得等方面。在许多篇章中,作者仔细地观察自然,从一株新芽的萌生,看到了新的生命的成长、新的生命的力量,试图辩证地把握人的生命的流转规律,具体地通过季节的推移,自然风物的转换来表达对生死轮回的无常观。第三,《徒然草》另一显著特色,那就是从四季的自然中发现美,将自然与美意识密切相连。文中表现出的哀感,蕴含着"哀"与"寂"之美的情愫,将古代的"哀""物哀"与中世纪的"空寂""闲寂"无间相融,创造了兼好式的随笔文学之美。第四,在《徒然草》有关艺术论的段落中,作者还通过感性与知性的思考,将古今典籍娓娓道来。在这类段落中的许多典故或用语,都出自汉诗集、和歌集《怀风藻》《万叶集》《古今和歌集》、物语文

第四章　古代日本散文的兴起与发展

学《源氏物语》《平家物语》、说话集《今昔物语》、历史物语《大镜》、文集《本朝文粹》、歌谣集《梁尘秘抄》等日本古典名著,论述涉及物语、和歌、连歌、和汉朗咏、神乐、催马乐、雅乐、舞乐、郢曲、白拍子、吕律等种种乐器、艺能,以及古今歌人等传统文学艺术的广泛领域。

《徒然草》蕴含着丰富的中国文化因素。在作品中,兼好直接或间接引用的中国典籍,如《论语》《书经》《礼记》《孟子》《老子》《庄子》《文选》《白氏文集》《史记》《淮南子》《汉书》等不下几十种,甚至还有我国古代的蒙学课本《蒙求》,中药学书《本草纲目》、古小说集《世说新语》等,其中引用最多的是儒家学说兼好主张:"人之才能,以明典籍(四书五经类)、知圣教(孔孟之教)为第一要务"(《徒然草》第122段)。所以,儒学中的"中庸"之道、"为政以德"、仁爱忠孝、"恭宽信敏惠"等思想,都在《徒然草》中得到了反映。在叙述人生时,引用中国传说或典故,宣扬清贫之德,据理发挥,使人心服。比如,引用了唐代李翰的《蒙求》中"许由一瓢"的传说:"许由,隐箕山。无杯器,以手捧水饮之,人遗一瓢,得以操饮。饮讫挂于木上,风吹沥沥有声,由以为烦,遂去之。"在描写山川草木、花鸟虫鱼的自然感动中,常常直接引用中国古人的诗文加以渲染。比如,引用魏朝嵇康的"游山泽,观鱼鸟,心甚乐之"(《与山巨源绝交书》);唐代戴叔伦的"沅湘日夜东流去,不为愁人住少时"(《湘南即事》)等,这些对中国古典文学的典型运用,增加了随笔的深远意境和艺术魅力。

第六节　日记纪行文学的创作与流行

中世起始于镰仓幕府这一武士政权的成立,在经历了南北朝动乱、应仁之乱后,进入战国时代。就是在这样动荡的岁月里,直到南北朝动乱期为止,平安朝女性日记的创作传统得到了继承。宫廷日记和讲述自己身世的日记中,在继承平安传统的同时,明显呈现出与动荡的时代背景息息相关的忧愁和强烈的自我意识。另外,随着武家政权的诞生和交通状况的改善,记述行旅的纪行文学诞生了。正如纪行文学的最早例子要追溯到《土佐日记》那样,作为行旅的记录性文字,一开始便与日记文学有着相当的共性,也可以称之为纪行日记。宗祇等连歌师的纪行、以芭蕉为代表的近世俳人们漂泊的俳谐纪行同样具有日记文学的特性。

一、日记文学的创作

作为当时散文文学重要组成部分的日记文学,与物语文学的产生一样,源自日本化的文体与和歌的结合。最原始的莫过于《万叶集》中大伴家持的和歌日记,它主要以歌为主,文为辅。平安时代中期诞生了第一部日记文学,即纪贯之的《土佐日记》,它是以散文为主,并插入不少和歌。《土佐日记》问世后,一发而不可收,流行起女性日记来,如出现了女歌人伊势的歌会日记《亭子院歌会》、藤原道纲母的《蜉蝣日记》、和泉式部的《和泉式部日记》、紫式部的《紫式部日记》、菅原孝标女的《更级日记》等。日记文学从一个方面大大地推动了散文文学的发展。当时的日记文学作品主要是假名写成的。当时用假名写作被认为是女子的事情,男子尤其是官吏都崇尚汉文、用汉字写作而不屑假名散文。纪贯之就是以女性笔调写成《土佐日记》的。这些日记除了具有一定的史料价值外,更是心的记录。作者们通过少女时代理想的男性、被求爱、结婚、生育、遭受遗弃、丧夫、婚外恋等事件,真实地道出了女性特有的纤细的感受和心情,或陶醉、或哀伤、或嫉妒、或孤寂等,形成了一个其他文学作品不可替代的美学领域。

日记文学作者主要是女性,原因是当时在贵族社会里,男性贵族多使用汉文作汉诗文,以至记日记采用汉历,并多用变体汉文书写,认为这是一种高尚、有学识教养的表现,而女性在这方面则很难被认同。紫式部在她的日记中写道:当时汉文典籍是男人的读物,女性读汉文被认为是一种不幸,她作为皇后的侍讲,是在"很隐蔽地、趁其他人不在的时候"给皇后讲解白居易的诗文的。所以女性日记文学采用了和历,且使用新创造的假名文字,这样更能自由地抒写自己的所思所感。还有,当时的女性,除了紫式部等少数人,大多数难以流畅地解读汉文。女性日记文学也主要以女性为对象,深受女性读者的欢迎。

更重要的一点是,当时男性贵族知识分子为官者多,他们虽也写日记,一是以记录宫廷例行活动为中心的公务纪实或在职掌故,是公家式的,几乎没有表现自己的思想感情;一是用变体汉文书写,难以完美地表达日本式的思考,更缺少文学性,很难归入日记文学之列。而当时的女性日记是私家式的,完全是通过自己的日常生活和人生体验,自由而充分地表达自己的思想以及喜怒哀乐的感情,构成平安时代散文文学一道亮丽的风景线。

中世的宫廷女性日记主要有建春门院中纳言的《建春门院中纳言日记》、后深草院弁内侍的《弁内侍日记》、伏见院中务内侍的《中务内侍日记》等。建春门院中纳言是藤原俊成的女儿,也是定家的姐姐,又称健御前,她的《建春门院中纳言日记》记述了作为皇宫仕女的经验体会,类似于宫廷仕女的参考书。《弁内侍日记》热情地赞美宫廷,用天真烂漫的笔调描写了后深草天皇朝的宫廷生活及各类盛典,同时还表现出作者对平安王朝文化的

第四章　古代日本散文的兴起与发展

无限憧憬。

《中务内侍日记》虽然也是以描写宫廷的各种仪式为主，但整体上充满了强烈的无常色彩，字里行间透露出作者难以排遣的孤独感。比如，有关伏见天皇即位准备过程的描写，那是作者参与的最重要的宫廷仪式，作为日常侍奉天皇的内侍司的职员，作者也是十分忙碌，但她却对木筏、小船、浮在水面的鸟巢等漂浮的景物十分关注，同时随处可见"憂し"等表达其内心不安和忧虑的词语。在古典表达中，"浮く"与"憂し"的连用形为谐音关系，那些漂浮的景物也可以看作作者内心世界的写照。

《弁内侍日记》和《中务内侍日记》是13世纪宫廷女性创作的日记，至此，就不再有宫廷仕女日记问世了。

到南北朝动乱为止，主要的女性日记有阿佛尼的《十六夜日记》、后深草院二条的《不问自语》、日野名子的《竹向之记》等。这些作品的一个共同特征是，作者虽然都曾经是宫廷或贵族的仕女，但她们所要表达的已不再是出仕的宫廷生活，而是自己的身世。平安王朝女性日记侧重审视自己的内心，而这一时期的作品多以作者的行为、行动为中心，她们生活在动荡的时代，经历了历史的巨变和个人生活上的种种磨难。

《十六夜日记》是作者回想年轻时自己的失恋经历和由此造成的流浪生活。整体可以分为前后两部分，前部分主要讲述了失恋的经过，后半部分叙述了出逃、出家、生病，因为伤心而前往远江（静冈西部），最后回到京都的流浪经历。围绕失恋这一主题，随时插入了日后回想时对自己的一些剖析，是一部短而完整且主题明确的日记文学。一般认为是作者在多年以后理顺了心情之后写成的。

《不问自语》大约成书于1306年，以回忆的方式讲述了作者自己年轻时在宫中度过的浮华生活和多彩的感情世界，以及随后出家为尼游历各地的修行经历。作品共5卷，前3卷一般被称为"宫廷篇"，后2卷被称为"修行篇"。在"宫廷篇"中，详细地描写了她与多位男子同时进行的两性关系和所经历的感情上的痛苦。"修行篇"叙述其26岁时因感情纠葛与后宫争斗而终于被逐出皇宫以后漂泊的生活，为此，纪行文占据了很大的篇幅。但在漂泊的各个环节，都能与后深草上皇不期而遇，确认相互间的思恋，从而使与上皇的恋情贯穿了整部日记。本部日记的虚构性一直是被关注的焦点。人名虚化、地点时间与史实不符、受物语文学的影响极为显著等，都说明了作者在回忆写作时并不是简单地罗列事实，而是试图通过"创作"这一行为来构筑一个更具有普遍意义的"新"的人生。另外，因为它同时又兼具中世纪行文学的特色，所以本作品可以说在日记文学的发展史中有着不可忽视的地位。

《竹向之记》共分两卷，可能创作于1349年。作者生活在日本历史上政局最为动荡的南北朝时期，日记以回忆的方式记述了作者近20年的人生经历。从元德元年(1329)至元弘三年(1333)为上卷，前半部分主要以她作为女官的生活为中心，记录了东宫(即后来的光严天皇)元服、光严天皇即位、内侍司的御神乐仪式等一系列重要宫廷活动，对自己能够在这些盛大仪式中出色完成职责感到无比的自豪。后半部分则以与西园寺公宗的相恋为主线，同时简单叙述了混乱的社会局面及家人所受的牵连。上卷末尾部分，作者终于克服了门第之差以正妻的身份被迎娶进西园寺家的北山府中。建武二年(1335)公宗因谋反的罪名被已经复位的后醍醐天皇下令斩首，怀有身孕的作者逃离西园寺宅，在仁和寺旁的草庵里悄悄生下了儿子实俊。但不久足利尊氏等人便再次推翻了后醍醐天皇，于建武三年(1336)令光严天皇的弟弟即位。下卷开始于建武四年(1337)。下卷前半部分主要以记叙实俊的成长为重点，下卷后半部分着重叙述了作者游历寺院、听禅解惑、供养亡夫等经历，心理描写增多，自我剖析的色彩最为浓厚。在上卷，作者准确详尽地记述了宫廷社会的一些重要仪式，以及举行仪式时的礼节、器什、服饰、歌者及曲名等，成为了解当时风俗习惯的第一手资料。但它绝不像一般公卿日记那样只是简单地罗列事实，其整体结构清晰严谨，自然描写、心理描写、自我审视的态度、对宗教的感悟理解以及穿插其中的和歌、游记等都体现出女性日记文学所特有的风貌。它生动展现了乱世之中一位贵族女子坎坷奋斗的人生经历和顽强不屈的生活信念，作为中世女性日记文学的最后一部作品有着极其重大的意义。

从平安的女性日记到中世的宫廷仕女日记，它们都或多或少以第三人称作模拟的客观叙述，这也是汉文日记的传统。而从《十六夜日记》至《竹向之记》，都是以第一人称为视点，讲述自己的身世。虽然，王朝女性日记在很大程度上也是在讲述自己的身世，但她们尤其是在开卷时，都要采用第三人称的、旁观者似的叙述方式。而在中世，经历了时代风云变幻的作者们，她们用第一人称"我"来强调自己的经历，以此来证明自己的存在。这种自我意识的产生使得女性日记具有与前一个时代不同的特色。

二、纪行文学的创作

纪行文学是指以第一人称书写的、以自身体验为依据的行旅散文。

中世初期，源赖朝在镰仓设立幕府，日本社会由此形成了两个政治文化中心，以京都为中心的贵族社会和以镰仓为中心的武士社会。在中世以前，虽然也有地方官来往于京都与地方之间，但随着社会结构的这一重大

第四章　古代日本散文的兴起与发展

变化，往来于京都与镰仓新都的人越来越多，这些旅行的人当中，有些善于文字的人便把旅行体验写成了旅行记。连接京都与镰仓的道路基本上为东海道，这些旅行记也是以东海道为舞台的，代表性的有《海道记》《东关纪行》等。

《海道记》的作者生平不详，该书记述了作者于1223年4月4日拂晓从京都出发，越过铃鹿山，沿着东海道，于4月17日到达镰仓，在游览了镰仓后于5月初踏上归途的经过和一路的所感所思。作者以近似于汉文训读体的和汉混合文写成，对偶句和成语故事也使用得非常多。1223年是后鸟羽上皇发动的承久之乱（1221）失败两年后，文中，作者在经过与乱后被斩的上皇的近侍们相关的地方时，往往会情不自禁地回忆动乱当时，对那些牺牲了的人们表现出深深地哀悼。

《东关纪行》的作者生平亦不详，该书记述了作者于1242年8月中旬从京都出发，越过不破关，途经东海道到达镰仓，在参拜寺庙神社，游历三浦御崎之后，于10月23日拂晓离开镰仓回京的经过。虽然也是和汉混合文体，也同样使用了不少对偶句式，但比《海道记》要流利得多。从内容上来说，没有了《海道记》的思想性和宗教性。本作品曾被《平家物语》《源平盛衰记》引用，对近世芭蕉俳文也产生了很大的影响。

进入南北朝以后，有宗久的"都のつと"、二条良基的"小岛の口ずさみ"等，及到了室町时代，又有一条兼良的《藤河记》、宗祇的《筑紫道记》、道兴的《回国杂记》、尧惠的《北国纪行》问世，包括贵族、武将、僧侣、歌人、连歌师在内的各种类型的人留下了行旅散文，文学已从京城走向了周边。

庆长八年（1603），江户幕府成立，文学史上称为近世，亦称为江户时代。这个时期，战乱结束，交通变得更为便利，因此出现了数量庞大的纪行类文艺作品。其中以文学为目的的是芭蕉的俳谐纪行。为了探索创作俳谐的艺术手法，芭蕉常常漂泊行旅。贞享元年（1684），芭蕉回故里伊贺（今三重县西部）上野省亲，由此诞生其最初的俳谐纪行《野晒纪行》，就在这次行旅途中，于名古屋创作的俳谐集《冬日》奠定了蕉风俳谐的基础。其后，又根据行旅体验创作了《鹿岛纪行》及"笈の小文"（《书箱小文》）、《更科纪行》等作品。然而，其生平最为重要的行旅应是元禄二年（1689）与门人曾良一起进行的奥羽（今日本东北地方六县）、北陆（今日本北陆地方四县）之旅，由此创作的"奥の道"（《奥州小道》）是俳谐纪行文学的经典杰作。

《野晒纪行》，又名《甲子吟行》。全篇以第一人称书写，包含45句发句。在《野晒纪行》中，芭蕉既继承了日本和歌的传统，又吸收、借鉴了中国汉诗的意境，表现了抵抗世俗的自我意识，展示了舍弃自我的雄心，以及进入虚无境界的人生态度。所创作的发句由秋而冬，而后新年，再至春夏，整个行程的诗歌恰好涵盖了春、夏、秋、冬、新年五个季题时期。从开卷的文字中表现出来的芭蕉决心抛尸荒野的态度,反映了欲确立蕉风俳谐,成败在此一举的悲壮感和卓绝的心境。这次为母亲扫墓、拜见旧知等事实上的旅行,实际上又是诗歌性质的体验之旅。以此为契机,基本上确立了俳谐上的蕉风。

《奥州小道》记述了自元禄二年(1689)春至同年秋的行旅过程。作品开卷部分关于人生就是行旅,行旅便是人生的命题,可以看作芭蕉的人生观。虽然《奥州小道》是根据这次行旅创作的,但通过与同行者曾良的记录《曾良随行记》(《随行日记》)作比较,可以发现不仅地名、人名、官职名具有古典的色彩,就是作为主人公的芭蕉自己,也成了一个脱离现实社会而生活在古典世界中的人物,或者可以说这是一次古典文学世界中的行旅。和歌在进入中世以后,强调所谓的"本意",在作歌枕名胜和歌时,就一定要把握这歌枕的"本意",比如与富士山相组合的是"烟"而不是云或其他什么景物,这是自《竹取物语》之后便形成的咏歌常识。在《奥州小道》的发句中,芭蕉对歌枕地名的运用,一贯地坚守了和歌传统的"本意"。而对于那些非歌枕地名,则是采用了和歌中非歌枕地名的咏歌方法。如果说俳谐的意趣在于"流行"性,那么,坚守和歌传统正好体现了"不易"性(永恒性)。"不易流行"这一关于俳谐基本理念的用语是芭蕉在元禄二年的行旅中创造出来的,而《奥州小道》便是这一理念的具体体现。从文体上来说,对汉籍的自由运用,对鄙俗事物的怀旧式描述,也实现了《去来抄》中他视为理想的俳谐文体。

中世的纪行文学,乃至芭蕉的俳谐纪行,基本上是把自己置身于变化流动的时空当中,感受超越日常的自身内心的变化。但以贝原益轩、橘南溪为首的近世纪行文学,几乎都是以自己已经确立的价值观,客观地审视自己所处的时代或某一具体的区域。尤其是贝原益轩的一系列作品,摒弃具有悲壮感或伤感性的文学描述,以尽量简明的语言介绍当地的风土人情,具有乡土志的特色,对后来的本居宣长、大田南亩的纪行文产生了巨大的影响。在文学史上,以文学性为衡量标准,一般把芭蕉为止的具有文学意识的作品称为纪行,而把客观性较强的称为旅行记。

第五章　古代日本戏剧的出台与发展

在日本文学史上,戏剧作为一种文学模式的诞生,大大晚于诗歌、小说、散文随笔。在古代,日本戏剧主要以艺能、能乐、狂言、净琉璃、歌舞伎等形式存在。其中,最突出的一位戏剧创作者是近松门左卫门。以下便对古代日本戏剧的出台与发展,及近松门左卫门的戏剧创作进行一定的梳理。

第一节　日本戏剧的起源

日本原始的口头文学主要是由丰富的神话和传说故事构成的。这些神话和传说故事中就有一些原初的戏剧因素,它们培育着日本原始艺能的胚胎。也就是说,在远古文艺诸形态未分化之前,诸多的原初戏剧因素,混同在原始的舞蹈、歌谣和原始祭祀的咒语乃至模仿性的动作之中。它们的生成,最初都是对生活的喜怒哀乐的本能感动而发起的,而且是与人们的日常生活紧密相连的,纯粹是一种原始情绪和朴素感情的表现。因此,日本最初的戏剧形态被称为艺能。

在日本第一部文字文学作品《古事记》和第一部汉文史书《日本书纪》记载的神话传说故事中,就有许多关于日本原初戏剧因素的记载。《古事记》的"天岩户"和"海幸山幸"两段,就明显地包含着作为戏剧始源的舞蹈动作和模仿性的表演动作。在《日本书纪》中还记载了天宇受命神乃"猿女君的远祖",即猿女君是天宇受命神的后裔,后来成为伊势神庙的巫女,其职能是在举行神事仪式上,表演舞蹈神乐。这种祈祷式的舞蹈,乃是最原始的舞蹈动作。

可以说,作为日本戏剧始源的艺能,与文学的起源大致相同,基本上分两大类别:一是感动起源说、性欲起源说,完全属于个人心理动机,即由人的心理本能的感动而产生,比如对自然的感动和对性欲的感动而生的原初歌舞和简单的模仿动作;一是信仰起源说、劳动起源说,是出于社会的动机,即由共同体的生活行动需要而引起的感动所产生,比如信仰生活仪式等需要而产生的咒语、祝词,在战斗中、劳动中产生的原初歌舞和简单的模仿动作,它们成为最初的戏剧艺术,都不是出于纯粹美的动机。它与文学形成有相似之处,前者是个人内部的动机,后者是社会外部的动机,不管是哪种动机,如果要将歌舞和模仿动作的表现构成戏剧,离开人的喜与悲的感动力是不会成为其戏剧的。如果只有内部动机,人的心理本能离开外部事件的触发,很难引起感动,不会产生戏剧;同样,如果只有社会的动机和外部触发,没有引起感动,也产生不了文学与戏剧,只有内部动机与外部动机交叉作用才产生文学与戏剧。也就是说,与文学起因一样,不能简单地将戏剧起源归结为任何哪一种动机,包括通常的劳动起源说。戏剧只有在以上各种动机的相互关联中才能发生。所以,从最初产生戏剧现象起,内部与外部、个人与共同体、事件的触发与感动的产生、口诵与歌舞等多对的因素,都是相互关联的,是一个综合的运动过程。戏剧和戏剧史发生的可能性,存在于这个运动的过程之始与之中,从艺能至戏剧便开始在人类历史上占有自己的独立的一页。

关于日本戏剧的起源,与中国伎乐、舞乐和散乐的传入也有着极大的关系。在六七世纪,日本为了广纳以儒学、佛教为中心的东亚大陆文化,先后派出遣隋史和遣唐使。于是,隋唐文化大量传入日本。其中,伎乐、舞乐、散乐传入日本,使得日本的艺能与外来乐结合,获得了迅速的发展。

伎乐是日本最古的艺能。据《日本书纪》所记,伎乐是于推古二十年(612)引进的:"百济人味摩之归化,日学于吴,得伎乐舞。则安置樱井而集少年,令习伎乐舞。于是,真野首弟子、新汉齐文二人,习之传其舞。"伎乐是一种在祭祀仪式上,戴滑稽假面具表演的舞蹈剧。除了伎乐本身外,伎乐表演所用的乐器、装束和"伎乐面具"也一同传入了。伎乐在日本产生了广泛的影响,甚至引起了当时摄政的、积极引进中国文化的圣德太子的高度重视。圣德太子专设"乐户"这一机构对其加以统一管理。后来,这一机构通过大宝令,扩大"乐户",成为官立的艺能研究机构。此时,伎乐的用途增加,娱乐特性越来越明显,大大推动了日本艺能的发展。伎乐一般都是在露天戴伎乐面具表演。天平胜宝四年(752)东大寺大佛开眼供养会上的伎乐是当时规模最大的一次表演。其程序是:先狮子舞出场,然后依次是吴公、金刚力士出场,迦楼罗出场后,边行走边舞蹈,就像啄木鸟啄食一样。紧接着在众女前呼后拥下出场的是吴女。金刚力士恋慕吴女,跳起求婚舞,做出不雅的动作。这一富有滑稽味的音乐舞蹈剧,伴奏的乐器是钲、腰鼓、笛三种,全剧没有一句台词。总之,伎乐从中国传入以后,日本演剧艺术开始迅速发展,同时打开了日本戏剧历史的大门。

舞乐传入日本,比伎乐的传入约晚数十年。大宝二年(702),正月西国的庆宴上演奏"五常太平乐",被认为是最早的舞乐表演。唐代舞乐传入日本后,在很长一段时间内都非常受欢迎。日本的舞乐,不戴假面具,分集体

第五章 古代日本戏剧的出台与发展

舞和个人舞两类,伴随作为演奏乐的"雅乐"而起舞。《舞乐图说》中描写的舞姿是:"左折右旋前进后趋,动作勇迈活泼。"天平胜宝四年(752)奈良东大寺的大佛开眼仪式上的舞乐表演,是当时规模最大的一次。当时还有一些专门培养乐人的机构,专门指导培训舞乐方面的人才。

圣德太子开辟了与隋朝之间的国际关系以来,中国文化大量地传入日本,散乐也随之传入日本。散乐是一种含杂技、魔术、曲艺、歌舞的综合艺术,以滑稽、卑俗的演技为主,与舞乐之为贵族阶层所享受相比,它则更为庶民阶层所接纳,是一种大众的娱乐。据《唐会要》载,"散乐,历代有之,其名不一,非部伍之声,俳优、歌舞、杂奏,总谓之百戏,跳铃、掷剑、透梯、戏绳、缘竿、弄枕云云。"关于散乐,除了一些文献中有记载外,一些绘画作品中也有记录。有名的《骑象鼓乐图》描绘了四名散乐师骑在白象背上演奏散乐的情景。《弹弓散乐图》也绘有散乐的场景,展现了穿长袖的舞者表演散乐的实态。《信西古乐图》则是描绘了平安时代初期舞乐、散乐的绘卷。该绘卷极为有名,图中绘有"猿乐通金环"的场面,右上方两人抬一金环,左方一人牵着一只猴子,猴子做出准备跳金环的姿势,还有数人在一旁围观;还绘有狮子和童子,大概当时借着舞弄象征灵兽的狮子,以护法避邪,驱逐恶鬼病魔。这可以说是从舞乐演化出来的新谱系。散乐的娱乐性、综合性比较强,其包含了杂技、哑剧、曲艺、舞蹈、魔术、滑稽表演、动物杂耍等艺术形态。当时朝廷还专门设立"散乐户",教授这一艺术技能。不过,"散乐户"于延历元年(782)又撤销了。并不是因为散乐不受欢迎了,而很可能是大受欢迎,且已盛行于世,不再需要特别的管理了。

舞乐和散乐在日本的流行,大大促进了日本艺能的形成与发展。平安时代,日本文化"和风化",并逐步确立了以日本民族审美意识为主体的各种文艺模式,涉及和歌、物语文学、大和绘、建筑艺术、假名书法、艺能等广泛的领域。于是,舞乐、散乐都开始"和风化"。

散乐也被称为"猿乐",在平安时代,其已经具有以下五种古代戏曲的因素:一是模仿滑稽艺,含相声;二是歌舞,含长袖舞、侏儒舞等;三是曲艺,含各类曲技、杂技等;四是魔术,含吞刀剑、吐火等;五是傀儡子戏,如操木偶表演等。归纳来说,这些古代戏曲的基本艺术形态,具有模仿性、喜剧性和敏捷性的特质。到了中世纪镰仓中期,猿乐增大滑稽短剧或歌剧的要素,形成了猿乐能的雏形。至室町时代初期形成猿乐能,近似滑稽戏,开始作为一种独立的艺能而存在。这时期,与猿乐能并行兴起的是田乐,开始是以农村作为基础发展起来的,其后增加了曲艺的艺术要素,如加入笛、鼓、薄拍板等管弦乐和打击乐,以及投刀、格斗竞技等曲艺表演,创造了"田乐能",最先出现了正式的戏班——"座",著名的有"田乐本座""田乐新座"

等,而且成就了职业的田乐演员——俳优,并出现了一忠、道阿弥犬王、龟阿弥、增阿弥等许多名艺人。此后,田乐能开始与猿乐能并行发展,相互影响,成为当时日本民间艺能的两大支柱,使民族艺能获得前所未有的发展。当时上演的节目主要有《法然上人能》《小野小町能》《汲水能》《敦盛能》等。名优一忠确立了田乐能"歌舞幽玄"的新风。与此同时,还出现了表演用的假面具专业制作者和演奏尺八乐器的名手。田乐能向古典戏剧的发展迈出了重要的一步。

　　随着猿乐能的发展,其从寺院神社的节日助兴表演中独立了出来,使艺术洗练化,正式组织了戏班,其中"结崎座"(座主观世)、"坂户座"(座主金刚)、"外山座"(座主宝生)、"圆满井座"(座主金春),并称为"大和猿乐四大座"。它们受到武家的庇护,占据了中央文化舞台的中心位置。猿乐能作为一种专业艺能,初具故事情节、角色分工等戏剧基本要素。《菊水》是当时颇具代表性的曲目。它的基本形态已初具其后诞生的能乐脚本谣曲中的序、破、急的结构,又具有许多戏剧的成分,如有故事情节、对话、舞台动作,还有歌舞和乐队伴奏,虽然它们的歌舞音乐因素比戏剧因素要多很多,但它们切切实实奠定了日本最早古典戏剧——能乐和狂言的基础。

第二节　能乐的诞生及其舞台艺术特色

一、能乐的诞生

　　14世纪中叶至15世纪初,直接脱胎于猿乐能的能乐诞生了。能乐于室町时代完成了从艺能形式向戏剧形式的过渡,在日本戏剧史上具有重大的意义,在文学艺术史上更是取得了最引人注目的成果。

　　能乐以戏剧情节的表演为中心,仍然保留歌唱和舞蹈,出场人物很少,往往是一个主角担当一切歌与舞的表演,两三个配角和副配角辅佐。它是一种象征剧,剧中人物都戴假面具,假面具分伎乐面、舞乐面和能乐面三大类,象征人、鬼、神等。表演主要靠念、唱、单调的音乐伴奏舞蹈,以及洗练的程式化的暗示性表意动作来表达人物的感情世界。与之前的艺能相比,能乐的出场人物有了较大的变化。老翁、妇女、狂人、神鬼都可以作为角色登台,甚至后来一些贵族、武士、庶民等也都纷纷出场,成了能乐的主角。每一出能乐都由序一段、破三段和急一段构成,共五段。序一段是导入部分,由配角出场交代剧情;破三段是展开部分,主角出场先道白,后与配角进行一番对话或对唱,此后,配角就一动不动地坐在一旁,由主角舞蹈或表

第五章　古代日本戏剧的出台与发展

演,发展剧情,达到高潮;急一段是终结部分,最高潮达到后迅速剧终。能乐的脚本被称为"谣曲"。谣曲主要包括对白、作词和作曲。一般篇幅短小,最长的也仅三千字左右。谣曲据传有 250 多种,还有些只有曲名的"废曲"。稍有名气的谣曲多是南北朝到室町时代问世的作品。谣曲的题材比较丰富,归纳而言主要分为以下几类。

第一,反映王朝贵族的生活状况,注重体现王朝文化的情趣,大量取材于《伊势物语》《源氏物语》等古典小说的故事,如《通小町》《卒都婆小町》《浮舟》《葵姬》等。

第二,反映镰仓武士生活,比较注重武家文化的无常与幽玄的情趣,主要取材于《平家物语》等战记物语的战争故事,如《通盛》《敦盛》《忠度》《赖政》等。

第三,反映庶民生活,尤其是平民女子与亲人生活的悲与喜,如《班女》《道成寺》等。

第四,反映中国历史或人物故事,如《白乐天》《东方朔》《项羽》《杨贵妃》等。

谣曲的言辞简洁洗练,优雅不俗,音曲富有节奏感,且不时运用双关语、缘语、谐音词和古歌的枕词(一种固定修饰词)和七五调的美辞丽句,充分发挥了日本语言的特点,还时常引进中国的诗歌、物语的散文片段,糅合在念唱词中,以增加其抒情性。能乐、谣曲的创始人是观阿弥、世阿弥父子,与"大和猿乐四大座"的其他三座的宝生、金春、金刚,加上后来从金刚分出来的喜多,成为能乐的五大流派。当然,观阿弥和世阿弥是最具代表性的。以下进行简要说明。

(一)观阿弥的谣曲

观阿弥(1333—1384),原名服部清次,出生于伊贺国山田郡山田村神社的"猿乐师"世家,其祖父原是名叫服部的后裔,后来败落,沦为贱民,以艺能为生,成为"猿乐师"。其父是侍奉植木神社的"猿乐师"。观阿弥本人排行老三,两个哥哥夭折了,父母带他到大和长谷寺求观音菩萨保佑,路逢一僧人,他的父亲向僧人求了名,即观世。他的幼名叫观世丸,这反映了观阿弥的父母对观音菩萨的信仰程度。其后,观世出家,法号称作"观阿弥"。

观阿弥是脚本、词曲的创作者,也是能乐的导演和演员。他在伊贺小波多地方首先建立了规模较小的"猿乐座",就地演出。后来,他到了大和的结崎(今奈良县矶城郡川西村),主要在大和春日神社从事神事演出,以报答"神托"。他在大和结崎建立了"结崎座"后,自任大夫(座主),更姓氏为结崎氏。他对"猿乐能"进行了两个方面的改革。首先,在音曲方面,他克服了旋律的单调,增加了节奏感,调和曲调的节奏,创作了属于结崎座的独特音曲,它的旋律优美,富于变化,具有更大的艺术魅力;其次,他保持了猿乐能写实的特色,又改变了流于平面写实的缺陷,引进舞艺,使表演更富艺术美。这一新的曲舞在艺术上采用富于幽玄的演技,大大地增加了戏剧的要素,提高了能乐的艺术质量。

观阿弥的谣曲代表作有《小町》《自然居士》《卒都婆小町》《四位少将》《松风》《吉野静》《花筐》等,作品种类丰富,有的是古典作品改编,言辞雅致。从他现存的谣曲作品来看,其个性十分鲜明。

《自然居士》的主角是自然居士,配角是一个少女。自然居士在京都东山云居寺里讲经,突然来了一位少女。她拿出了施舍物,托寺院供奉她的亡故父母。这时,来了一个"商人"模样的人,粗暴地将少女带走。自然居士了解到那"商人"其实是个人贩子,少女的施舍物是卖身得来的。他决定帮助少女,就连忙追赶那人贩子,一直跟踪到了琵琶湖畔,向人贩子提出,要用少女卖身得来的东西赎回少女。人贩子不仅不接受,还试图攻击自然居士,不过被自然居士的冲冲怒气给震慑住了。人贩子提出,如果自然居士给他表演艺能,就退还少女。自然居士答应了,便尽其所能,表演了"音曲""曲舞"等,唱出:"彼佛苦难行,一切助众生,居士也当如此,粉身碎骨助他人!"最后成功地赎回少女,带她一起回到了京城。

《卒都婆小町》是借用传说的小野小町的爱恋故事编成的。传说中的小野小町对深草少将的求爱提出了苛刻的要求。她要少将连续一百夜来追求她。少将在第一百夜赶赴小町家的途中猝逝。小野小町于是受到命运的惩罚,让她长寿,让她看到自己日渐衰老的容颜。她回忆起少将的往事,内心痛苦万分,但还不得不活到一百岁。在观阿弥的剧本中,老媪是主角,高野山僧人是配角,从僧是副配角。高野山僧人和从僧来到京城城郊,看到一位老媪坐在古坟冢后的一块塔形木牌上,就对她进行了指责。老媪用佛陀的话进行辩解:这是因为佛陀和众生没有隔阂的缘故。僧人感叹之余,追问她是什么人。老媪自称她就是有着悲剧下场的歌人小野小町,并将自己落魄的身世说了出来。高野山僧人以她过去的美貌与如今的丑态相对比,唱出:

可怜凄惨的小町,昔日温柔的美女,花容月貌犹生辉,云鬓眉黛透青秀,白粉不绝施凝脂,绫罗衣裳多更换,桂殿之间频频现。

就在此时,深草少将的怨灵突然附在她身上,让她去小町那里过百夜。在九十九夜时,老媪猝然狂舞,唱出这样的"地谣":

深草少将的怨念,借尸还魂狂倾诉,真诚祈盼后世人,层层摞

第五章　古代日本戏剧的出台与发展

砂来造塔,黄金肌肤情意浓,手捧鲜花奉献佛。务必入彻悟之道,
务必入彻悟之道。

这出能乐通过对小野小町这位女歌仙机智和貌美因素的出色把握,展开情节,同时采取急转的手法,让小野小町将自己的落魂与悲凉诉说了出来。至此,全剧终了。

上述两部能乐是观阿弥最主要的代表作。它们的出场人物主要是现世的人,而不是亡灵,剧作取材于现实世界,写了现世人际的关系,因而被称为"现实能"。《自然居士》很少糅进古歌,《卒都婆小町》则引用了歌仙小野小町本人的若干首和歌。在语言上,两剧都采用当时的流行俗语、俗谣,即日常生活的词语,且非常的美,只有涉及佛教用语时,才使用少量汉语。不管是《自然居士》中的居士与人贩子的口头对决,还是《卒都婆小町》中的高野山僧人与老妪小野小町的问答,作者都运用了缓急自如的对话,以增加现实的氛围,使得戏剧性更突出。当然,这两部能乐的写实,不完全是现实生活中的真实,而是戏剧的真实,是经过艺术创造出来的真实。其戏剧中人物的对立和冲突,具有诸多戏剧艺术的要素。这两部作品是"能乐"的写实的艺术表现,也是文学性很高的作品。

观阿弥因为上述两部剧,受到了广泛的欢迎。之后,他开始尝试走出单一的"现实能"的创作模式,他的《松风》便是从"单式现实能"向"复式梦幻能"的过渡性的作品。《松风》讲述的是:云游僧在须磨湾边,看见一棵特别的松树,当地人告诉他这棵松树是海女松风(主角)、雨村(配角)两姐妹的遗迹。秋日渐暮,云游僧(配角)凭吊她们的时候,忽然看见两个海女一边悲叹自己的身世,一边在朦胧的月色下拉着一辆采盐车,回到了盐屋里。云游僧借宿于此,当他谈到有关松之事的时候,松风、雨村两姐妹含泪告诉他:她们是平安时代著名歌人在原行平所爱的松风、雨村的幽灵。松风谈到昔日的情景时,心乱如麻,实在谈不下去,于是穿上昔日遗留下来的服装,为寻觅在原行平的面影而翩翩起舞。至黎明时分,两姐妹消失了,只剩下松风声。戏剧结束前引进幽玄的舞曲,与黎明的松风声相配合,产生了虚幻的氛围,给人留下无限的想象空间。这就是"复式梦幻能"的初步形成。这种能是一次新的艺术尝试,从艺能开始向戏曲发展,在艺术上有了质的飞跃。因此,观阿弥也被称为"能乐"的创始者、奠基人。

(二)世阿弥的谣曲

世阿弥(1363—1443),幼名鬼夜叉,后由二条良基赐名藤若,通称三郎,本名为元清。他的父亲观阿弥死后,他继承了"观世大夫"的名号,进入

艺术创作的黄金时代。自40多岁起取艺名世阿弥,意为世阿弥陀佛。52岁后脱离舞台,专心从事演剧理论的著述。72岁时,被足利义教流放到佐渡岛,79岁获释,81岁死于京都。

世阿弥可以说是集表演、创作和理论于一身。他继承和创造性地发展了其父观阿弥的能乐表演实践、谣曲创作实践,初步确立能乐的审美理念,并在理论上加以总结和提升。他的能乐理论著作(含谈艺录)共21种,如《风姿花传》《至花道》《花镜》《申乐谈仪》等。总的来说,可以将他的能乐理论归为以下三大类。

第一,论述美的理念和价值,提倡"幽玄美学论"。幽玄,即幽深玄妙。他认为,能乐要与"心"相连,幽玄才能得到深化,才能达到最高的艺境。这里的"心"主要是指要能很好地领会其理。为了使语言显出幽玄,为了使姿态显出幽玄,就要学习优雅,要考虑表现出美姿来。能乐演员的表演重点要放在"心"上。同时,他还提倡幽玄要加入"闲寂"的禅文化精神。

第二,论述表演艺术美,提倡"花"就是艺术的魅力。在世阿弥看来,"花"就是指尽心尽力去掌握诸多曲目,磨炼精湛的技艺,能给观众带来珍奇感。"花"是能乐的生命。他指出,"妙花"者是"无心的能乐"。这里的"无"不是对"有"来说的"无",而是扬弃其对立的地方而成立的"无"。因此,能乐将舞台也化为"无",即无布景、无道具、无表情(表演者戴上能面具),让观赏者从"无"的背后去想象无限大的空间和喜怒哀乐的表情,从其缓慢乃至静止的动作中去体味其充实感,再加上谣曲的单调伴奏,造成一种神秘的气氛,使能乐的表演达到幽玄的"无"的境界。

第三,提倡能乐的基本形式和基本结构为"二曲三体论"。世阿弥认为,能乐的基本形式是舞、歌二曲,扮态(模拟表演人体)分老、女、军三体。在表演上采取象征的方法。他解释"二曲三体论"时,是与"幽玄论"联系起来说明的。他认为,在歌中起舞,才会产生无穷的魅力,而舞毕也正是让人产生音感之时,这就是音曲之幽玄。"三体"模拟要有美感,要动十分心,要精心作"强动身,缓踏足"或"缓动身,强踏足",以表现出不同人体之美。同时,他也指出,"三体"中的"女体"为"歌舞二曲"的本风,是幽玄美的最高级别。

世阿弥创作的谣曲作品数量不少,现在还流行的代表作有《赖政》《井筒》《班女》《高砂》《老松》《敦盛》《实盛》《忠度》《清经》《西行樱》《花筐》等。这些谣曲重抒情,大多具有很高的幽玄品位和诗剧的性格。

《高砂》原曲名《连理》或《连理松》,属于梦幻能。它讲述了一个"相生松"的故事:相传高砂的一株古松和住吉的一株古松是夫妇相生松,但高砂、住吉两地相隔遥远,所以有很多人对此不解。有一次肥后国阿苏神社

第五章　古代日本戏剧的出台与发展

的神主友成在高砂游览时，遇见一对老夫妻在一边赏景一边打扫树荫下的杂物，于是上前询问此事。老人回答说是夫妇的爱情默契跨越了地域的界限，而这两位老人正是高砂和住吉的松树精。至今，日本的婚礼还有演唱谣曲《高砂》的习俗，意在祝福夫妻二人白头偕老。该剧分序（一段）、破（三段）、急（一段）共五段。

序段：肥后国阿苏神社的神主友成（配角）带着两名随从，唱着上场诗出场。他们乘船上京城途中，为观赏胜地的青松，将船停泊在播州高砂海湾。

破一段：老翁（前场主角）和老姬（副主角）出场，迎着松风声，一齐咏歌"只听松涛阵阵吼，以心为友诉孤愁"。他们清扫千年老松树荫下的落叶，吐露与松连理枝，无衰老之感的心境，歌颂青松的生命。

破二段：主角老翁、老姬出场后，神主友成询问他们高砂松的事，导致他们想起《古今和歌集》序文中有关高砂松与住吉松的连理。老翁道明自己住在高砂，老姬住在住吉，两人虽"山川阻隔万千里，夫妻恩爱情意好"。他们就像万叶歌、古今歌超越时空，歌咏传至今一样共长久，白头偕老，谢君恩浩荡。于是老翁用"地谣"唱出：

　　日海风平浪静，国泰民安，季节风徐徐吹拂，树枝轻轻摇曳，寂静无声，盛世吉祥，松树连理，可庆可贺，自不待言。庶民仰仗当今盛世，安居乐业，丰盈富裕，拜谢皇恩！叩谢皇恩！

破三段：老翁、老姬明确说出自己就是高砂松、住吉松的精灵，相约神主友成在住吉再见，便乘船而去。（前场终）

幕间：本地人（幕间狂言师）出场，披露《古今和歌集》序文中有关高砂、住吉的两株松的"相生松"的故事，并交代这是高砂、住吉两位神明共同培植的。

急段：住吉明神（后场主角，事实上前场主角老翁是住吉明神的化身）一边咏唱着住吉松的和歌，一边跳神舞出场，松影、波光相辉映。友成唱出："住吉明神舞月下，得见清影喜心间。"于是伴唱《千秋乐》《万寿乐》声起：祝福神、君、民千秋万岁相生！（后场，全剧终）

《高砂》是世阿弥所构建的"梦幻能"的典型样式。这种能的本体是神，但不仅限于神，还有武将或女性的亡灵，但其化身都是老翁。这部剧是"能乐"上演频率最高的曲目，深受民间的喜爱。

《赖政》又称《源三位》《宇治赖政》，其取材于《平家物语》卷四的宇治会战故事。

前场：云游僧（配角）出场，道明自己来到了宇治，遇见老人（前场主角),请老人讲述宇治的名胜佳景,老人刚开始有难言之隐,只是借用喜撰法师的歌说出:"世人争道宇治山,老夫于此独茫然"。老人带着云游僧游平等院,来到了钓殿。云游僧发现一块草坪呈一扇形,便询问老人缘由。老人回答说:这是昔日源三位赖政在"宫战"(赖政保卫高仓宫之战)中失败,于是在草坪上铺下纸扇,自刎身亡。现在为了纪念有了这块草坪,称为"扇草坪"。老人还告诉云游僧,当年"宫战"正好是当年的今天。云游僧问及老人为何将"宫战"年月记得那么清楚。老人言道:"此言问及往古事,依稀亲历古战场。浮世升沉应有悟,旅人野宿梦黄粱。"说罢,没有说自己的姓名就急忙隐去了。

幕间:狂言师扮当地人说明赖政举兵的经过:赖政是源氏的名门武将,晚年拥护后白河天皇第二皇子、高仓宫以仁主,试图消灭平家,在策划时被发现,他赴奈良途中,在宇治与平家军发生激战,战败而自戕。此外,狂言师还劝说云游僧合掌凭吊赖政这一遗迹。

后场:云游僧入梦,梦见刚才赖政亡灵显现,与他交谈。赖政的亡灵(后场主角)出现,连对白带唱地述说他劝亲王谋反的经过,以及源平两家军兵在宇治川两岸对峙、厮杀的光景,最后自己左手持扇作盾,右手拔刀,一边咏唱誓决一死战,一边挥起腰刀,起舞,作自杀状,绝唱"拔刀且咏绝命句,不负歌名万古传"。然后,在"我将返回草阴下,销声匿迹,销声匿迹"的伴唱声中,赖政亡灵迅速地消迹了。(剧终)

后场中出现的主角赖政,既是武人,也是歌人,后场赖政亡灵戴的"能乐面具",是使用专用的"赖政面"。世阿弥在这一谣曲的辞章中,充分调动和歌的要素,用咏歌抒发人物的内心感情世界,又运用叙事的形式,描述从举兵到宇治川战役的战斗场景,使抒情和叙事达到了完美的结合,大大地提高了"军体能"的戏剧艺术性。

总的来说,世阿弥的谣曲都成功地塑造了主人公的形象,戏剧性色彩浓厚。其不仅巧妙地应用了和汉的典籍,特别是和歌、连歌、汉诗,以及文辞、典故;而且还十分重视能乐的戏剧结构,完整地构建了谣曲的"序、破、急"结构的体系,在创作和表演两方面都获得了突出的成就。

二、能乐的舞台艺术特色

戏剧表演,首先是解决如何利用舞台空间的问题。能乐作为具有浓厚民族特色的舞台艺能,为了适应其表演的特殊性,必须建立自己形式的"能乐舞台",即一般戏剧所称的剧场。能乐舞台本身就是艺术品。能乐舞台的规格在江户时代中期才固定下来,是以江户城本丸的舞台为基准的。至

第五章　古代日本戏剧的出台与发展

于能乐发展的初期则无所谓舞台,能乐的演员曾在门板上表演过,也曾在草草搭建的草棚中表演过。而成熟时期的舞台则借鉴了"田乐"的舞台形式。"田乐能"的舞台两边各有一个走廊,形成一个"V"字形,能乐则只保留了左边的走廊。

能乐舞台由正台、后座、右座、桥台四部分构成,用材料以扁柏木为原则。

正台是四方形,初建时约25平方米,现在建成的约35平方米,台座高1米,是主要的表演场地。场地的四边角,立四根台柱,支撑着扁柏茸屋顶。场地的前、左、右三面是开放式的,设有观众席,舞台与观众席之间没有间幕相隔。

后座,与正台后面相连,用作伴奏员、检场员坐席或演员暂时退场的候场地。后座的后面置一块叫作镜板的立壁板,板上绘一棵老松图案。这是唯一的舞台背景,无论演什么戏都是不变的。后座后方左角的位置,是能乐和狂言中的检场人的座位,演员在这里换装,或者背对观众稍事休息,等候下次上场。

右座在舞台右侧,用作地谣伴唱者的坐席,故称为"地谣座"。在正台的右侧,是突出于台柱之外的一道窄廊,能乐中的合唱队一般安排在这里,狂言偶尔也有伴唱的,却不坐在这里,而是坐在后座靠近正台后方的地方。

桥台是桥式的通路,设在左侧,连着镜间(化妆间,"镜间"左侧是"乐屋")与后座,是演员上场下场的通道。演员通过边上均等间隔植有的三棵小松,作为上场亮相的地方。有的情节还在通道上进行表演。由镜间上场的幕口挂上一薄彩帘,这是舞台唯一的幕。可以看出,能乐的舞台尽可能以简素化为原则,一切都立足有助于发挥观众的想象力。

能乐的道具是面具、戏装和扇子。这三者是三位一体的。能乐的面具可以说是非常优秀的雕刻艺术。能乐发展初期的面具是木雕彩色鬼神类的"痤见面",其包含了好几个世纪传来的"伎乐面""舞乐面"的要素,后来随着能乐的发展,能乐面具开始多样化。扇子在能乐道具中的地位也是很高的。扇子一般分"常扇"和"中启"。"常扇"的扇形与日常生活中用的扇子相同,这类扇子在能乐中使用得较少;"中启"是半开的折扇,即大扇骨上半截呈弓形向外张开,叠合时像银杏形,一般角色都使用这种扇子。"中启"种类又分"尉扇""神扇""修罗扇""老女扇""童扇""男扇""僧扇"等,多达二十余种,扇面上的图案构思、绘画色彩等一般都有规定的样式。

屋、棚、舟、车等也属能乐的模拟道具。它们都是用竹编的,很是简素,属象征性的东西。比如,《熊野》一剧使用的赏花车,因为是平宗盛乘坐的,用绢包裹竹编的车轮,算是最"奢华"的。其目的是为了衬托主角的观赏物——樱花,让观众去想象樱花绽开时的绚丽。又如,《船弁庆》一剧使用的船,用竹子制成约三尺见方的框,裹上白布,模拟船身,在船身的前后,把细竹子折弯成圆形,同样裹上白布,模拟船头和船尾,船长一丈四尺,这就是一艘模拟道具的船。主角、童角、主要配角都坐在道具船内。

第三节 能狂言分离与狂言的发展

一、能狂言分离

狂言作为独立的舞台艺能,实际上诞生于 14 世纪后半叶至 15 世纪的室町时代。当时正值南北朝内乱,地方武士新兴,农民暴动频仍。以京城为中心的贵族文化失去了活力,这时期文化的发展,逐渐从京城转向地方,由上层统治者转向被统治者的广大下层武士,尤其是农民出身的下层武士,出现"下克上"的社会文化现象。所谓"下克上",是当时没落的贵族和上层僧侣表示对下层庶民打破旧秩序现象忧虑的用语,也从另一个方面反映下层反对上层、破坏旧价值体系的社会状况。当时狂言的表演者大多是下层庶民,素材也大多是取自下层庶民,在推翻旧价值体系的情况下,以嘲笑旧权威的"笑"的题材最多。

不得不说的是,狂言其实与能乐同是发源于猿乐能的舞台艺术形式。所以,狂言和能乐有着十分密切的关系。世阿弥在《习道书》中记有"申乐(猿乐)的番数,昔日不过五番。今日神事劝进等,也是申乐三番,狂言二番。"显然,狂言与能乐还未分离,还处在融合的状态下。人们习惯将其称为"能狂言"。"能狂言"常以两种形式存在。

第一,狂言作为能乐的有机组成部分,完全融入能乐之中。比如,表演能乐《翁》"三番叟"的角色,也表演狂言。又如,在能乐《自然居士》前场中,"狂言师"就以云居寺前住户的角色出现,当人贩子粗暴地带走少女时,插进了"狂言师"的表演:

人贩乙:快跟我走!(正要带走少女)
狂言师:不能这样!(从后面喊话)
人贩甲:这是有理的。(回过头看后面)
狂言师:有理,就带走吧。
人贩甲:这是有理的!(手中持刀)
狂言师:既然有理,就带走好啰。

于是,两个人贩子将少女硬带走了。自然居士出场,"狂言师"向自然

第五章　古代日本戏剧的出台与发展

居士告知了一些情况后,就自然完成了他作为"狂言师"这个角色的任务。如果没有这个"狂言师"的角色向自然居士禀报事由,那么自然居士不知情,这场前场的戏也就很难继续展开。

第二,狂言作为能乐中"复式梦幻能"幕间插入演出的小节目,大概10~15分钟,被称为"间狂言"。"间狂言"的角色主要由能乐的演员担任。表演者要临时发挥,用对白或独白即兴滑稽表演,对能乐的内容进行一定的说明。换句话说,"间狂言"一方面是为了辅助观赏者了解能乐剧情;另一方面是为了调节欣赏者的情绪。有时候它的科白内容,完全是自由的,不受能乐故事的制约。所以狂言的表演者,不是物语中的故事人物角色,而完全是第三者的角色。

当能乐在歌与舞的基础上向以戏剧情节为主的表演发展时,狂言也从"猿乐能"复式结构之一的"余兴艺"分化出来,吸收了"猿乐"中喜剧的对话要素和写实演技的要素,独立地发展为科白的喜剧,颇富写实性、娱乐性和庶民性。

关于"狂言"这一称谓的由来,现存文献没有明确的记载,最早记录"狂言"这一剧种的,是《看闻御记》。它记有"物语僧被召,说唱种种狂言"句。1352年,《仁平寺本堂供养日记》也有出现狂言的相关记录。当然,也有人说"狂言"一词是从我国唐代诗人白居易《洛中集记》中的"狂言绮语"转化而来的。

1424年3月,后崇光院的《见闻日记》比较明确地记载了一些有关狂言的事。比如,记载了在伏见御香宫公演"猿乐狂言",表演"公家人疲劳[①]之事",其反映了没落贵族的种种穷困相,引起了后崇光院本人的不满,斥责了"猿乐狂言"的乐头;记载了在比叡山山门表演"猿之事"的"狂言"时,将"猿"作为日吉神社的权现兽类,讽刺了神即兽类,山门的法师因此感到受辱,愤怒地用刀刺伤了表演者的事情;还记载了在仁和寺表演时,驱赶"狂言"乐头的事件。这些记录一方面显示了最初的狂言具有尖锐的讽喻性和批判性,另一方面也表明狂言发展初期受到当时贵族和上层僧侣的反对。

16世纪后半叶和17世纪,也就是在室町时代末期和江户时代,狂言进一步提高其即兴性、滑稽性和文艺性,饱含笑的要素,题材主要源于民间传说或民众生活的故事。而能乐主要取材于古代传说或物语的故事,多属于悲剧性的、以"幽玄歌舞"为中心的模式。这就致使能乐与狂言的表演出现了很大冲突,难以协调同台演出。于是,狂言为了能够充分发挥自己本身的特色,摆脱对能乐的从属性,开始完全从以歌舞为中心的能乐中分离出

---

① 疲劳,这里是指空腹之意。

来，确立自己以写实的演技为主体的新模式。狂言作为独立的科白喜剧，拥有自己的规模、自己的艺术空间、自己的脚本和表演程式。其由一个主角、两个配角"狂言师"进行表演，风格以滑稽幽默讽刺为主。可以看出，相比能乐，狂言更多地继承了猿乐滑稽性的正统。

二、狂言的发展

能乐狂言分离后，狂言独特的艺术特征越来越凸显。其与能乐无论在台词或表演动作都不同，是具有"即兴性"和"流动性"的。就脚本发展的角度来说，狂言本来没有脚本，是适应不同时间和场所演出的即兴剧。演员随兴自编自演，初期表演，大多数是由表演者商定一个梗概，台词和做派都是临场发挥，演出一次即作罢。后来开始有了无固定的脚本，即在第二次表演时，或淘汰旧内容，增添新内容，或者新旧内容合一。各场的演出，因人而异，自由变更。即使同一人，各场次的演出多少都存在一些不同的地方。脚本记上的台词也很简单，有时甚至省略了。后来，部分台词固定了下来，部分即兴插入新的台词。直到狂言的脚本将梗概固定下来，演出也便固定下来了。

室町时代末期安土桃山时代前期天正年间（1573—1592）的《天正狂言本》是最早的一部狂言脚本集。其收入约一百曲，记录了剧目梗概和歌舞辞章，显示了狂言脚本已具备一定的形式。但是，从严格的意义上来说，它是梗概本，仍不能算是正式的脚本。作者大多无署名，能够确定作者的只有几曲，绝大部分均由民间流传下来。不管怎么说，《天正狂言本》的问世，标志着狂言走向成熟期。

到17世纪的江户初期，狂言辞章才定型，将脚本固定化。江户时代以后，再没有创作新的作品。现行的许多曲目都已不是当时的定型，而是经过种种变形才具体固定下来的。再往后，就没有产生过新的曲目，只是保守和传承既有的东西。

狂言的台本确立以后，不同演出团体，拥有共同的曲目，并逐渐形成各自不同的表演风格，于是在16世纪后半叶的室町时代末期，至17世纪上半叶的江户时代初期，狂言的发展达到了高潮，便形成《狂言三流谱系图》所记载的"大藏流""鹭流""和泉流"三大流派。这三大流派在狂言界形成了三足鼎立的局面。

狂言的题材主要取自民间的现实生活，讴歌一般民众，如农民、仆人、下级武士等的勤劳、勇敢或机智幽默，讽刺代表权力的大名、武士以及依附于权势的僧侣等的愚蠢、蛮横或残酷，具有鲜明的现实性和批判性，而且幽

第五章　古代日本戏剧的出台与发展

默搞笑,贯穿"笑中寻乐"的创作原则,受到了当时崛起的庶民阶层的热烈欢迎。狂言曲目大概可以分为大名类、僧侣类、女婿女人类、鬼神类、杂类五大类。其中主要以大名类和僧侣类的曲目最多,这两类也最能反映时代特征。

大名类。这类辛辣地讥讽大名的代表性曲目有《武恶》《两个大名》《大名赏花》《附子》《蚊子摔跤》等。现存的《武恶》被认为是最具代表性的一个曲目。它描写大名让大管家杀一个他认为"怠惰"的仆人武恶,大管家听从命令到了武恶家,但看到武恶很可怜,不忍下刀,便让武恶逃生,并谎报大名说,他已将武恶杀掉。武恶去寺庙谢神时,巧遇大名,惊慌失措,大管家给他出了一个主意,让他装扮成幽灵,把大名吓跑。全剧的矛盾冲突,最终以喜剧的形式结束。在大名与假装幽灵的武恶在寺庙相遇的一场戏中,有这样一段对白:

大名:武恶,你在地狱可曾遇见过先你死去的人?

武恶:遇到许多您的故人,也遇到您的先人。

大名:什么？我的父亲？我的父亲？（哭着走近武恶）

大管家:哎呀,请小心切莫靠近这个幽灵。

大名:我非常怀念我的父亲,他老人家如今怎样啦？快快讲来!

武恶:他是在人世战死的,如今落入了修罗地狱。

大名:大管家,听见了吗？他说我父亲落入了修罗地狱,太可怜了啊!

……

大名:先人还说了些什么？

武恶:他说您的住所太窄,他很不放心,他那里屋子宽,叫我一道陪你去修罗地狱呢!

大名在智勇的仆人武恶面前显得是那样无力,那样愚蠢。作者通过武恶对大名淋漓尽致的讪笑、讽刺和诅咒,使得整个剧搞笑生动,又表达了鲜明的讽刺意味。

僧侣类。这类曲目大多讽刺和挖苦僧侣的生活,如《忘了布施》《柿子与山僧》《骨皮》《夷·毗沙门》《盲人乐师赏月》等。《忘了布施》讽刺方丈靠向施主乞求布施度日而又做清雅状。《柿子与山僧》嘲笑山僧偷树上的柿子吃,被柿主人发现,把他比作乌鸦、猴子、鹞鹰,让他学它们叫,学它们动作,大肆耍弄一番。这些僧人在人们的作弄下,大都无法施展其"法力"。《骨皮》是具有代表性的一个曲目。它讲述了一个方丈唆使徒弟说谎的故事。方丈教徒弟说,如果人家来借伞,就说师父撑伞出门,遇上狂风,伞变成骨是骨,皮是皮了。结果人家来借马,徒弟却按借伞的说辞来说了。方丈就教他,应说放马出去吃草,马却发了野兴,将腰骨跌断,不中用了。后来,人家来请方丈主持忌日法会,结果徒弟按之前马的说辞说了。于是,方丈批评徒弟是个呆子,不懂灵活对待。出人意料的是,徒弟这一次却将方丈给怼了回去。他说了方丈之前丢脸的事,将方丈"挂羊头卖狗肉"的嘴脸描绘得惟妙惟肖。

狂言的戏剧情节都很简单,并不十分复杂,一般都是以两人的矛盾对立关系为中轴展开,而且都很少注意塑造人物的个性,大多是类型化了的。尽管如此,狂言作为日本最初的戏剧文学,是占有重要地位的。

第四节　从净琉璃发展到歌舞伎

江户时代,日本社会开始进入和平时期,出现了初期资本主义萌芽,经济水平开始提高。在经济基础之上,日本的政治生活和社会生活趋于安定,文化也发达了起来。德川幕府实行文治改革,农村的生活水平和文化教育水平有了很大的提高,原来以都市生活为基础的中央文化,在这一时代发生变化,形成了新的地方文化——町人文化。町人文化也迅速发展,这促使戏剧进一步走向日本化、大众化。在这一时期,能乐、狂言仍被武家社会继承下来,并加以洗练化,但没有形成一种新的形式或打开一个新的局面。不过,在町人文化背景下,需要将先行的各种舞台艺术当代化和庶民化,于是,净琉璃和国剧歌舞伎就成为这种复杂的集大成的综合艺术的结晶。它们标志着日本戏剧发展的里程碑。

一、净琉璃

"净琉璃"原本是 15 世纪室町时代中期的纯音乐,后来才逐渐发展形成新剧种"净琉璃"。最开始的时候,净琉璃以"平曲""幸若舞曲"等古代艺能为母胎,并吸收谣曲要素,说唱辞章,由琵琶伴奏,是一种只具素朴音乐性的说唱故事形式。后来,净琉璃与傀儡戏,以及从琉球传来的三弦琴产生了密切的联系。净琉璃、傀儡戏、三弦琴三位一体,于江户时代元禄年间(1688—1703)通过竹本义太夫、近松门左卫门的努力,形成净琉璃一派。由于净琉璃在舞台上主要是拿着木偶进行表演,融通了"净琉璃本"(剧本)的文学性、"净琉璃曲调"的音乐性和"操净琉璃"(木偶戏)的戏剧性,所以也被叫作"木偶净琉璃"。它是日本一种独立的古典说唱艺能。

第五章　古代日本戏剧的出台与发展

木偶净琉璃作为新的剧种，吸取了先行的能乐谣曲中的戏曲科白模式，形成一种一边操木偶，一边说唱叙事性文学故事的形式。初期净琉璃作为木偶戏的脚本，一曲目分12段上演，其后改以6段为标准。一段相当一幕，幕间插演狂言。这种戏曲形式非常具有庶民性，观众以地方町人为主体，农闲期间也到农村巡回演出。也就是说，作为一种演艺，它与近古前期诞生的能乐以武家为主要对象不同，它是以广大庶民为对象，大多是在地方上演，扎根于民众的生活中，成为一种大众的戏剧艺术。

《十二段草子》是现存最早的古净琉璃脚本。其以源义经和净琉璃姬的浪漫爱情为主题，主要描写武士牛若（源义经）与美貌的净琉璃姬的青春爱恋，牛若遭政敌所害被弃于海滩上，净琉璃姬知道后，连夜赶去，痛哭不止，于是感动上天神灵，结果在诸神的帮助下，净琉璃姬所流下的爱情的泪使牛若复活了。这一脚本行文多为七五调的叙事诗体，词章优美，由琵琶伴奏，以哀愁为基调，深深地感动了广大观众。

净琉璃剧本的题材主要有三类：第一类，主要取自源义经的故事、曾我的故事，描写了上层武家的勇武忠义和神佛保佑，反映了悲剧性的社会世相。第二类是改编平安时代、室町时代的小说片段，描写了武家没落的命运，或是家臣的忠节事迹，浸透着幕府推行的儒教主义。第三类是以宗教说话、佛教说经为素材，描写了神佛的灵验奇谈、神佛对人间苦难的救济、日本高僧的故事和印度的佛教说话等。

17世纪后期，当时非常有名的净琉璃演员宇治加贺掾起用了近松门左卫门担当净琉璃作者，催生了近松门左卫门的第一部净琉璃本《世继曾我》，打破此前曾我故事的类型，加入了当时新兴游乐的情调，使曾我故事与"倾城事"结合。接着当时另一位走红的井上播磨掾的门人竹本义太夫于贞享元年（1684）创设竹本座，近松门左卫门为他创作了《景清出家》，此后净琉璃作品就正式成为文学的一种形式。净琉璃本使"时代物"（时代剧）有别于古净琉璃的"时代物"，被赋予武道的新时代精神。此外，他还开创了新的"世话物"（世态剧），且削减了冗长的6至12段，精简为5段的基本形式，被称为净琉璃的"黄金律"，净琉璃本的戏剧结构趋于合理。于是，新净琉璃时代到来。

接着近松门左卫门为竹本座的竹本义太夫创作了《三世相》《佐佐木战地》，并搬上舞台。竹本座聘任近松门左卫门为该座专职剧作者，这是前所未有的做法。此时剧作者的地位得到了大大的提高。这时期净琉璃作者辈出，如纪海音、竹田出云父子、松田文耕堂、三好橙洛、并木千柳、为永太郎兵卫、浅田一鸟、安田蛙文、越前少椽、近松半二、并木正三、樱田治助等。他们创作出了一大批杰出的净琉璃作品，如近松门左卫门的《世继曾我》

《情死曾根崎》《情死天网岛》《国姓爷战役》《油地狱杀女》,竹田出云及其子小出云等的《菅原传授习字鉴》《义经千株樱》《假名范本忠臣藏》,松田文耕堂等的《夜讨御所堀川》,并木千柳等的《夏祭浪花小调》,以及近松半二的《妹背山妇女庭训》等。

净琉璃的剧本主题主要立足于时代和社会的现实性,反映封建社会的矛盾和人性的对立,如义理与人情的纠葛、武士社会封建礼教下的殉情悲剧、森严身份制度下的非人性、町人在商品经济下生活的苦恼、金钱万能思想下物欲横流的社会黑暗、社会伦理对人性的压抑等。这些都有着十分浓重的悲伤色彩。而这种悲剧的发展,大大地提高了净琉璃剧本的文学性。

二、歌舞伎

歌舞伎也是日本传统的戏剧形式之一。它最早源于一些游艺人以修缮寺院神社、劝进布施为目的而巡回演出的一种歌和舞。歌舞伎和净琉璃在17世纪并行发展。歌舞伎形成一种崭新的戏剧形式,经历了阿国歌舞伎时代、女歌舞伎时代、少年歌舞伎时代、男歌舞伎时代。

庆长八年(1603),出云大社的巫女阿国在京都北野天满宫举行的"祭"上演出。她一边反复唱着"光明遍照,十方世界;念佛众生,摄取不舍。南无阿弥陀佛、南无阿弥陀佛",一边敲打着钲,和着拍子,跳着"念佛舞"。念佛舞与此前的艺能有一定的区别,其主要增加了舞蹈的要素,成为其后女歌舞伎的主要形式。阿国又综合女能乐、女狂言、风流舞、念佛舞等艺能中的舞蹈剧、乐剧的戏剧因素和民俗艺能的非戏剧因素,并协调感性与知性、动作与语言、内在性与外在性的关系。可以说,阿国大大推动了"女歌舞伎"的发展。她将表演固定在新兴的游乐场所——青楼茶馆。此时的表演已经完全失去了当初的"念佛舞"的朴素性,颇具酒色游兴的味道。整个歌舞伎表演主要追求一种感觉上的享乐。由于江户幕府担心"女歌舞伎"的自由放纵会影响人伦道德和社会安定,于是对其进行了全面禁止。后来,歌舞伎的女角改由美少年扮演,于是创造了男扮女的艺术,出现了"少年歌舞伎"。"少年歌舞伎"虽然有了新的变化,并拥有自己的独特性,但基本上仍未能改变以"容色"为本位的表演形式。最后,幕府也下令取缔了"少年歌舞伎"。然而,在演艺界和观众的要求下,幕府于禁演"少年歌舞伎"的第二年,便允许公演"男歌舞伎",即改让年纪大的男演员来扮演,让他们把前额至头顶中部的头发剃成半月形,着重以技艺赢得观众。这是歌舞伎的一大转折,也可以说是戏剧进步的开端。歌舞伎从创始期到成熟期,前后经历了80余年。

第五章　古代日本戏剧的出台与发展

　　创始期的歌舞伎主要实行"演员中心主义",脚本创作主要是迎合名牌演员的意向,剧作家很少有独立创作和自由发展的文学空间。比如,初期歌舞伎的重要作家之一的二世津打治兵卫为担纲主角的演员写剧本,就屡遭不满,甚至六度修改,直至担纲主角的演员满意才算定稿。也就是说,剧本创作主要根据演员舞艺的技巧需要,戏曲成为彻头彻尾的演员演技的乐谱。这样,剧作者完全遵从于"演员中心主义",处于从属地位,他们的创作局限于一个狭小的天地,而剧作家的主体性和戏曲的文学性受到严重忽视,脚本结构的完整性也就受到很大限制,容易走向形式化,很难产生有文学价值的剧作。因此,从文学的视角来观察,歌舞伎要进入成熟期,就必须充分尊重剧作家的自主性,发挥剧作家作为艺术家的文学创造精神和艺术创造力,让他们独立自由地进行创作。

　　18世纪初期,歌舞伎进行了一定的改革。其除了吸收能乐、狂言等艺能的技法之外,还运用构成净琉璃的三个戏剧要素:剧本、三弦琴和木偶戏,将各种民族艺术因素融为一体。当然,歌舞伎和净琉璃的戏剧风格不同,它的主要戏剧因素是歌和台词。全剧由原来像狂言的独立小故事发展为场面连续的长故事。当时的歌舞伎剧主要有两大类:一类是"时代物"(时代剧),主要反映历史故事、民间传说,或描写武士超人的勇武;一类是"世话物"(世态剧),主要反映町人社会的人情世态,尤其是町人的殉情悲剧和好钱好色的世相。后来,这两类剧互相交融,时代剧中有世态,世态剧中有时代,这样戏曲创作和表演模式都发生了重大变化,"歌舞伎"正式作为国剧载入了日本戏剧、日本文学的史册。

　　演员兼作者富永平兵卫、净琉璃兼歌舞伎作者近松门左卫门、竹田出云,以及其后的许多净琉璃、歌舞伎作者参与歌舞伎戏曲脚本的创作活动,写出了许多优秀作品,其中大多数是从先行的净琉璃剧本移植过来的,在内容上有了飞跃的发展。比如,近松门左卫门的《情死曾根崎》《国姓爷战役》《情死天网岛》,竹田出云的《菅原传授习字鉴》,竹田小出云、并木千柳、三好松洛的《义经千株樱》《假名范本忠臣藏》,近松半二的《本朝二十四孝》《妹背山妇女庭训》《新版歌祭文》,三世并木五瓶的《劝进帐》等。它们的问世,使歌舞伎剧本的创作达到了高潮,并且大多都成为歌舞伎剧坛传世的保留节目。

　　与之前的戏剧创作者相比,歌舞伎作者地位有了一定的提高,剧本也确立了独有的价值。歌舞伎作者不仅担任脚本创作,连策划、导演、舞台设计、排练事务、公演期间的舞台监督兼助手、宣传事务等,都是由他们自己来负责。而且,写作脚本的主题是先由戏班经理商议决定,然后向首席演员报告,粗略地写出两三页的主题和梗概,交给处于辅助地位的作者们,然后写出实际演出用的脚本,再由脚本主任加以修改和补充,进一步与戏班经理和首席演员商定,才算完成。不过,此时剧本的文学性并不高,吸引观众的主要还是演员的个人魅力。

宝历年间(1751—1763),剧场制度确立,剧场建筑、舞台和大道具的设置诸多方面也都进行了革新。剧场颇具规模,后台专设了剧作者室、两或三层看台、旋转舞台,以及歌舞伎演员出场亮相和上下场通道的"花道",形成歌舞伎剧场舞台结构的独特形式。所有这些,对于扩大艺术创作的空间,以及提高歌舞伎的文学性和艺术性,都起到了很大的作用,稍后甚至建成了一条剧场街,促进了歌舞伎舞台艺术的繁荣。18世纪中叶的江户时代中期,歌舞伎迎来了自身发展的黄金时代。

天明年间(1781—1788),连续发生了特大自然灾害,贫民不断掀起暴动事件,武家为政者加强封建专制的统治,对戏曲的世态剧内容也设置多方限制,并迫令江户三大座的剧场迁至郊外,加上剧团内部经营不善,歌舞伎一度陷入式微期。经过市川团十郎家世世代代的努力,到了七世市川团十郎,为了打破当时剧坛冷落的局面和歌舞伎式微的情势,他试图选出一些优秀旧剧重演,于是便制定了"歌舞伎十八番"。"十八番"以武打戏为中心,主人公几乎都是骁勇的豪杰,演技也充满了力度,反映了当时对这种美的追求,在歌舞伎剧目中是最具魅力的,它给当时衰退的歌舞伎剧坛带来很大的刺激作用,注入了清新的空气,使歌舞伎进入了中兴期。"歌舞伎十八番"的曲目有《助六》《镊子》《鸣神》《劝进帐》《暂》《不破》《箭头》《推回》《景清》《解脱》《嫉妒》《拽象》《不动》《卖外郎》《关羽》《七种面具》《蛇柳》《镰髭》。其中最重要的是《助六》《劝进帐》《暂》《景清》,至今长演不衰。

《劝进帐》由三世并木五瓶创作。这是一部承传至今仍家喻户晓的佳作,成为最具代表性的保留节目。故事梗概是:源义经与兄长赖朝不和,带着弁庆等几个家臣装扮成修行僧出逃奥州,准备投入藤原秀衡的麾下。赖朝为逮捕义经一行人,便在各国设立关卡盘查。义经通过安宅关卡时,修行僧作最后祷告,祈愿能顺利通过这最后一关。守关人富樫的部下对这一行人有所怀疑,富樫让他们念建东大寺的劝进帐(布施帐)。弁庆就临机应变,将随身携带的卷轴当作劝进帐打开,流畅地念了起来。富樫正要放行的时候,对义经的装扮起了疑心,便制止他们通关,继续盘查。正在这紧要关头,弁庆灵机一动,抡起金刚杖狠揍了义经一顿,责怪他一人连累了大家。富樫被弁庆为了保护主人使用了这种苦肉计的忠心所深深打动,虽然明知那乔装的人是义经,还是放行了。通关后,弁庆为自己狠揍主人的非礼行为而道歉,但义经却表扬了弁庆的机智勇敢。此时,富樫追上义经一行人,并送酒庆贺。大家酒后跳起了延年舞,与富樫告别。全剧的情节并

第五章　古代日本戏剧的出台与发展

不复杂,人物不多,但都显示出强烈的个性,表现了忠义与同情,很富人情味,并且以洗练的科白与典雅的舞蹈相结合,大大提高了戏剧的艺术性。

整个歌舞伎的发展时期,除了近松门左卫门外,最有成就的属鹤屋南北和河竹默阿弥。他们创造了新世态剧(写实世态剧)、鬼怪剧、盗贼剧等新的歌舞伎剧目,拓宽了歌舞伎这一戏曲艺术的道路。

鹤屋南北(1755—1829),原名伊之助,又名大南北,生活在幕府末期社会转折期间,他在充满种种社会矛盾的庶民深层生活中,发现了新的真实,对歌舞伎进行新的创造,产生了一种与当时的世态剧不同的新世态剧。这对于歌舞伎适应时代的发展起着不容忽视的历史作用。鹤屋南北一生写下了约120个剧本。其艺术特色可概括为以下几个方面:一是重视舞台技巧的效果,特别是加强通过演员的做派而产生的戏剧性效果;二是尽情发挥官能的刺激,包括残酷的场面,将感觉性的美提高到艺术美;三是以生活在江户社会最下层的江户儿为主要描写对象,重视主情性。

他的代表作是《东海道四谷怪谈》。该剧以序幕的伊右卫门对阿岩、直助对阿袖这两条线索为端绪,演绎一个曲折离奇的复仇故事,从中编织出一幅幅活生生的时代风俗画面、最下层的生活和人物感情的世相图,编排出一幕幕怪异、凄艳和残虐的惊险剧,是一部动人心魄的戏曲作品。这出戏许多场面,通过长歌独吟,以音乐美化了凄惨的情调,诗化了哀伤的情爱。特别是根据剧情的偶然变化,场面的瞬间转换,都富于变幻的色彩,收到了很好的舞台艺术效果。此剧主角阿岩由著名女旦三世尾上菊五郎扮演、伊右卫门由七世市川团十郎扮演,他们表演得十分逼真,发挥了一流的演技。

在幕府末期社会转折期间,庶民处于种种社会矛盾的生活中,鹤屋南北可以说发现了时代新的现实,时代艺术美的价值,强调了超人性。他笔下的人物,不是魔术、咒术附身,就是幽灵和妖魔鬼怪,他就是想通过此种表现,发挥超人的力量,铺陈怪异的故事,以及进一步提高"变身"的绝技,展现一个与人间世界不同的异形世界,从而表露自己内心所期望塑造的象征世界。所以,鹤屋南北改变了"江户歌舞伎"的作风,使歌舞伎得以创新。这对于"歌舞伎"适应时代的发展,产生创造性的飞跃,以及在歌舞伎史上承前启后,起着不容忽视的历史作用。

河竹默阿弥(1816—1893),江户人,本名吉村新七,晚年改名古河默阿弥。他是这一时代最后一位著名歌舞伎剧作家。他非常熟悉工商业者的生活,为他的创作累积了丰厚的素材和实际的生活体验。他一生创作了130部世态剧和90部时代剧,是江户时代后半期歌舞伎剧作的集大成者,他的剧作主要以江户时代工商业者的社会风俗为背景,以盗贼、杀人犯等恶人为主人公,通过挖掘这些人物内潜的变态心理和外在的恶行,从中发现人性本善,从中发现美的存在,同时反映当时社会复杂的人生世态,贯穿了劝善惩恶和因果报应的思想,起到了一定的社会教化作用。

《青砥稿花红彩画》是河竹默阿弥具有代表性的作品,也是他的剧作中最高上座率之一,先后六次重演。这是一部五幕八场剧。剧情梗概是:小伙计弁天,乔装成信田的小太郎,诱拐了小山家的女儿千寿姬。他来到神舆岳的路旁小佛堂,坦诚了实情,千寿姬投身山谷。后来,弁天成为驮右卫门的手下。弁天又乔装成武家的姑娘,由乔装成他的随从南乡陪伴,在浜松屋店前敲诈,进而与乔装成仆人的驮右卫门一起,企图掠夺大笔钱款。可是,从浜松屋叙述其身世的话语中,弁天才知道,原来弁天实际上是浜松屋的儿子,而浜松屋的儿子则是驮右卫门的儿子。这时巡捕在追捕和包围弁天等五名企图逃亡的人。穷途末路的弁天,站在极乐寺的山门上,切腹自尽。其同伙都被捕了。驮右卫门则在贤者青砥藤纲之前也领悟到天命,主动就擒了。

在这部剧中,河竹默阿弥将父子、主从的因缘与巧妙的意外事件,完美结合,互为作用,具有幕府末期浓郁的颓废的"恶之花"的色彩。同时弁天切腹自尽的场景,采用了歌舞伎剧少有的大道具"极乐寺山门",弁天在山门上绕行,表演切腹前的心理、生理准备的种种动作,更凸显这种"恶之花"的壮美与凄苦。

《三个吉三青楼情话》是他的又一代表作。这是一出七幕剧。这出剧的最大特色,就是被称为"默阿弥调"的七五调那流利的台词,富有音乐剧的性格。比如,剧中的"大河畔(大川端)",穿着长袖和服扮成女装的阿嬢吉三,从娼妓阿岁那里夺取了百两银之后,有如下一段脍炙人口的有名独白:

月色朦胧似白鱼,篝火迷蒙映春空,寒风吹袭微醉人,心情舒畅不留神,月夜乱啼鸟一羽,归巢途中歇川畔,是竹竿的水滴吗?轻而易举发横财,意外到手银百两。

怀里掏出钱包来,龇牙咧嘴陷沉思,此时高明喊消灾,大声呼唤"消灾哟!祓除不祥!祓除不祥!"

今夜真是立春前夕吗?来自西海至川中,坠落夜鹰是消灾,娼妓众多非一文,不是铜钱是金包,从春天以来,这小子大吉大利好福气。

这一段独白,当时的江户居民都非常熟悉。

总的来说,河竹默阿弥的剧本结构复杂,辞章文辞洗练,重视七五韵律

第五章　古代日本戏剧的出台与发展

和独白对白的音乐性。同时,他抵制当时在社会生活中已浮现出来的欧化主义,大胆运用一切传统的技巧,包括采纳竹本义太夫净琉璃音乐旋律美的特性,以保持歌舞伎的古典性和大众性,这大大提高了歌舞伎剧本创作的文学艺术水平。进入近代明治社会,河竹默阿弥仍保持歌舞伎剧作者第一人的地位,继续活跃在新时代的歌舞伎剧坛上。

第五节　古代日本戏剧创作的代表人物——近松门左卫门

　　近松门左卫门(1653—1724),本姓杉森,幼名次郎吉,成人后称杉森信盛。近松门左卫门是他的笔名。他出生在武士世家,先祖都是当地藩主浅井长政的家臣,祖父曾一度侍奉统治者丰臣秀吉、丰臣秀赖父子,丰臣家没落,大阪城沦陷后,他离开主家,过着颠簸流离的生活。父亲杉森信义,由于未详的原因,继之也离开了故乡,流离到了京都。十五六岁的时候,他随父母到了京都,侍奉后水尾天皇之弟一条惠观及阿惠实藤等公卿,虽没有任何官位,但却接触到了贵族家庭的文化氛围,受到了王朝传统文化的熏陶。他侍奉的主家及周边人士经常举办净琉璃及其他艺能的演出,有机会与艺能界发生了联系。这成为他的人生一大转折。他25岁开始师从京都净琉璃界的名角宇治加贺掾,学习写作"净琉璃本"。不过,由于当时剧作者地位低于表演者,所以他早期的几部净琉璃作品,都未能正式署上自己的名字,而都是以宇治加贺掾正本公开发表的。近松门左卫门既是净琉璃的杰出作者,也是歌舞伎的杰出作者。他从25岁前后开始写作生涯,直到72岁去世为止,共创作净琉璃剧本110余部、歌舞伎剧本28部。其中,年代最早的是1683年写成的净琉璃剧本《世继曾我》。

　　《世继曾我》取材于民间流传的曾我兄弟复仇的故事,把矛盾冲突集中到24小时之内,这种结构当时观众觉得十分新奇,演出后大受欢迎。由于该剧不仅戏剧结构自由,剧情的展开意外曲折,很具有刺激性,而且唱词优美,说唱配合,很具有鉴赏性,引起了净琉璃、歌舞伎名角的注意。

　　《景清出家》是《世继曾我》之后的又一部经典的净琉璃本。这是五幕时代剧,描写主人公平景清于平氏家被源氏家灭亡后,藏身在热田大神宫的大宫司家,大宫司将女儿小野姬嫁给了他。他为了要杀源赖朝为平氏家报仇,四处奔波。在奈良巧遇清水坂青楼女子阿古屋。同居三年生下两个女儿。阿古屋的哥哥伊庭十藏得知景清的身份后,劝其妹阿古屋向源氏家告发景清,阿古屋责备了哥哥的作为。后来,她看到了小野姬给景清的恋夫文,产生了妒忌之心,决定听从哥哥的话,告发了景清。景清在源氏大军包围下逃脱了。赖朝将大宫司和小野姬逮捕做人质,诱捕景清。景清为救他们自动投案,被投入六波罗狱中。阿古屋怀着负疚的心情,带着两个女儿探监,景清不能原谅她的背叛。阿古屋在他面前先杀死两个女儿,然后自尽了。景清对伊庭十藏愤怒之余,冲破牢狱,将其杀死,但生怕连累妻子,遂又再回到了牢房。赖朝下令执行斩景清首级的时候,奇迹出现了,观音作为景清的替身立在那里。最后拿下的首级是观音头。赖朝畏于佛力,赦免了景清。景清抱着旧仇新恩的愤懑、内疚和感激交杂的心情,挖去自己的双目,出家为僧,为平家故人祈求冥福。

　　该剧取自历史事件和《平家物语》的故事。近松门左卫门以平、源两氏争斗的史实为基础,加以艺术的虚构,成功地塑造了景清和阿古屋这两个人物形象。比如,为了塑造景清这个人物,他并没有按历史上景清最后降伏源氏的事实,而是借助观音灵力这种灵验来调和矛盾,整合善与恶的对立。在故事发展的全过程中,作者将景清这个人物的矛盾心态鲜明地表露了出来:他既痛恨赖朝,誓报家仇,又感谢赖朝不杀之恩;他既憎怨其情人阿古屋的背版,又内疚阿古屋为自己献身。在这种深层的心理矛盾中,故事戏剧性地展开。忠义与人情相克的独特悲剧性格在这部剧中得到了充分的展现。

　　1703年,近松门左卫门发表了第一部表现殉情故事的"世态剧"。这部剧作被搬上了歌舞伎舞台,并获得了很大的成功。以此为契机,他开创了"世态剧"这样一种新的戏剧形式,使歌舞伎进入了全盛期。《情死曾根崎》取材于当年四月某日发生在曾根崎森林的一宗男女殉情的事件。该剧的剧情梗概是:天满屋青楼女子阿初与平野屋酱油坊小伙计德兵卫在观音堂邂逅,阿初诉说自己的辛酸苦命,德兵卫也坦白自己经济拮据,还有数不清的纠纷。两人同病相怜,感情迅速升温。此时,酱油坊的店主看中德兵卫是个忠诚老实的人,决定赔上二贯银,交给德兵卫的继母,让德兵卫娶他的侄女。但德兵卫心中只有阿初,就拒绝了店主的要求。于是,店主将他赶出酱油坊,不许他再踏进大阪一步。阿初得知后,含泪用说书带腔唱出:"知君为我心都碎,感荷你浓情云沛,我只是又喜又悲。你又不是放火强盗贼,逍遥大阪谁管得?"但是,当德兵卫想从继母处取回二贯银还给店主时,不料这笔钱已被坏人九平次骗走,德兵卫去索回时,被九平次当众反咬一口。德兵卫蒙了不白之冤,不想活在世上遭凌辱,便想以死表明自己的清白。德兵卫来到有关自己的谣言纷飞的天满屋,准备与阿初私奔。岂料此时九平次也出现在天满屋,刁难他与阿初。阿初反抗,并以说书形式愤然说唱道:"德郎与我死同时,我与德郎死同地。"于是,他们共同摆脱九平次的纠缠,私奔到曾根崎的森林里殉情。

　　这部剧公演后,受到了很大的反响。一时间净琉璃、歌舞伎都群起效

第五章　古代日本戏剧的出台与发展

仿,创作或改编了30多部情死曾根崎故事的剧本,赞美当代的恋爱。民间甚至将男女主人公的爱情,视作新时代"恋爱的典范"。至此,近松门左卫门作为悲剧作家的地位已不可动摇,日本戏剧史也进入了"悲剧的时代"。他经过长时期的摸索,在金钱万能的町人社会中,发现人间的悲剧,包括殉情、通奸、为金钱而犯罪等悲剧性的事件,并从中寻找创作的素材,思考悲剧的根源,并敏感地把握这些当代世态的发展规律,找出典型性的事件和人物,搬上净琉璃、歌舞伎舞台。

近松门左卫门的其余13部世态悲剧是以通奸、犯罪等为主题。一般通奸悲剧大多是由女主人来背负通奸的不义的恶名,最后展示女主人公茫然若失和悲痛欲绝的内心世界。这些充分反映了大男子主义下女性的悲剧命运。就拿犯罪剧来说,最具典型性的作品就是《冥途信使》和《油地狱杀女》。

《冥途信使》描写一银铺的养子忠兵卫爱上青楼女子梅川,与一乡村客相竞争,为给梅川赎身而挪用了友人八右卫门的一笔五十两银的汇款。正在这时,银铺让他将一笔三百两银子的汇款给某宅。他不知不觉便走到了梅川那里,恰巧遇到八右卫门,八右卫门当众羞辱他,于是他从拿着的银子中取出五十两摔还给八右卫门,然后将手中的余钱替梅川赎了身。两人离开青楼后,忠兵卫抱着忏悔犯罪的心情,将实情告诉了梅川,两人抱头痛哭,并决定在私奔前回乡看亲父一面。可是在巡捕的追捕下,他们到了友人忠三郎家。亲父了解真情后,到了银铺向其子的养母诉说了收养的义理和对其子的亲情。在义理上,他不再与其子见面了。忠三郎试图帮助他们逃脱,可他们最终还是被逮捕了。作者在这部剧中着墨描写忠兵卫、梅川两人的私奔,以及其亲父在义理与人情之间的选择,他最终选择了义理。这一主题是符合时代要求的,作者在这部剧中也充分发挥了其创作功力。

《油地狱杀女》分上、中、下三段,剧情梗概是:大阪的油铺河内屋原店主去世后,在店主之妻兄山本权右卫门的拜托下,由仆人德兵卫升任店主,并接纳原店主的遗孀权右卫门的妹妹阿砂为妻,以及原店主的两个儿子太兵卫和与兵卫为义子。油铺河内屋的老二与兵卫是个好嫖妓的浪荡之徒,他为了争所恋的妓女小菊,而与另一名嫖客大打出手,两人扭打以至掉进泥浆河里,溅起的泥浆正好溅到路过的武士身上。多亏武士要代替主公参拜神社,不能杀生,以及有他大舅权右卫门的协助,才得以免去杀身之祸。狼狈不堪的与兵卫在油铺丰岛屋老板娘阿吉的好心帮助下收拾了残局。后来,与兵卫企图从双亲那里诈取嫖妓的钱财,没有成功。一气之下,他狂暴地殴打不加抵抗的继父和生病的妹妹。他的亲生母亲实在看不下去,遂把与兵卫赶出家门。河内屋夫妇内心还是放不下与兵卫,便拜托阿吉有机会劝说与兵卫,让他痛改前非,回家重新做人。与兵卫恰巧就站在阿吉家门口,听到了谈话,但毫无所动。之后,他向阿吉借钱,阿吉拒绝后,他就把阿吉杀死,夺走了她的钱财。与兵卫谋财害命的罪行暴露,终于被逮捕绳之以法。

这部虽属世态剧,但与世态剧中的殉情剧完全不同,近松门左卫门着力描写了德兵卫在封建社会的主从关系下人性受到压抑,以及与兵卫在社会秩序混乱的状态下因犯罪而招致自身的毁灭。此剧在当时难以被观众接受,所以没有再重演,也没有改编成其他戏曲。到了明治维新以后,它才被近代社会的观众所接纳,获得了不少人气。

近松门左卫门的世态剧将平民的悲剧事件戏剧化,实际上是他对这一时代和社会的人生观照在文艺上的反映。他通过文学的文本审美形式,大大提高了剧本文学文艺性和文学思想性的统一。

第六章 古代日本小说的产生与流行

　　进入江户时代以后,社会处在相对和平的时期,初期资本主义萌芽。町人在政治上和经济上拥有更大的实力。德川幕府实行文治改革,文化教育水平得到更大的提高,此外学术复兴和出版业发达,町人的求知欲望空前高涨,町人文化和通俗的平民文学也迅速获得了普及。在这种情势下,一种新的平民文学应运而生,它分为三大体系:一是净琉璃辞章、歌舞伎脚本的戏曲文学,二是俳谐连句、俳句、俳文等的俳谐文学,三是以假名草子、浮世草子、草双纸、洒落本、滑稽本、人情本、读本等为代表的小说。本章即对其中最具代表性的几类小说及其大家进行分析。

第一节 假名草子与近世小说的萌芽

　　假名草子与后来所出的夹有汉字的草纸相异,全用假名缀成。它是一种通俗性带插图的小说,它的内容几乎涉及社会生活的方方面面,如《假名烈女传》《可笑记》《二人比丘尼》《棠阴比事物语》和《御伽婢子》等,这类作品的文体近于散文,却具有一些故事情节,它既提供严肃的启蒙教育,又提供休闲娱乐,它是人们可靠的实用信息来源又是荒诞不经的滑稽故事的载体。这些故事在某种意义上反映出新时代的风尚、风俗或思想倾向,同时在多种素材、文体、方法中,已可窥见近代小说的萌芽。

　　从文学发展历程上来看,假名草子是从少数人享受的文学转向大众享受的文学的过渡形式,以教化第一、艺术第二为宗旨,不免缺乏文艺的要素,同时混杂各种形态,呈现一种混沌的状态。尽管如此,它对其后的浮世草子、读本、滑稽本等通俗文学的诞生,起到了促进的作用。尤其是后期出现了以青楼风情为主题的假名草子,比如作者未详的《吉原鉴》、藤本箕山的《色道大鉴》、作者未详的《浪花钲》,以及青楼评判记等,掀起了前近代的性解放的风潮,对于井原西鹤的《好色一代男》、上田秋成的《雨月物语》等名作的问世,还是产生了一定的影响。因而,假名草子作为文学作品,存在不成熟的一面,但在通向通俗小说兴隆的过渡期所起的历史作用,是不能忽视的。

　　从文学创作特点上来看,假名草子中的实用本位类作品更直接地体现了近世文学的特点：现实性和媚俗性。例如成书于庆长、元和年间（1596—1624）的《恨之介》，这部描写将军家臣与禁中女官私通的恋爱故事的作品，虽然在文体和叙事方式上依旧沿袭了中世物语的旧例，但在小说中加入了大量的对于当时风俗和情境的描写，而且故事的内容虽然经过改头换面，但依然能看出其取材于作者当时社会的真实意义。而包括风流好色谭等各种笑话故事的《醒睡笑》、铃木正三描写二个女子亡夫后为尼修行的不同命运故事的《二人比丘尼》等则是为了迎合市民阶层的读者需求创作的，因而具有较强的媚俗特点。

假名草子一般都是几百字到一千字的一个个独立的小故事组成的故事集。行文一般通俗浅白，句子长度也较短。并不是所有的作者和编者都偶然地用上述模式创作自己的故事或编辑搜集素材，这些素材的来源并不是单一的。其中一部分渊源于日本本国古代的文学作品和历史文献，大部分则都是从国外传入的文化中摘取有趣的材料，加以敷衍，描述成篇。像印度文学中的《自喻经》《贤愚经》《生经》，欧洲文学中的《伊索寓言》等，都曾为假名草子提供过生动有趣的材料。但是，在所有的题材中，对假名草子的发展，真正产生过广泛而深刻影响的，则是中国的作品。例如，1651年刊行的假名草子的名作《棠阴比事物语》，其题材全部来源于中国宋代万荣的《棠阴比事》。1963年刊行的《杨贵妃物语》则是以《开元天宝遗事》及《长恨歌传》为粉本而创作的。《可笑记》取材唐代李翰的《蒙求》，《百物语评判》取材于宋代李昉等的《太平广记》等。诸如此类，不一而足。其中，又以明代瞿佑《剪灯新话》对假名草子的影响，尤为深刻。例如，日本天文年间（1532—1555）流行一部《奇异怪谈集》（又名《奇异杂谈》）中一些故事就与《剪灯新话》相关，如《剪灯新话》卷一的《金凤钗记》写崔君子兴哥和吴氏奇兴娘，自幼指配为婚，双方以金凤钗为约。兴哥随父他乡宦游，兴娘相思而亡，兴娘之妹庆娘与回归的兴哥相爱，两人私奔在外，一年后回到乡里，方知是兴娘之魂魄附于庆娘之体，与兴哥完成一段姻缘。《奇异怪谈集》中把这传奇故事全部翻案而入篇，自拟题目《姐姐之魂魄借妹妹之躯体以成婚之事》，将故事的曲折离奇透露在标题里。

假名草子第一人，是浅井了意（？—1691）。他的假名草子的最大特色之一，是根据自身务农的生活体验，表现了对农民悲惨生活的同情和对官家课以农民繁重劳役进行批判。从《浮世物语》《伽婢子》开始，经过《镰仓九代记》《北条九代记》，直到遗作《假犬》等，尽管作为假名草子的类别不同、体裁各异，但这些代表作都贯穿了这种批判的精神。他抨击官家"对百姓町人无理无法地课役"，并发出了这样激愤的批判言词："不思民之苦劳，榨取民膏，吸取民血，以自身为乐。若论天理之本，他是人，我也是人。"这

第六章　古代日本小说的产生与流行

种批判,有时在笔下锋芒毕露,有时又在怪异谈中告发,或在滑稽的笑中展现。

此外,浅井了意的作品颇富怪异性、传奇性和浪漫性。姐妹篇《伽婢子》《假犬》等则属于怪异小说,内中的许多幽灵谭、神仙谭、天狗谭等都是以中国的怪谈为参照,展开自己的讲谈。这两部作品都运用了传统物语的雅文体,特别是编入数十首和歌,使散文与和歌浑然相融,增加了较多的文艺要素。同时又糅杂了劝惩的思想和因果报应的思想。它们的出现,对于确立怪异小说起到了先驱作用,带来了怪异小说一时的流行。

第二节　浮世草子与近世小说的诞生

1682年,井原西鹤用散文形式创作发表了长篇小说《好色一代男》,宣告一种新的通俗文学形态——浮世草子的诞生,并以大阪为中心开展创作活动,对于以京都为中心流行了70年的假名草子是一个很大的冲击,并且逐渐取而代之,确立了这一时代町人自己的文学,占据着日本文学史的一个重要的位置。

浮世草子的所谓"浮世",就是"现世"之意。它与假名草子的主要区别是:浮世草子不像假名草子那样重教化性、实用性,而具备更多的文艺性;更重要的是浮世草子具备假名草子所不完全具备的小说基本特征,比如人物的塑造,较完整的故事结构,以及贯穿其中的文学理念和美学理念,更具庶民性。

浮世草子奠定了江户时代人情小说的基础,其创作中心是近世商业社会蓬勃发展起来的商家或游里,它是属于江户时代町人阶级的文学。在文学意义上,浮世草子体现出町人既执着于现实,有着强烈的进取精神和生活欲望,又追求风流生活的本色。他们一方面对自身无权的现实状态不存幻想,奉金钱财富为圭臬;另一方面,在世俗生活中追求奢华的物质享乐和无节制的感官欢愉,通过终日沉浸在风月场和演艺界来显示生命的价值。对于这种都市享乐奢靡之风所带来的堕落、颓废情绪,作者除了透视其内部世界的享乐精神外,也传达出好色生活终将落入悲惨境地的隐隐担忧,具有一定现实意义。这类作品除了对好色生活进行了一定程度的反思,另外也逐渐将描写对象扩展至普通的庶民百姓,在描绘他们的恋爱与婚姻的同时,也捕捉到了现实生活中的种种不和谐因素,并由此对压抑自由与人性的封建道德提出一定的质疑,嘲讽金钱万能的价值观。作者在客观上揭露了种种社会弊端,从而使浮世草子具备了一定的积极意义。

在文学内容上,浮世草子多属"好色物","好色物"是以描写男女之间迷醉的、心怀美意饶有余味的情欲生活为内容的作品,是西鹤小说的初期创作,并贯穿于他的创作生涯。所谓"好色","是一种恋爱情趣,而且属于精神性的。它是争取自由与肯定人性的表现,而不是追求性本身。也就是说,主要从性的侧面肯定人的自然的生的欲求,即享受现世的人生。这显示了町人的现世主义精神与中世的来世思想是两个对立的价值取向"。

浮世草子按其特点,可以分为以井原西鹤为代表作家的前期浮世草子作品和以西泽一风及江岛其碛为代表的中后期浮世草子作品。

井原西鹤(1642—1692)是日本江户时代的著名俳谐诗人和小说家,他早年创作以俳谐为主。他的俳谐与初期以吟咏自然景物为主的俳谐相反,大量取材于城市商人的生活,反映新兴商业资本发迹时期的社会面貌,并善于汲取市民社会俗言俚语,因而其俳谐作品别具一格。井原西鹤的俳谐著作有十余种,代表作有《西鹤大矢数》和《五百韵》等。中年以后,井原西鹤逐渐转入小说创作,陆续发表了多部小说作品,这些作品涉及江户社会的各个主要方面,从"物"(题材)来看,可分为"好色物"(描写青楼里寻花问柳的町人形象)、"町人物"(描写町人社会的生活风俗)、"武家物"(描写武士道领域,代表作有《武道传来纪》《武家义理物语》)、"杂话物"(描写各地传说,代表作有《西鹤诸国故事》《本朝二十不孝》)4大类,在这些作品中,作者塑造了一些不受门庭约束,以爱情为第一要素的人物形象,通过对他们的肯定来表现作者同封建礼教的对立。除此以外,西鹤还写了一系列以町人经济生活为题材的作品,其中较著名的作品有《日本永代藏》《世间胸算用》《西鹤置土产》等。这些作品多写町人发家致富的故事,较深地挖掘了商人的精神世界,如实地记录了当时处于上升阶段的町人阶级的内面史,具有一定的社会意义。

《好色一代男》是井原西鹤"好色物"的第一部作品,也是他的成名作,被认为是日本文学史上"浮世草子"的起点和现实主义市民文学的开端。这部作品一共由54章构成,记述主人公世之介从7岁到60岁之间的放荡生活,每章活用俳谐笔调,描写他为了追逐女人,北自仙台,南到长崎,遍逛全国各地烟花巷的遭遇和风流体验。从这种结构形式来看,《好色一代男》"又具有拟古物语的因素"。

小说中,作者活用现实主义的手法,通过对世之介的成长过程及其放荡生活经历的描写,展现了日本当时各地的社会风俗、妓院区情景、生活在这个浮世里的新型人物,并逐年综述了三都名妓列传。在视爱欲为罪恶的武家道德观和封建礼教的时代,小说敢于冲破道德戒律,大胆肯定爱欲,具有积极进步意义。同时,小说以新兴的城市町人为主人公,表现了那个时代町人放纵、无拘无束的现世精神,并在一定程度上让读者看到那个时代

第六章　古代日本小说的产生与流行

的社会面貌,这也具有先导作用和认识价值。

《好色一代男》胜过在它之前的许多艺妓评记和青楼导游之类的书,它之所以获得商业性的成功,原因大致上可以归纳为以下三点:第一,不是咏叹性,而是简洁即物的文章,精彩地描写情景的细节;第二,虽是以好色的故事为主,但也兼顾室町时代以来的大众文艺的传统主题,描写主人公旅游各国,有关色情事和诸国情况;第三,创造世之介这个主人公,后来化为日本民俗传说的人物。可以说,世之介是在原业平传说的元禄版的人物。据说,他一生中"玩弄过的女子达三千七百四十二之众,玩弄少女也有七百二十五人"(卷一)。《好色一代男》,正如其题目所显示的那样,按年代,叙述了这个男子从7岁到60岁的性的经验。《源氏物语》的光源氏是恋爱的能手,现在世之介作为寻求性快乐的能人出现了。《源氏物语》描写主人公与众多的妇女之间发生的微妙心理性关系,《好色一代男》则述说状况和行动,当然没有深入描述主人公及其对象的复杂的心理状态。但是,《好色一代男》由于没有心理描写,看起来反而有这样一面,即令人感到贯穿全篇的哲学比较突出。其哲学是彻底的快乐主义,为追求性的快乐,全然不去考虑佛道或儒教道德。从这个意义上说,这是德川时代的整个小说的独特之处(17世纪前半叶的"假名草子"里,出现了通俗的儒教伦理,19世纪前半叶,以花街柳巷为背景的小说中,也从一般道德的立场出发,或多或少地加入注释)。

同时,井原西鹤是一个社会阅历丰富的作家,他对广大下层人民,尤其是备受凌辱的妇女深为同情。以女性为主人公的"好色物"《好色五人女》就是这样的例子,这部作品共5卷,每卷5章讲述一个故事,独成一篇小说。这5篇小说取材于当时社会上发生的5对男女激情通奸事件,有的发生在多年前,有的则发生在作者近期的两三年间,描写当时由"歌祭文"演唱的、流传民间的5对男女的"悲恋物语"。这5个恋爱故事中的主人公,为了追求真正的爱情,不惜甘冒封建礼教之大不韪,然而其结果,除第5个故事外,都是悲惨的,或被杀、或自杀、或出家。小说通过这些无辜青年男女的不幸遭遇,猛烈地抨击封建礼教和宗法制度,歌颂了青年男女刻骨铭心的纯真爱情。就此而论,封建时代的恋爱小说《好色五人女》较之其他"好色物"作品,更具积极意义。

在井原西鹤之后,日本迅速刮起了一股对井原西鹤的作品、尤其是其色情类作品的跟风之作,在这些作品中,除云风子林鸿的《好色产毛》和夜食时分的《好色万金丹》及《好色败毒散》评价较高之外,其他作品多止于对西鹤色情类作品的形式上的模仿,为了迎合读者过分渲染色情,不仅在思想上缺乏对人生的深刻认识,而且在表现力上也远远逊色于西鹤。在这种情况下，西鹤所开创的浮世草子逐渐失去了新鲜感而走向僵化，而打破这一局面的是西泽一风和江岛其碛。

西泽一风(1665—1731)最初是一名书商，主要出版与戏剧相关的书籍，后来因发表了《御前义经记》，一跃成为当时的流行作家。这部受到井原西鹤《好色一代男》影响的作品，讲述了元九郎义经为寻找身为妓女的母亲而游历各地的花街柳巷的经历。在作者手中，西泽一风为了追求新意，加入各种有关义经的谣曲和舞曲等演剧的因素。可惜的是，西泽一风在对各种原典和组成要素的运用上并不成熟，而且后来又在与江岛其碛的对抗之中逐渐淡出浮世草子界，因此他在文学史上的地位既不及前人之西鹤，也不及后者之其碛。然而，他利用古典和戏剧的因素将浮世草子长篇化和浪漫化的尝试却为当时已经陷入僵局的浮世草子界指明了新的方向。

江岛其碛(1667—1736)本名村濑权之丞，出身于京都有名的大佛饼店铺，后因营业停顿，更名江岛市郎右卫门，号其碛。他最初喜爱净琉璃，写过两三个剧本，后来和出版商八文字屋(京都的出版书肆，因老板名为八左卫门自笑而得名)相识，写作了评论净琉璃戏剧演员的《演员三昧线》，八文字屋的主人自笑由此尝到了甜头，于是开始策划出版浮世草子作品。在这种情况下，江岛其碛创作了他的第一部浮世草子作品——《倾城色三昧线》。这部作品在文辞上有意模仿西鹤，但是其内容的简明与结构的巧妙迎合了当时读者的要求，从而使江岛其碛一举占据了浮世草子界的主导地位。各种跟风之作陆续出版，江岛其碛自身也继而创作了《倾城禁短气》，借用谈义、说法和宗论的形式，论及了男色女色、公娼私娼的优劣以及妓女嫖客之间交易的心得等，堪称其碛色情类作品中的集大成之作。

作者与出版商的合作原本是出于商业利益的结合，江岛其碛和八文字屋在利益分配上产生矛盾，二者暂行分立。在分立期间，江岛其碛摸索出一种新的作品形式——气质类作品。这类作品主要描述特定的身份和职业的人所表现出来的共同特征，并将其极端化，代表作为《世间男子气质》。这部收录15个互相连贯的短篇小说集，对町人的儿子辈进行了艺术上的概述，儿子辈和父亲辈不同，他们喜欢夸耀个人的武道、想当医生、醉心相扑、不顾家道衰落，一心一意吟诵和歌、惊人的挥霍和父辈的节俭大相径庭，一般人认为儿子辈是败家子，但在江岛其碛的笔下，他们各有自己独特的气质。

第三节　读本小说的出现与繁荣

江岛其碛死后，浮世草子逐渐衰落，从文坛创作的主流舞台上退了下来，这时日本文坛也开始兴起一股严肃文学风气，造成这种情况的原因是

第六章　古代日本小说的产生与流行

一部分学力较高的日本读者开始要求严肃的文学。适应这种要求的文学作品得到一种名称叫"读本"（"供阅读的书"），它逐渐排挤了版画插图和文字不相上下的"滑稽书"。这种小说样式之所以被称为"读本"，当是与"浮世草子"时代大量的"绘草子"（绘画本小说）而言的，"读本"小说是江户时代小说发展的最完备形态，它已经开始具备了前近代小说的基本特点。

　　从浮世草子过渡到读本，这是日本叙事文学发展的里程碑。为寻找美学典型，"读本"的开创者首先是向中国白话文学求教，其代表作家是都贺庭钟（1718—1794），他被称为"读本小说始祖"。都贺庭钟对中国古典文学有浓厚的兴趣，他从"三言"等短篇小说中摘取典据，用其故事结构，加以改写，创作了由9个短篇故事组成的5卷5册小说集《古今奇谈·英草纸》，时间应在日本镰仓和室町时代。从这几个小短篇来看，它们在艺术表现上具有以下几个基本特点：第一，文体比较高雅。这些作品虽然仍以町人社会为主要对象，然而却开始摆脱"浮世草子"那种对物欲等的露骨描写；第二，作品结构也较完整，情节发展前后呼应；第三，人物造型有比较明确的特征，某些人物的性格随情节的展开尚有一定的发展；第四，作品具有变化着的情节，并且刻意在情节的展开中表现主题；第五，作品主要采用当时的口语体写作，所以也被称为"浑词小说"；第六，开创了"翻案"。翻案就是以中国古代白话文学为母胎，用中国古代白话文学的故事结构加以改写的创作方法。翻案从18世纪中叶起，由精通中国小说的作家，以中国的志怪、传奇等短篇小说为蓝本创造了第一批翻案小说，即前期的读本。由于汲取了中国小说中幻想的情节、复杂的结构等表现形式，因而一出现，很快就取代了已陷入低俗的浮世草子，于上方地区（京都、大阪）流行起来的读本小说创作传统。《古今奇谈·英草纸》所具备的这些特点，使它成功地开创了一种新的文学样式，从而成为日本江户文坛上"读本"的始祖。这种文学样式的出现，无论是在小说的创作方面，还是在读者的欣赏方面，都给予了强烈的刺激。1766年都贺庭钟本人又创作了《古今奇谈·繁野话》，云府天步创作了《栈道物语》5卷。1773年以后，以建部绫足创作《本朝水浒传》起始的众多的"水浒模拟作品"等，使"读本"的创作，得以在江户文坛上较快地铺展开来，其中出现了如1768年由都贺庭钟的学生上田秋成创作的《雨月物语》5卷，成为初期"读本"的范本。

　　上田秋成（1734—1809）是日本江户中后期的国学家、歌人和"读本"文学的代表作家。他原名仙次郎，后改名东作，秋成是他的别名。上田秋成是一个遗腹子，4岁时被生母遗弃，少年时体弱多病，曾因患病断二指，这种境遇给他的心灵留下了深深的伤痕，使他患上了幻想症。青年时代，上田秋成对日本和中国古典文学产生了浓厚兴趣，开始用"浮世草子"形式创作小说。1766年,他用笔名"和泽太郎"发表了处女作《诸道听耳世间猿》。翌年,又出版了《世间妾的气质》。这两部作品都是由八文字屋出版的风俗小说,作品结合庶民的现实生活,描写其人情风俗,尽管含有一定的游戏因素,但显出了上田秋成深刻的社会洞察力和竭力表现世态炎凉的特点,他日后的艺术风格也在此初露端倪。这期间,他师从美浓的藩士、歌人、著名国学家贺茂真渊的弟子加藤宇万伎,这对他产生了决定性的影响,形成了他的思想中枢。1771年,养父去世。秋成经营的店铺毁于火灾,化为一堆废墟,使秋成的顺境生活发生了巨大变动。然而,更令他伤心的是,面对陷入破产苦境的他,就连迄今的一些好友都示以冷漠的态度。这种体验令秋成此后变得冷眼看世间。为了生计,他拜大阪的儒医都贺庭钟为师,学得医术,在大阪开业,以此养家糊口,余暇舞文弄墨。晚年时期,上田秋成的生活十分艰难,即便如此,他仍以坚韧的毅力致力于学术研究,并在去世前完成最后一部作品《春雨物语》。在这部物语集中,融会着作家晚年的精神生活,表现了罕见的最高"人生"。小说出版前先以抄本形式面世。它标志着秋成的创作进入了一个较《雨月物语》更加成熟的阶段。次年,秋成还完成了随笔《胆大小心录》,记述了自己波荡起伏的人生和治学甘苦,是研究秋成的精神推移的宝贵资料。

《雨月物语》是上田秋成的代表作,也是代表18世纪日本读本小说成绩的作品,这部以描写灵异神怪为主却又极具寓意的浪漫主义短篇小说集,在日本文学史上享有很高声誉。在创作方式上,《雨月物语》直接受到中国白话小说影响,以独特的艺术手法,改编互融中国和日本的鬼怪故事,但又不同于一般追求猎奇的鬼怪故事,而是通过奇异的表象这个"三棱镜",折射出当时的社会现实,表达作家对社会、对人生的看法,同时也可从中看到中日文化交流的悠久历史。例如,参考《牡丹灯记》与《翠翠传》而成的《吉备津之釜》可以分为两部分,前一部分叙述一位弃妇的婚姻悲剧,后一部分叙述这位弃妇的怨灵复仇的故事,在此过程中,《牡丹灯记》的情节被翻案、揉合、变幻,成为怨灵复仇故事的一部分。又如,以《范巨卿鸡黍死生交》(《喻世明言》)为原本的《菊花之约》,以鬼魂赴约,为友复仇的奇幻情节,赞美武士的信义;以《爱卿传》(《剪灯新话》)为原本的《荒宅》,以人亡魂在,苦待征夫的故事,歌颂忠贞的爱情;以《白娘子永镇雷峰塔》(《警世通言》)为模板的《蛇性之淫》,和日本的道成寺传说融为一体,写家族利益与情欲的冲突。这些作品由于汲取了中国小说的技法,较之日本古代的鬼怪故事更为动人。它们每一篇都是一个奇妙动人的故事。这些故事中,充满大胆离奇的想象,娓娓动听的叙述。情节结构比较完整,安排巧妙,主题比较明确,人物形象塑造得有血有肉,富于个性。例如,《菊花之约》描写一个

第六章　古代日本小说的产生与流行

由于被捕而不能前来赴约的男子自杀了,他的灵魂便得以摆脱被捕的场所,完成了约会。约会那天,另一人等得焦急,到了日暮时分,还不见人来,心想说不定他已经来了呢? 于是她到门外看了看,没有人来。"月光也躲入山后,四周黑黢黢,她刚想:现在该关门进屋了。可是仔细一瞧,朦胧的黑影中有个人随风飘忽而来,她觉得奇怪,定睛一看",原来是那个男子。"你如约前来,我真高兴啊",于是她请他进屋,可是对方"只顾点头,却不说话"——短短数行的描写却异常生动活泼和逼真。

在篇幅特色上,《雨月物语》中每篇的写景状物,符合怪异小说的特点,并且大都是寥寥数笔,十分简练,却写得真切动人,起到了渲染环境气氛、衬托人物心理的作用,如《月夜孤魂》里的矶良亡灵前来报复正太郎时,作者用简洁文字,描绘了一幅令人悚然的景象:"这时,从松林里吹来一阵狂风,像是要把地面上一切东西都要刮倒一样,狂风夹着暴雨,搅得天昏地暗。"这个描写增添了环境的恐怖气氛,给人物的心理造成一种巨大的威慑。

总之,上田秋成是一位感觉敏锐、善于表现怪异情趣的怪谈小说高手,他凭借自己中国、日本古典文学的深厚修养和高超的写作技巧,对中国小说中的志怪题材进行改造,运用优美自然的日语写作手法,著成了独具风格的日本小说。他的作品具有严谨的艺术结构和鲜明的日本风格,这使他无愧于"日本怪谈小说顶峰"之誉。

都贺庭钟和上田秋成都是读本小说前期的代表作家,他们的小说创作都表现出以下几个特点:第一,文字相对高雅、含蓄,即对物欲、性欲等基本没有过于露骨的描写;第二,结构一般比较完整,首尾呼应;第三,注重情节的变化,能够刻画出人物的特征和发展变化;第四,多采用口语体写作。这种新文学样式的出现,推动了新形式小说的创作,也在一定程度上改变了读者的欣赏趣向。从作品的创作层面上来看,读本小说的概念范畴与翻案小说之间是一种既从属又不完全包容的关系。读本小说是翻案小说中的一种作品类型,但并不是所有的读本都是"翻案"而来的。

到了天明年间(1781—1789),江户已经逐渐取代上方地区成为文化中心。出现了以曲亭马琴为代表的著名读本作家,他们冲破了此前的浮世草子等的狭隘圈子,从中国明代话本中翻案了大量的题材,比如取材于长篇白话小说《水浒传》等,创作出较为完善的后期读本作品。与前期读本小说相比,在技巧上有了一定的提高,由单纯地翻案中国原作,逐步地演化成将中国原作与日本传统故事相结合的创作方式。由于曲亭马琴在本章的第六节会进行专门分析,因此这里就不再赘述。

第四节　洒落本小说的产生与分化

18世纪，以青楼为中心的享乐主义产生了一种称为"洒落本"（又名"蒟蒻本"，以半纸截为二三十页订为一本，而以土器色之唐本表纸为封面，形如蒟蒻，故名）的通俗短篇小说，这种小说曾流行一时。其特征是插入许多木版插画，具备一种画册的体裁，叙述的形式是以会话为主，以青楼为舞台，通过简单的故事情节，兼及介绍风俗和青楼女等。在这种封闭的小社会内部，独特的风俗、习惯、语言模式的复杂体系十分发达。精通于这种几乎形成仪式化的模式的体系的游乐能手，被称为"通"，当作模范的游客。

所谓"通"，具体来说就是通过对人情的微妙变化的洞察和熟知，达到一种通畅酣熟、游刃有余的境界。也是在以游里为中心的社交场合进行交际时，必备的一种教养和风俗上的熟练与通达。洒落本也就是这种"通"的入门书，是通过江户城的游里这一舞台背景，将这种审美理念穿插于描写中加以诠释的。但遗憾的是，洒落本作家们并没有对所谓的"通"进行正面阐释，而只是在形式上通过对一些"半可通"（"半瓶醋"）式人物的嘲笑和讽刺来进行间接的体现。例如，描写参勤交代出府的粗鲁的乡下武士，附庸风雅、笨拙可笑的游里之行等。后由于宽政禁令的实施，洒落本被禁止发行，洒落本的衰落使江户作家们开始转向创作人情本和滑稽本。

在洒落本的作家中，具有代表性的作者就是山东京传（1761—1816）。山东京传，日本近代小说家，江户深川人，他原本是江户京桥药铺老板，因爱好文艺而勤于创作，善于写作滑稽讽刺的插图小说、言情小说，曾因宽政改革整肃风俗而受罚，后来转向"读本"小说，作品有《江户艳气桦烧》《通言总篱》《倾城买四十八手》等，其中最有代表性的是《通言总篱》和《倾城买四十八手》。前者描写某富裕町家的独生子，带着一帮闲得溜须拍马者和耍嘴皮的庸医到吉原去寻欢作乐的故事。后者由四个场面（名目上是五个）组成，每个场面都是各自通过在寝室里的男女对话，展示不同类型的游客同青楼女的关系。有初次去青楼的青年、"通"的家臣、土气的武士，以及想在女郎身上挥霍而结成夫妇的男子的故事。京传的短篇小说首先从狭窄封闭的青楼世界开始，而且把注意力集中于越发狭窄、越发封闭的闺房内的相互对话上。与黄表纸（日本文学中"草双纸"的一种，采用细致的写实手法，滑稽而不失知性地描绘和洒落本同样的世界）的作者一样，洒落本的作者喜欢描述一些可笑场面，但主要是暴发商人在"花柳巷"的饮酒作乐。在他们的作品中，我们看不到作者对不幸妇女命运的同情，为了对比，我们

第六章　古代日本小说的产生与流行

可以回忆一下井原西鹤小说《好色一代男》中那个妓女向偶然路过的人讲述自己悲惨命运的情形。而山东京传并没有努力去思索生活的现象。在他的作品中，主要描述的是无思想的欢乐（"花柳巷"中的饮酒作乐），这一点无论对作品中的人物还是对小说作者，都是一种独特的逃避现实生活的方式，因此也被称作"戏作"（"消遣文学"）。

第五节　滑稽本的产生与发展

在滑稽本出现之前，与歌舞伎小屋一起，以当时的文化中心——游里的游兴描写为主的洒落本曾经兴盛一时。作为不夜城的游里，町人们流连于繁华游乐场，无论富商还是奉行"今朝有酒今朝醉"的庶民们都乐得聚集在此，竞相奢侈消费、纵欲享乐。描写游里生活的洒落本则详细生动地记述了游女与客人以及客人之间的种种语言交锋、相互之间的揣摩与交际。然而，好景不长，幕府开始采取抵制奢侈风气的方针，接连地颁布各种禁止条令，宽政改革后，洒落本被禁，滑稽本取而代之迅速兴起。

所谓的"滑稽本"，原是江户时代的一种小说体裁，内容多为市井故事，大都借助语言上的插科打诨，反映世间百态，揭示人性弱点，借调侃嬉闹之名，行戏谑嘲讽之实。在内容上，滑稽本作品都是以町人社会生活为主题，展示江户时代社会以及庶民真实的生活状态。但是描写大都止步于浅层表面。其中的讽刺始终沐浴在一种愉快滑稽的娱乐氛围中。通过突出一些类型化的登场人物，让这些人物出场后或出尽洋相，往往并不进行正面的直接批判，而是通过内部或背后的观察，指出其毛病或失败的缺陷，或是卖弄幽默来逗读者一笑，不进行深入刻画和挖掘，也没有刻意追求讽刺的效果。然而，这种没有深层挖掘即比较轻松、点到为止的内在特点，正是滑稽本的本质所在。

在产生的文化氛围上，先于滑稽本的浮世草子在反映町人生活，描写町人思想情感方面，已经达到了很高的水平。如果说浮世草子所表现的主要是那些经济优裕的町人积极奋发的进取精神和乐观精神的话，那么，与这种明快的色调不同，滑稽本在调侃的同时，已带有一种颓废的色彩。这是因为町人虽然具有很强的经济实力，生活比较优裕，但他们在政治上并没有实权，社会地位相当低下，这使他们感到十分痛苦。而且，町人文学中所赞美的城市生活，是建立在多数农民的痛苦之上的。在这种条件下，町人所依赖的金钱势力，并不能使他们的精神世界得到健全的发展，却容易使人堕落。因而，町人文化一方面在刚刚兴起的时候带着一股扑面而来的新鲜气息,给日本文学注入了活力;另一方面,这种文化也蕴蓄着颓废的倾向,并随着社会时代的变化而不断增强和逐渐暴露出来。滑稽本便是上述两个方面相互交织的文学。

在代表作家上,十返舍一九与式亭三马并称,俱为"滑稽本"名家。

十返舍一九(1765—1831),本名重田贞一。青年时期曾在地方官的私邸中当过食客,后在大阪流浪,和若竹笛躬、并木千柳等合写过净琉璃,后转向黄表纸写作,发表了《心学钟草》等一系列作品。19世纪,十返舍一九发表了滑稽小说《东海道徒步旅》,这部作品对日本文学做出了重大贡献,他开创了使人耳目一新的大众文学——滑稽本。在日本,游记体文字自10世纪起就有流传,但这类早期作品多是赞美绮丽的自然风光,行文强调合辙押韵,只适合受过良好教育的贵族读者的口味。而十返舍一九使游记体文学较为大众化,受到广大平民阶层的青睐。

《东海道徒步旅》写两位市井小人物的一次东海道徒步旅行,他们自江户的日本桥出发,循着那条著名的沿海驿道,经横滨、田原、沼津、京都、大阪等地,前往伊势参拜大神宫。这二人身上几乎具有一般小市民所能够具有的所有毛病:愚昧,虚荣;好吃懒做,贪财好色;喜欢说大话,爱占小便宜……他们一路上相互调侃,彼此搞笑,总是自作聪明,总是弄巧成拙——诸如,穿着木屐进浴,结果踏穿釜底;冒充名士骗吃骗喝,最后被人揭穿;偷看新婚夫妇行房,却推倒纸门,压在新郎身上,等等。自然没少干了偷鸡不成蚀把米的勾当。这二人颇有点像是古戏文中的丑角,虽然洋相百出,却总不自知;虽然有些吊儿郎当,却也算不上是什么坏人。江户时代的山川景色与风土人情,就在这种喜剧的气氛中慢慢拉开帷幕,惟妙惟肖地一一展现在我们面前。

式亭三马(1776—1822),原名菊地久德,字太辅,俗称西宫太助。他的生父菊地茂兵卫是源水横町长屋的房东,同时也是一名版木师,号晴云堂。在三马所作刊本上常可见"雕工菊地茂兵卫"这样的署名。由于行业所致,版木师经常会与书刊发行处及当地批发商往来,长子三马从小就在这样的环境中耳濡目染,最终成长为町人和作家。在他走上创作道路之后,其父作为一名拥有精湛技术的雕工,在草双纸、合卷刻印等方面,为他提供了很大帮助。宽政十年(1798),式亭三马首次发表洒落本《辰巳妇言》,描写此前不为人知的深川古石场的花街柳巷。由于这一时期,老中首座松平定信推行取缔政策,江户的乡土文艺——洒落本这一"闺房文学"也随之逐渐衰弱。因而,既是洒落本作者也是读者的江户上层町人,即拥有一定特权的垄断性行会商人地位开始败落。取而代之的是原行会外的中小商人。他们作为新兴的町人阶层开始从各地涌入江户,为当地贫民提供价格低廉的

第六章　古代日本小说的产生与流行

商品。其中有三马十分尊敬的平贺源内和山东京传。然而,三马并没有成为这一时期新兴阶级的主流人物。直到后来,他发表了滑稽本《浮世澡堂》才扬名于世。此后,式亭三马专注滑稽本的写作,并取得了一定成就,与十返舍一九并称滑稽本两大家。

《浮世澡堂》以日本町人阶级经常聚会的地方——澡堂为舞台,用诙谐的笔调描写德川幕府专横时期的平民生活,并嘲笑了政府、官吏和武士,小说并不故意以求人笑,却妙趣横生。

《浮世澡堂》共4篇,第一篇开卷就叙述了澡堂的概况,表明"在澡堂里,神祇释教恋无常,都混杂在一起了",接着描写男澡堂早晨、中午和下午不同时段的入浴状况。第二篇"早晨至中午的光景"和第三篇"真月的女浴",都是以女澡堂为舞台,通过江户女与大阪女之间、艺伎之间、少女之间、大娘之间、女佣之间的对话,调侃另一个世界的事。话题天南海北,东拉西扯。透过女人们赤裸裸的言谈,作品展现出种种社会世相和人间形象,还提出了一些伦理道德的问题,从而使一个斑驳的女人世界跃然纸上。第四篇又回到男澡堂,时间已是"秋天的光景",从开头春暮、夏逝、秋来,体现季节的变化,男客泡在浴池里转而谈起7月15日孟兰盆节舞蹈的事、商界吝啬人的事、花钱的事、作俳句的事,以及茶余饭后、吃喝玩乐诸如此类的事,事无巨细,无所不包,从各个侧面忠实地再现书中人物所熟悉的江户市井杂事和庶民多方面的生活情感。

在这部作品中,式亭三马没有设定贯于全书的主人公,出场人物不断变换,并且多透过人物生动的对话形式,表现以庶民为主的各种不同人物的气质和性格特征。同时透过作者敏锐的"批评眼",观察和分析"贤愚邪正、贫富贵贱"的"七情六欲"和"大千世界",并采用或调侃的笑,或揶揄的笑等手法表现出来。为确保最大的"笑",对话的描写有夸张的成分,而且在"笑"中——包括在欢笑与苦笑中进行教化。美中不足的是,缺乏完整的故事结构,且人物杂多,缺乏个性,形象多有重复,语言也多有雷同,存在将人物类型化的倾向。但是,作者创造了自己独特的风格,在逗乐中达到自己写作本书的目的,在这点上取得了成功,颇受当时庶民大众的欢迎。

第六节　曲亭马琴与传奇小说的创作

江户时代,从"读本"中分化出以历史传说为主的传奇体小说。它大致可以分为"传奇物""劝惩物""实录物"三大类。其中,"劝惩物"代表作是曲亭马琴(泷泽马琴)的《南总里见八犬传》(以下简称《八犬传》),也是日本演义体小说的代表作。

曲亭马琴(1767—1848),姓泷泽,名兴邦,后改名为解,别号曲亭马琴。据说,"曲亭"源于《汉书》"乐于巴陵曲亭之阳";"马琴"则取平安时代小野篁《十训抄》中"才非马卿,亦能弹琴"一语。曲亭马琴生于江户,幼时学习俳谐、医学和儒学。宽政二年(1790)秋,24岁的曲亭马琴拜读本大家山东京传为师。寄宿山东京传寓所学习读本创作,是曲亭马琴一生的转折。他的《实话教稚讲释》《龙官亶钵木》等代表作,即问世于此时。曲亭马琴27岁时,由朋友和山东京传介绍,与饭田町"伊势屋"木屐店千金阿百相识,后入赘为婿。58岁时,曲亭马琴自伊势屋迁居神田明神下同朋町,直至70岁。这12年是他勤奋努力、著述最丰的时期。例如,天保二年(1831),65岁的曲亭马琴仅用一年时间,便写下了《侠客传》3、4、5卷,《美少年录》第3辑4、5卷,《水浒后传批评半闲窗谈》《倾城水浒传》第12编、《新编金瓶梅》第2编、《杀生石后日怪谈》第5编、《八犬传》第8辑1、2、3卷。同时,据日记,这一年他又批阅、抄录、校订了《狯园》《秋灯丛话》《诸家人物志》《庆长日记异本》《茶余客话》《水浒后传》《三国志演义》等书。曲亭马琴著述生活凡60年,作品庞大,种类以黄表纸、合卷、读本为中心,旁及俳谐、洒落本、滑稽本、随笔、评论等,共达300余部1 000多卷。单长篇大作《八犬传》就有96卷106册。

曲亭马琴的最大成就在于读本创作。曲亭马琴的读本,从题材上可以归纳为四大类:第一类,"讨敌物",比如《月冰奇缘》《石言遗响》《三国一夜物语》等,是以当时通俗小说流行的讨敌作为主题,多吸收中国小说和日本净琉璃、歌舞伎有关讨敌方面的题材,且加入怪异灵验谭的因素。第二类,"传说物",比如《四天皇剿盗异录》《劝善常世物语》《皿皿乡谈》等,是以古代传说为基础,融合相关史实,且含有某些奇谭的因素。第三类,"情话·巷谈物",如《三七全传南柯梦》《松染情史秋七草》《八丈谈》等,是以社会上流传的爱情事件为素材,写出被封建社会认为是猥亵的男女关系,但他将人物由町人变换为武士,并以义理和宿命的因果说加以制约。第四类,"史传物",《弓月奇谭》《八犬传》就是"史传类"的代表作。它们属于一种演义体的小说,在各类读本中最有成就,形成江户读本的主流。曲亭马琴名副其实地成为读本作者的第一人。下面重点探讨的是《弓月奇谭》《八犬传》。

《弓月奇谭》,全28卷,分前篇、后篇、续篇6卷,拾遗·残篇5卷。这是曲亭马琴从执笔到全部刊出花了约6年的时间完成的第一部长篇读本,主要题材取自《保元物语》《太平记》,并参照中国的《水浒后传》《水浒传》《三国演义》等的小说构思,构建了独特的艺术世界。故事的前半部以保元之乱的史实为依据,描写源为朝在保元之乱失败后,被流放到伊豆大岛,在悲

第六章　古代日本小说的产生与流行

运中他寻求新的天地,整治了当地的虐政,开拓了诸岛。后半部则模仿《水浒后传》的英雄李俊赴暹罗平定那里的内乱成为暹罗王的故事,讲述了源为朝与其子到了琉球,在正义之士的帮助下,平定了当地的内乱,其子成为琉球王,子孙满堂的故事。曲亭马琴以史实为背景,通过小说的虚构,将人物性格加以理想化和单纯化。同时,充分发挥天才的想象力,拉开故事序幕,铺陈源为朝的曲折而具几分神秘的生涯,最后以源为朝登上八头山,会神仙福禄寿,福禄寿示意琉球未来的命运,规劝他回到日本,这时从云间出现保元之战阵亡的战士,源为朝见此便乘马飞天,隐没在云间,最终以这样无稽的手法,落下了全故事的帷幕。《弓月奇谭》虽归属"史传物"类,然而已发展成一个新的文体——演义小说体。这部作品的问世,对于当时净琉璃、歌舞伎的剧本创作产生了很大的影响并及于当代,比如三岛由纪夫的现代歌舞伎剧本《弓月奇谭》也是据此改编的。

《八犬传》是曲亭马琴从文化十一年(1814)到天保十三年(1842),历时28年才完成的。此书共200余万字,190回。这部巨著以古日本足利幕府末期为历史背景;以嘉吉之乱中,里见义实从结城逃回安房,并在安房开创一片基业的这段史实为依据,以里见一家及虚构的八犬士为主要人物,展开了一段起伏跌宕的传奇故事。故事前后延续长达60余年,活动的舞台遍及半个日本,登场人物四百余人,可谓是洋洋大观。故事大意:里见义实战败之后,逃至安房,在国主的遗臣孝吉的拥护之下,消灭定包,并处定包之妾玉梓极刑。玉梓死前诅咒里见儿孙将入畜生道,变成犬类。在安房苦战景连时,里见曾对爱犬八房说:你若能咬死景连,就将爱女伏姬嫁给你。八房将对方的首级拿下,向伏姬求爱。里见见状,欲将八房杀掉。伏姬反对,最后与八房一起出家,躲在富山洞内诵读《法华经》。但是,里见却召孝吉之子孝德救出伏姬,招孝德为婿。孝德欲击毙八房,不慎误射伏姬。伏姬为表忠贞,剖腹自尽,从腹中飞出一串108颗的玉珠,散落地上的8颗上面分别刻有仁、义、礼、智、忠、信、孝、悌各一字,成为八犬士出世之前兆。其后由此出世的八犬士,冠以犬姓,分别成为具有儒教八德的勇士,代表"善"的一方,与八德相反者是"恶"的一方。八犬士自认为乃是宿世之兄弟,结集在主君里见义实的旗下,互相结义,力尽忠节,帮助里见家复兴。小说以这八犬士为中心人物,描写了他们在与主家聚集中的悲欢离合,以及不断出现的奇遇、奇祸,以及与代表善恶邪正的各类人物周旋,经历变化万千的危机,冒生命之危险,叱咤风云,最后完成复兴封建主里见家的大业,功成名就后,与里见家的八位姬君成婚,子孙满堂。他们老来进入富山山中,成仙隐身,以大团圆而结局。从而,实现了作者的理想世界。

曲亭马琴的《八犬传》主要是仿中国故事编成,其目的是宣扬"劝善惩恶"和"因果报应"思想。从作品的整体构思来看,主要参照《水浒传》,部分取自中国《搜神记》《三国演义》《西游记》等的故事衍生而成。尤其是作者自始至终都以《水浒传》作为参照系,无处不对照《水浒传》,取其精髓,而又异其事,在描写和叙述上,更多采取暗示的象征手法,描写了世态人情。宋江的"替天行道""济世安民",是《八犬传》着重模拟的方面。犬塚信乃奇兵袭入扇谷定正的五十子城。信乃进城后,首先组织救火,安顿降兵,接着打开战粟库,赈给居民。人们拜伏地上,谢仁慈之赐。曲亭马琴说:管领扇谷作为累世名族,却不知治国,任用失策,造成贡调沉重,民众艰苦,乃至民众售子鬻妻,耕作失时,又不堪酷吏,实苛政猛于虎也。信乃在五十子城内贴出告文,其中说:"盖以民者国基也。虽有金城石室,然无民,其与谁共守焉。即开仓廪,而赈穷民。""济世安民""替天行道"的描写,在《水浒传》中随时可以见到,也是《水浒传》的基本思想。宋江所表现的临战不夺、私欲不贪、开仓济民、仁政治世的做法,曲亭马琴常加以"翻案",发挥成为日本故事。和扇谷佞臣相对比,八犬士无疑是日本的"及时雨"。宋江自称"呼保义""保义郎",以仁义为宗、礼让为怀。在八犬士身上,宋江的这种思想也作为重要方面而加以模拟。犬田小文吾经过一场激战,俘虏了敌将千叶自胤。但小文吾却又亲身解开千叶自胤的缚绳,把他让到上座,纳头相拜。认为千叶自胤主人扇谷虽不仁,但忠勇。《八犬传》里的这种描写,是袭自宋江的。宋江捕捉了索超之后,喝退军健,亲解其缚,请入帐中致酒相待。捕捉了董平后,宋江慌忙下马,自来解其绳索,脱护甲锦袍与董平穿着,纳头便拜。宋江的这种气度,是为了扩大梁山的势力,树立梁山的威望。八犬士的所为,是为了扩大日本领主的势力。

在模拟宋江的八犬士里,伏江亲兵卫居于更重要的地位。他是八犬士里唯一由里见家的伏姬养育起来的一个,从小就有神通之称。第40回,年幼被劫,行方不明,但在第104回中突然以一个英俊少年出现,救了里见家的老侯爷,扬鞭讨馆山一霸素藤。在八犬士里亲兵卫最早谒见里见家的两个老侯爷,后来首先取代素藤的地位,成为馆山的城主,再后作为里见侯家的正使去往京都,获得了封号。宋江的那些"仁德",被曲亭马琴模拟到亲兵卫身上。他被写成和里见家关系最密切的人,仁义思想最突出,最早被封为领主。通过这一切,曲亭马琴证实"仁者无敌"。

《八犬传》和《水浒传》一样,也在写反对贪官和佞臣。例如,八犬士的主人里见家受到安西景连的迫害,安西景连就被写为佞臣。里见家受到扇谷定正侯连续不断的无端进攻,扇谷定正侯被描写为佞臣。八犬士和这个贪官、那个佞臣发生冲突,展开斗争,但主要还是和管领扇谷定正的对立和斗争。然而,这种矛盾和斗争归根结底,是忠义管领反对作恶管领、这方封

第六章　古代日本小说的产生与流行

建领主反对那方封建领主的矛盾和斗争,八犬士只不过是领主的卫士。这情况和《水浒传》是不同的。另外,曲亭马琴还摆脱了《水浒传》过多的俗谈之观念,使之寓意于劝惩。以虚构之事而警醒尘俗,在对众多人物彼此的对照中,更有意识地突出宣扬儒佛的劝善惩恶和因果报应的思想,还对武士道以死守忠义的精神大加礼赞。

当然,《八犬传》也借鉴了本土的战记文学《义经记》吉野山的英勇战斗史迹、《太平记》犬戎国等的故事,以及借用《平家物语》"祇园精舍钟声""两株沙罗花色"以警世"诸行无常"和"盛者必衰"的道理,演绎出"如是畜生发菩提心",以优美的文字写了伏姬的起居和心境。同时,精密地查阅有关里见的《里见代代记》《里见战记》等历史文献和《房总治乱记》《房总地志》,把握有关史实,使史实与虚构交错,进一步将历史抽象化,通过宏伟壮阔的场景、曲折离奇的情节和奸贼淫妇的纠葛,从横向揭示人物的善恶行为、空想的仁义事件,以及这些人物的不同命途。整个故事构思奇特怪异,叙述精妙,比喻连续,跌宕起伏,环环相扣,令人拍案惊奇。

可以说,《八犬传》脱胎于《水浒传》,借助形式多于思想,即使借助思想,比如忠义思想,也是扎根于本土的武士道以死相赌的义理精神和当时流行的"劝惩主义"文学思潮的土壤之中,既借鉴外来的《水浒传》的小说技法,又完全摆脱它们的羁绊,"脱胎换骨",完成了纯日本式的演义体小说,有"日本《水浒传》"之称。

下篇　近现代日本文学

第七章　日本文学的近现代转型

日本的明治维新促使日本走向了近代。随着启蒙思潮的兴起,日本文学观念得以更新,文学上的自我更为凸显。在这样的背景之下,日本近现代文学逐步走向多元化,显示了其自身的生命活力。

第一节　启蒙思潮与文学观念的更新

一、启蒙思潮

自从德川家康接替了丰田秀吉,在庆长八年(1603)奉敕宣告幕府封建体制,传至第十五代将军德川庆喜,在265年中,经历过内乱和外侮,长期采取锁国政策,终被英、荷、俄、美几个列强强迫签订开港的不平等条约,加速了内部矛盾和瓦解,使得明治维新的序幕得以拉开。1868年,受到西方资本主义工业文明的冲击,闭关锁国了近400年的日本开始实行明治维新改革运动。这次改革是一场自上而下的,初步具有资本主义性质的改良运动。以"富国强兵,殖产兴业,文明开化"为口号,通过建立新政权,实行君主立宪制,学习西方科技,推进工业化进程,大力发展教育等举措,使日本摆脱了严重的民族危机,成功走上工业化道路,跻身世界强国之列,成为日本历史上的重大转折点。

与英国的贵族和工业资产阶级妥协建立君主立宪不同,明治维新改革是以倒幕的贵族、武将为中心,结合官僚阶层的财阀和富商们,在天皇绝对权威的旗号下,自上而下的改良运动,是由封建阶层领导展开的。所以它是一次不彻底的革命,封建残余色彩浓厚。明治维新以后,一方面,日本政府主张功利主义和实用主义思想,大力倡导西方先进实学,并通过一系列文明开化政策,如"殖产兴业",兴办各级学校培育各门人才,选送留学生到

第七章　日本文学的近现代转型

欧洲去深造等,试图达到"脱亚入欧"的目的。由于洋学者宣传的近代科学文化思想不断渗透到市民阶层中,使近代市民的自我意识逐渐觉醒。而另一方面,这种自上而下性质的改革运动形成了天皇的绝对主权,又限制了普通市民的自由和民主。不满于这种现状的政治力量由此展开了一场反对专制政治的自由民权运动。这段时期,在国际各种新思想的影响下,一些工人和知识分子,发表了反战诗歌和小说,反映工农生活和斗争的报告文学也开始出现。自由民权运动失败后,传播了社会主义思潮。

在明治维新前夜,吉田松荫等人,为打倒封建幕藩制,创立向现代化过渡的教育机构,用启蒙思想培养青少年,但正式开展启蒙运动是从明治维新开始。当时产生许多启蒙思想家和启蒙主义著作,又通过各种翻译和文学创作加以广泛地传播,为现代民主主义运动打下了基础。

在日本的启蒙思想家中,福泽谕吉是一个中心人物。他的思想的核心是英国式的功利主义。他否定儒教和国学,认为只有使自己个人的生活富裕,才能自然使国家致富;强调以"富国强兵、最大多数的最大幸福"为目标的学问是至关重要的;主张学习西洋的学术、商业、法律,即所谓"实学"。他从庆应二年起,就撰写了涉及各领域的各种启蒙著作,如《西洋事情》《文明论概略》。又用童话、寓言体裁,以通俗的文字为人民大众编写《世界国尽》《残废姑娘》等著作,讽刺封建主义的生活态度。他的《劝学篇》认为,人人生来平等,只有知识高低差别。他大力宣传功利和实用思想,曾起过广泛的影响。

中村正直是这一时期另外一位重要的启蒙思想家。他自幼学习汉学、兰学、英文,精通儒家经典。1862 年升为御儒者(幕府官名)。1866 年赴英留学,归国后任藩学静冈学问所教授。明治维新初期,他和西周、津田真道等成立"明六社",创刊《明六杂志》,致力于启蒙思想的宣传。1875 年 4 月,他在《明六杂志》第三十五号发表《论支那不可侮、不该侮》文章,论述不应蔑视中国的理由。中村正直还翻译了穆勒的《论自由》和斯迈尔斯的《西邦立志篇》,同时编写了《百学连环》等。

福泽谕吉、中村正直、西周、中江兆民、菊池大麓等人不仅致力于政治思想启蒙运动,而且直接进行文艺美学上的启蒙工作。他们最先在翻译介绍西方美学方面做了出色的启蒙工作。西周在《百学连环》《百一新论》中,不仅传播了实证主义思想,而且提出了他对美学思想的构思。中江兆民翻译出版了维龙的《美学》,即通称《维氏美学》(上下卷),从孔德的实证主义和斯宾塞的进化论出发,排除观念上的理想美,主张艺术上的真实与个性。菊池大麓翻译了《修辞与文采学》,还运用心理学的美学来探讨语言美的种类和效果,以及诗的本质和分类等。这些翻译的西方美学作品,对于日本近代的文学艺术思想和美学思想产生了重大的影响,大大促进了日本近代文学的生成与发展。

二、文学观念的更新

明治维新显然不是一次彻底的资产阶级革命,由武士运作和町人运作的文学,不是强调教化作用,就是以娱乐为目的,其立足点都是不承认文学本身的独立价值。因此,近代文学的先驱者们最先努力的事情就是摆脱江户时代遗留的旧文学观念。

文学改良运动首先从诗界开始。他们反对旧汉诗、和歌吟咏风花雪月的趣味,提出要创作符合新时代要求的诗。这一运动以《新体诗抄》为先导,一方面介绍西方的诗,一方面用改良的形式创作诗,进行诗歌改良的尝试。新体诗的实验,经过山田美妙的《新体词选》发展到森鸥外的译作《于母影》、北村透谷的《楚囚之诗》《蓬莱曲》等,标志着新体诗从草创时期步入稳定时期,完备了新体诗的艺术价值,从而促进了近代诗的诞生。森鸥外引进西方文艺理论和美学批评,"大至艺术全境,小至诗文一体",整理了当时混乱的文学理念,确立了新的文学批评原理和审美基准。其次是小说改良运动,其导火线是坪内逍遥的文论《小说神髓》。坪内逍遥首先明确小说是一种艺术形态,有其独立的价值,从而确立小说在艺术上的地位。同时,他强调小说只受艺术规律的制约,而不从属于其他目的。他指出:

艺术的美妙之处,在于出神入化,使观者于不知不觉中感得幽趣佳境,达到神魂飞越的地步,这才是艺术的本来目的,是艺术之所以为艺术。至于气韵高远,妙想清绝,由此而提高人的品质,那是偶尔的作用,不应是艺术的目的。艺术的最终目的所在,则不外是使人赏心悦目而已。

他也批评了江户文学的传统及戏作文学的劝善惩恶主义,要求从封建性的文学观中解放小说,以写实的手法来表现社会的人情和世态风俗。对于这一写实主义的文艺理论,由二叶亭四迷加以实践,产生了写实主义小说《浮云》。

先驱们为更新文学观念,引进了不少西方文学。从近古向近代转型,日本接受西方近代文学,是始于青木昆阳翻译的四首《劝酒歌》、前野良翻译的拉丁语诗集,还有司马江汉翻译的有关西洋画技法的书,是在小范围传播的。最早翻译的文学作品,则为黑田麴庐通过荷兰语本翻译的《漂流记》,其后横田由清重新编译,译名为《鲁滨孙漂流记》。此外还有《一千零一夜》和《伊索寓言》等。当时翻译的《赞美诗》是最美的文章之一,可以作为文艺作品来享受,对近代日本翻译文学也产生了积极的影响。但这一时

第七章　日本文学的近现代转型

期,从翻译的目的和态度来看,真正从文学的立场和观点出发翻译的作品并不多。直至维新后10年即1877年,日本文坛上才正式掀起一股介绍西方文学作品的"翻译热",又经过10年才达到全盛期。

织田纯一郎可以说是以文学启蒙为目的而翻译的先驱者。他翻译了英国政治家、作家利顿的《阿内斯特》和《艾丽丝》,译名为《欧洲奇事·花柳春话》;他还翻译了《庞培的末日》,译名为《奇想春史》。他强调翻译文学的目的,突出文学的人情性,通过西方文学来了解西方人的人情世态。这一时期,除了一批具有强烈政治意识的翻译文学作品出现在文坛上,一批具有文学价值的译作也出现了。其中坪内逍遥意译了司各特的《兰玛穆阿的新娘》,取名《春风情话》,全译了莎士比亚的《尤利乌斯·恺撒》,译名为《恺撒奇谈·自由大刀余波锐锋》。二叶亭四迷翻译了俄国屠格涅夫的《父与子》,译名为《虚无党性格》,是最早用口语体译出的。此外,译坛还将长篇叙事诗《湖上美人》、左拉的《小酒店》、易卜生的《玩偶之家》、陀思妥耶夫斯基的《罪与罚》《卡拉玛佐夫兄弟》和莫泊桑的《女人的一生》等一批西方名著陆续翻译出来。译者首先是重视文学的价值,强调通过翻译文学来了解西方的现实与人生,尤其是西方人的感情世界。可以说,当时翻译文学发展加强了文学与人生、现实的联系,表现抒情的、主我的感情的同时,还体现了自我的理性的反省和对人生与现实的探求。同时,它也提高了大众对文学欣赏的热情,对于开辟新文学的发展道路和促进近代小说的形成,产生了重大的影响。由此也可看出,翻译文学对近代文学的启蒙也是发挥了重要的作用。

当翻译文学已经不能完全适应日本国情的时候,启蒙家就动手创作自己的作品,以此作为自由民权运动的思想武器,政治小说也就应运而生。这是日本近代启蒙文学的一大特色。户田钦堂的《情海波澜》是政治小说的第一部作品。它采用"戏作文学"的讽刺形式,表达了对自由民权的政治诉求,阐明了国民、民权和国会的关系。矢野龙溪的《经国美谈》,则取材于古希腊正史,以叙述事实的方式,披露自己的"有序改进"的政治理念,讴歌自由民主的政治理想。东海散士的《佳人奇遇》,则是描写主人公留学美国获得世界各小国民族主义的高涨和要求自治运动蓬勃展开的信息,便联系到当时的日本的状况,思考自由民权运动的政治课题。这类政治小说大多是用来作政治宣传的,缺乏人物性格的描写,有些只描写人物生活的表象,而未挖掘人物在封建压抑下的苦恼的内心世界,更没有正确理解文学对人生与社会的独立意义。

日本文学从翻译小说、政治小说和新体诗的兴起,到文学改良运动,至少在以下两个方面促进了日本近古文学向近代文学的转变:一是反对封建传统的文学观方面；二是反对传统的文体方面。毋庸置疑，文学改良运动在日本文学史上的意义是十分重大的。比较遗憾的是，文学改良运动的基础，是以明治维新后新生的革命不彻底的资产阶级和没落的旧士族为主体的，他们既无力彻底改革残存的封建制度，又无力推进彻底的文学革命，再加上文学改良运动的展开是在1883—1884年进行的，这期间发生了一系列镇压自由民权运动的事件，明治政府正向确立绝对主义天皇制迈进，资产阶级的革命热情受到了扼杀，缺乏浪漫的激情，因而近代文学的发展受到了一定的阻碍。

20世纪初，自然主义面对破坏旧信仰、旧理想的物质科学成果，对善和美的理想以及科学的真实，以科学的精神来应对，首先将自然科学的精神直接运用到文学上，追求自然的真相。因此，在引进象征主义以后，岛村抱月在《被囚的文艺》中就认为自然主义是"被知性囚禁的文艺"。尽管如此，将文学与自然科学结合起来思考，还是在一定程度上冲击了传统的文学观念。

从20世纪30年代开始，伊藤整、堀辰雄引进普鲁斯特"内心独白"和乔伊斯的"意识流"手法，而且将这种手法作为小说的新概念，定位在一种文学的主义上，并将其称为"新心理主义"。也就是说，文学与心理学、精神病理学发生的交叉关系，促使文学原理以写实为基础的传统发生了根本性的变化。阿部知二在《主知文学论》中进一步主张：文学要繁荣，必须重视科学的知性要素，有意识地采用科学（社会科学、自然科学、精神科学等）的方法，与我们的文明现象、时代精神相结合。所以他强调，以知性处理感情，在具体运作上尽力避免使用情绪的、感情的语言，而要有意识地将语言与知性直接结合，即将科学的方法运用到文学理论和实践上。

随着科学技术的飞速发展，文学与科学的交叉发展也结出了丰硕的果实。比如，同为医学博士出身的加藤周一和加贺乙彦，分别在理论和实践两方面做出了特殊的贡献。文艺评论家加藤周一运用医学和生物学的"杂交优生"和"进化论"等理论，反对纯化日本文化，不管是全盘日本化，还是全盘西方化。他既承认西方文化已经深入日本文化中，对其产生了不小影响，又肯定日本文化是在土著文化深层积淀中形成的。所以，他提出了日本文化的杂种性观点。这种观点运用在文学上，则主要强调日本文学的土著世界观应当与外来文学思想对应与融合，创造出具有日本民族特质的文学来。加贺乙彦就大胆地将医学、精神医学、病态心理学引入文学创作。他的《佛兰德的冬天》《不复返的夏天》《宣判》等小说，在文学结构里，存在两个不同思维结构——医学的具象思维结构与文学的抽象思维结构的对立与对应。他在这两者中找到了平衡，进而切断医学与文学的二律背反，

第七章　日本文学的近现代转型

在医学中的文学机制上倾注了巨大的热情,完全将医学变形为文学。

在20世纪后半叶,知识经济社会到来,边缘学科的交叉发展更为显著。文学与其他学科,包括一些在思维空间上与之相距甚远的自然科学的相互交流、渗透和影响,不断地更新知识结构和思维方式,也必将不断地更新文学观念。特别是作为文学结构主体的语言学,在发生了"语言学转向"的学术事件后,使整个文化发展进入文本、语言、叙事、结构、张力等批判层面。当语言转向历史意识、文化社会、阶级政治、意识形态、文化霸权研究、社会关系分析、知识权力考察等领域时,文学与更广阔的历史文化背景有了更深刻的联系。文学上的后现代主义、女权主义、解构主义、新历史主义等出现,文学观念得到了进一步较为彻底的更新。

第二节　近现代文学中"自我"的确立

历史进入近现代以来,人性的解放和自我的确立成了日本文学中的一个中心主题。在明治维新时期,由于不彻底的资产阶级革命和有着浓厚封建因素的社会文化结构,使得日本的现代自我缺乏主体性和具有依附性、封闭性的特殊性格。在这种自我性格的制约下,近代以来日本文学仍在自我的确立和自我的失落的摆渡中,以自我的表现为中心展开,把自我的问题作为与社会相关的问题来探求。岛崎藤村的《破戒》、夏目漱石的《我是猫》,都努力探讨人性的解放、自我主体意识的确立,并取得很大的成就,推动了近代日本文学的发展,但也不可避免地存在其局限性。比如,岛崎藤村所描写的丑松在破戒之后逃避现实,到了美洲;在夏目漱石的笔下,拟人化的猫,看到苦沙弥无力改变社会现状之后,自己也只好偷喝了啤酒,醺醉后掉进水缸淹死而终了。尤其是写了《罗生门》的芥川龙之介,面对社会带来的巨大压力,无力抗争,最终因试图在调和社会与自我两者的矛盾中实现自己的人生没有成功而走上自杀之路。

文学中表现自我的局限性在女性文学中有着更深的体现。女性的自我价值超越历史和社会而被弱化。尤其是在一些男作家的笔下,没有正确地定位女性形象,女性缺乏独立的自我意识,女性的主体意识是以男性主体意识的延长形式表现出来。即使女性作家,虽然能从女性的视点来审视女性的自我,多角度地综合观察和把握女性"生"的意义,以及女性自身的精神活动,从而在"人"的意义上发现女性自我存在的价值,但也存在一定的局限性。比如,宫本百合子的《伸子》和野上弥生子的《真知子》中的女主人公,她们追求女性个人的解放与社会的变革相结合,揭示了日本封建家族制度和女性自我存在之间矛盾的现实问题。但她们在恋爱、婚姻、家庭等一系列问题上也表现出其世界观的局限,由此就阻碍了她们作为新女性的自我成长。实际上,近代文学上自我的缺失和不成熟,与明治维新后的社会文化结构是有密切关系的。从本质上来说,文学上的自我悲剧主要是社会造成的。

进入现代以来,日本文坛主要由无产阶级文学和作为日本现代主义的新感觉派、新兴艺术派、正统艺术派等占据着,分别从"革命文学"和"文学革命"两个不同方向展开。"革命文学"探索着自我与社会的广泛联系,自我担当着重要的社会角色。小林多喜二的《为党生活的人》在这个问题上也表现出其正与负的两面。比如,他塑造的男主人公"我",将个人与阶级、个性与阶级性融合为一,作为作家自我的实现,这显然是比较成功的。但在处理"我"与恋人笠原的关系上,他着重描写笠原服从性的一面,这又忽视了笠原自我选择的一面。"文学革命"则疏离社会,在主观的感觉世界中表现自我。新感觉派就主张"因为有自我,天地万物才存在",并通过绝对化的主观和感觉来观察现实,反映扭曲和异化了的社会。

在世界大战期间,绝对主义在文学中横行,喧嚣的战争文学产生,文学上刚露出头角的自我则被扼杀。战争之后,在呼唤新文学的强音中,《近代文学》以"确立近代的自我"的文学批评为先行,尊重人和自由,摆脱包括封建主义在内的意识形态对自我的束缚,以确立近代个人主义和文学的自律性。本多秋五在《艺术·历史·人》一文中就强调:战后"文学最重要的问题,首先是必须自立","没有自我内部涌现的兴趣和喜悦,没有从自我本身喷发出的热情,艺术就会死亡"。所以,战后日本文学主要是围绕重新确立自我而展开的。

战后的文学更加强调探索自我与表现,如日本著名女浪漫主义诗人与谢野晶子的《乱发》。这是一部脍炙人口的短歌集,出版时以热情奔放创新的风格轰动文学界,呈现了一个勇于追寻爱与自由的日本近代新女性图像。在这些温柔典雅的短歌中,深刻描写与谢野晶子在爱与友情、社会制约与传统道德规范之间的纠葛,透露了女性的悲欢爱欲。与谢野晶子还从浪漫主义出发,热烈地赞颂了青春的性爱,对青春的自我觉醒、人和人性加以肯定,同时对旧观念、旧道德观进行了批判。在《乱发》问世之前,日本现代文学还没有出现过如此深切地表现现代人的自我精神世界的作品。尽管如此,这种对人性的尊重,更多地还是聚焦在人的本能上,未能与自我主体意识有更密切的联系。而且,无论是现实主义作家,还是浪漫主义作家,虽都要求确立自我,但大多将注意力放在追求自我个人内在的真实上。他们笔下的主人公也大多是"多余的人"。自然主义作家们更是放弃自我的主观,完全服从于纯粹客观的描写。田山花袋的《棉被》就是完全不介入主

第七章 日本文学的近现代转型

人公的内部精神世界,而对所经历的事如实地加以描写,大胆地将自我的感情写得逼近自然的真。所以,它是自然主义的典型作品。

文学上探求自我,是不能舍弃深层的心理分析的。进入20世纪以来,文学上一个很大的变化,就是从传统的客观写实转变到深层心理的分析。脱胎于自然主义又超越自然主义的"私小说",既有纯客观地描写身边琐事的作品,又有挖掘个人心理活动的作品,所以私小说也称心境小说。伊藤整的《神圣家族》、堀辰雄的《起风了》等都是利用新心理主义的手法,描写自我心灵的孤独或感情的苦痛,以开拓人物更为深层的心灵世界,并将它上升到内心的审美层次。

在这一时期,小林秀雄针对无产阶级文学的"观念意匠"、新感觉派的"感觉意匠"和自然主义的缺乏自我等现象,在《种种意匠》《私小说论》中提出了"社会化了的自我"这一著名论点,试图在理论上整合种种的意匠。这种私小说模式作为日本纯文学的主体,一直延续至今。

第三节 当代日本文学的走向

进入20世纪七八十年代以来,在错综复杂的社会思潮和文学思潮中,许多文学流派诞生,促使当代日本文学逐步走向多元化。就诸多的文学流派来说,"作为人派""内向派"和"透明族"是最主要的三个流派。

"作为人派"形成于20世纪60年代末70年代初,是当时社会历史条件之下的产物。这一时期,接受新左翼社会思潮和中国一些文化思潮的种种影响,学生运动从高潮转向低潮,再加上在一些重大的马克思主义理论问题上,混淆乃至颠倒了是非标准,形形色色的社会思潮开始产生和蔓延。相当一部分小资产阶级知识分子和学生,很是看不惯这种状态,积极要求改变这种状况,但他们又看不到问题的症结,找不到改革的力量所在,所以走上了激进主义、无政府主义的道路,提出了否定这个社会和国家的极端见解。这种社会潮流反映在文学上就催生了"作为人派"。这一流派由作家高桥和巳、柴田翔、小田实、开高健、真继伸彦于20世纪70年代初创办《作为人》杂志而得名。他们主张作为人,在社会和国家的秩序面临崩溃、生存意识陷于分裂的时候,要从正面去对待当代的现实问题,争取恢复受压抑的个性,以及受损害的人的尊严。因此,他们在文学活动中,积极提出一些当代社会的尖锐问题。群众运动和学生运动的暂时挫折给人们带来的精神创伤,反映一部分小资产阶级知识分子对现存社会制度和社会秩序不满,又不信赖人民的力量,因而,感到没有前途,苦闷彷徨,又要顽强地表现自我。柴田翔的《逝去了,我们的日子》、高桥和巳的《忧郁的党派》、真继伸彦的《响亮的声音》等，都描写了不同的知识分子，在群众运动受到挫折后，对革命感到幻灭、悲观失望乃至走向毁灭的道路。

20世纪70年代初高野悦子的《二十岁的起点》发表之后，引起了社会的广泛关注。这是一部日记体裁的文学作品，真实记述了作者本人的痛苦经历。作者是一个半工半读的学生。她抱着正义感参加了学生运动，但由于受到镇压，队伍内部处于混乱、分裂、闹派性的状态，她感到前途渺茫，徘徊在悲观绝望中，她试图用安眠药麻木自己，但也解决不了自己的苦闷和空虚，她觉得孤独和幼稚就是她20岁的起点。最后，她由于失去了生活的乐趣，用卧轨自杀的方式来结束年轻的生命。作者自杀后，父亲将其日记发表了出来。这种"挫折文学"在70年代初期表现出一种对现行制度的不满以及要求变革社会的愿望，从唯我主义出发，否定社会和国家，把"我"作为唯一的存在和可以信赖的因素，把解放个人代替解放阶级，这是一种"绝望的反抗"。到了20世纪70年代中期，在群众运动完全处在低潮、学生运动四分五裂的情况下，另一类"挫折文学"产生，如三田诚广的《我算是个什么》、山川健一的《镜中的玻璃船》，这种文学中连"绝望的反抗"也没什么了。作品描写的主人公参加运动并没有什么意图和目的，只是偶然地卷进去，很快就陷入派性斗争，然后感到厌倦，复又脱离运动，但走投无路，于是转向颓废，仿佛这样才感到自己生命的充实。

"内向派"是20世纪70年代初期产生的另一重要文学流派。当时，日本国内外出现了形形色色的社会思潮，这些思潮对这一文学流派有着一定的影响。此外，日本当代文坛两大家三岛由纪夫和川端康成先后于1970年和1972年走上自杀的道路，也在一定程度上冲击了内向派。一部分作家，尤其是新作家，面对这种现状，不安感十分强烈，对社会和政治很不信任。他们感觉到自己处在"灰色的季节"，又没有勇气去面对、去变革社会现实，相反却企图超脱和逃避社会现实，把自己引入"非现实的世界"，使思想意识"内向化"。这一流派自古井由吉的《杏子》在1970年下半年获芥川奖以后，开始引起人们的注意。除古井由吉外，黑井千次、阿部昭、后藤明生、小川国夫、川村二郎、秋山骏等都是这一流派的重要代表人物，创作了不少作品和评论。

"内向派"文学有两个重要的表现：第一个是在当前混乱的社会状态下，探索人与社会、人与人、人与自我之间在日常生活中的不协调和矛盾冲突，并从这点出发来阐明人在这个社会中生存的意义和价值。阿部昭的《人生的一日》是比较有代表性的作品。作者没有侧重安排故事情节、描写人物行为，而是深入挖掘人物的意识，通过内心独白以及事实与梦幻、现实与回忆的交织活动，表现人物内在的不安情绪和非现实的东西。第二个是

第七章　日本文学的近现代转型

对社会漠不关心，回避现实生活的矛盾，使个人与自我脱离人群、脱离生活、脱离现实世界，只一个人孤零零地存在于不可理解的现实生活中，就如"内向派"评论家秋山骏所说的"无意义的人，在无意义的地方，过着无意义的生活"。古井由吉的《杏子》、森万纪子的《黄色娼妇》、后藤明生的《夹击》等都是运用超现实主义的手法，把日常生活导入"非现实的世界"，使用离奇的语言来表现存在的感觉，以维持自我生存的价值。其实，"内向派"的作家也并不是完全无视社会现实的存在，只不过是想用把现实抽象化的文学手法，表达"人生是空虚的，毫无意义的"这样一种对社会和人生的看法。这也可以说是用另一种形式来表示对不正常社会的抗议。

"透明族"是20世纪70年代下半叶出现的一个文学流派。"透明族"文学也被称为"颓废文学"。当时，一批年轻作家不满现代沉闷封闭的社会现状，想要打破这种状态。他们认为，日本文学如果不在内容上，特别是不在形式上出奇翻新，就会走向衰败。于是他们主张打破日本文学的旧传统，从自我的立场出发，追求所谓"精神自由""个性解放"乃至"性的彻底解放"。为了表露自我的虐待、虚无的绝望和反常的心理，他们采用了"非理性"的形式主义的创作方法。中上健次的《岬》、村上龙的《近乎无限透明的蓝色》、池田满寿夫的《献给爱琴海》等是"透明族"的重要代表作品。

"透明族"在文坛上鼓噪一时，先后获得了日本号称"登龙门"的文学奖——芥川奖，还被称为"敢于蔑视日本文学传统，体现正在形成的新文学动向"。很显然，它实际上给日本社会和文坛带来了某种冲击，对日本文学界的创作活动带来了一定的混乱，闹得文学界满城风雨。当然，在这种文学思潮泛滥之时，当代现实主义和批判现实主义也在不断深化，出现了石川达三的《金环蚀》、山崎丰子的《浮华世家》这样优秀的作品。不过，就整体来看，"透明族"文学在当代文坛上并不占主流地位。

20世纪70年代中期以后，当代日本文学处在了沉寂状态中，整个文坛仿佛失去了目标，失去了抱负。但不久之后，开高健就提出不论在什么时候，都不能忘却文学。这引起了日本文坛广泛的讨论。那么，当代日本文学该如何发展，就成了20世纪八九十年代日本文坛的一个重要话题。很多作家都开始淡化主题，并用新的视角处理描写的对象问题。从整体来看，当代日本文坛是低调的、不正常的，但同时各种文学思潮纷呈，文学趋向多样化。摆在现实主义作家、现代主义作家面前的情况是，他们已不能用过去的单一的文学模式、单一的创作方法来解决他们各自面临的问题。

日本《新潮》杂志2002年元月号，刊出日本当代文学评论家菅野昭正、川本三郎和三浦雅士的文学对谈——《平成文学本质论》，副标题是"20世纪90年代的文学与社会"。日本文学杂志的这种文学评述形式，准确、及时地触及了现在时态的文学状况与本质。对谈中,三位论者就 20 世纪最后 10 年间的日本文学创作或现象,进行了比较贴切的反思、梳理和总结。在新旧世纪的交合之际,这种反思显然是十分必要的。

论及 20 世纪 90 年代的日本文学特质,川本三郎提到犯罪题材纯文学作品的增加。菅野昭正则对现实中的存在状况做了补充,他说最近的犯罪特征发生了变化——犯罪的动机变得暧昧起来。虽说现实的犯罪事件不能与文学作品直接画等号,但犯罪题材的文学作品却必然关联于现代社会的犯罪特征——所谓"无动机"的犯罪行为,正是源自人类自身的"毁坏"状态。

此外,川本三郎认为文学表现中的"寓言性"是 20 世纪 90 年代日本文学的又一个显著特征。他认为,村上春树 90 年代的小说即有明显的寓言小说性质,还提到几位典型的女性作家,如川上弘美、多和田叶子和村田喜代子等。三浦雅士特别提及笙野赖子的小说《无所事事》和多和田叶子的小说《失却脚后跟》。他说,这些小说一反女性的日常琐碎性,表现了一种幻想之中的社会。虽然其中的许多细节仍为女性作家的所谓专利,但那些小说表现的,毕竟是一种非现实的特异景象。川本三郎详细论说了女性作家摆脱女性定语的时代特征,读过这些女性作家的作品就会发现,作品中的女性主人公显然已不是男性的附庸,她们可以轻松地适应独身的生活。与其说她们是女性,不如说是都市里的单身者。在传统"私小说"作家林芙美子的小说中,女性常常与男性处于对应的关系之中,而多和田叶子与笙野赖子等人的小说却没有这种对应的关系。她们眼中同样的一条街道,却显现为截然不同的景象,因为她们是单身者。

20 世纪 90 年代的日本文学还给人的强烈印象是,随笔式的文学很流行。就像三浦雅士说的,20 世纪 90 年代的文学的确显现了一种有趣的氛围——在描写人的时候,随笔式的手法似乎比小说更加适宜。所以,有时候,到底属于小说还是属于随笔,难以说清。

进入 21 世纪以来,世界各国的发展在充满机遇的同时,也迎接着挑战,日本也不例外。文学离不开社会,文学反映社会。进入 21 世纪的日本文学,在全球化的世界局势和日本平成不景气的经济背景下,以及各种各样的社会问题,呈现出了自己鲜明的特点。随着高新科技的发展,网络文学兴起,在此驱动之下,传统的文学理念、价值、原理、意义、表现模式等必将受到全面冲击,超越文学以流派为中心的传统发展模式,转向别种全新的形态,必将是日本文学发展的重要特征。另外,从 21 世纪初的文学状况来看,不论从作家的年龄结构上讲,还是从作家的文学理念或创作特征上看,当代文学的多元化、个性化特征都是尤为强烈的。所以,走向多元也必然是当代日本文学的重要趋势。

第八章　近现代日本诗歌的转变与发展

诗的语言精练,能表达人们丰富的想象与情感,也能生动地反映时代和社会风俗。为了适应新时代的要求,长期受到中国传统文化影响的日本诗歌在近现代文学发展史上有了转变与发展。这一时期的诗歌内容广泛,体裁多样,风格清新,语言质朴优美,展现出了日本明治、大正、昭和时期的社会风貌。本章即从日本现代诗歌的开展、象征诗、浪漫主义诗歌、荒原诗派、历程诗派、列岛诗派以及新生代诗人的诗歌创作入手分析近现代日本诗歌的发展。

第一节　高村光太郎等与日本现代诗歌的开展

1911年11月,北原白秋创办了诗文杂志《朱栾》,以该杂志为阵地培养了萩原朔太郎、室生犀星、高村光太郎等一批象征派诗人。他们的诗法不尽相同,但他们的创作共同拓展了新的诗风,诗歌形式也由初期象征诗的文语定型体完全转向了口语自由诗体,并在高村光太郎的《路程》中得到完全确立。

1921年,日本现代诗以平户廉吉、高桥新吉、萩原朔太郎等为了适应现代的机械文明和都市文明的发展,批判和否定民众诗和象征诗,要求在诗的内容和形式上的革命开始,标志着近代与现代之交现代诗已经胎动。这一时期,意大利的未来主义、瑞士的达达主义、德国的表现主义、英国的意象主义、法国的超现实主义等欧洲的新兴前卫艺术开始传入日本,直接催生了现代诗的问世。

平户廉吉在诗坛发布了《日本未来派运动第一次宣言》(1921),提倡在艺术理念、表现形式等方面对诗歌进行革新,并身体力行,创作《飞鸟》(1921)和翻译马里内蒂的《电动玩偶》(1921),以未来派诗的姿态,迎接新的时代的到来。平户廉吉试图整合未来派、立体派、达达主义、表现主义等前卫艺术思想,但他未能实现自己的理想就夭折了。高桥新吉继之移植了达达派诗。高桥新吉发表了《达达诗三首》(1922)、《达达派新吉的诗》(1923),以自我解体的意识和佛教虚无的谛念,表现了怠倦的人生的真实,混杂着日常的卑俗意象和形而上的语言。新吉的达达主义诗和诗论,对当时诗的现代变革产生了很大的促进作用。

与此同时,萩原恭次郎、壶井繁治、小野十三郎、冈本润等,在有岛武郎的资助下,于1923年创刊《赤与黑》。他们接受大杉荣等人的无政府主义思想的影响,继承达达精神,否定传统的价值观念和既有的语言秩序,为破坏而破坏叫好,从根本上动摇传统的抒情诗的精神和形式。他们在反对现存社会秩序和既成概念上,比起平户廉吉和高桥新吉的纯属个人意识来,更具社会意识。但他们未能正确地把握历史和社会发展的方向。

1924年,作为第一代现代主义的新感觉派的兴起,给新体诗成立以来现代诗理念和方法革命带来好时机。这一年里,野川孟、野川隆创刊《GE GJMG JGAM PRRR GJMGEM》,开展超现实主义诗的创作;安西冬卫、北川冬彦等创刊《亚》,促进短诗向新散文诗发展,标志着现代艺术派诗的起点。此后,堀口大学的译诗集《月下的一群》(1925)从艺术的革命出发,翻译和介绍法国最具代表性的象征派诗人波德莱尔和前卫艺术派诗人阿波里耐、科克托等诗作,推动了现代诗运动的展开,成为其后《诗与诗论》的现代派诗运动的先驱。他们对抗传统的韵文和破坏自由诗的形式,进行现代诗的形式革命。

北川冬彦、安西冬卫、三好达治、西胁顺三郎、北园克卫、神原泰、村野四郎等于1928年创刊《诗与诗论》,他们以这个刊物作为阵地,以超现实主义作为主导,扩大了现代艺术派诗的范围,开展新散文诗的理论工作和介绍欧美的诗和诗论,同时不仅限于诗的领域,它还接受欧美现代主义文学运动的影响,积极介绍新文学的理论和实验性作品。《诗与诗论》诗派的运动,是继民众诗运动以后作为集团运动而展开的,以对抗当时自然主义诗的纯客观性和无产阶级诗的纯观念性,保持"诗的纯粹性"为目的而展开的"新诗精神运动",是从悖反流行于近现代两个时代之交的象征诗和民众诗出发,突破既有的诗的概念,探索诗的艺术本质,尊重知性,追求感觉的飞跃和抽象的心象罗列,以及客观的形象与形象的组合,构成主知的新诗风。

1930年"纳普"成立其属下的无产阶级诗人会,发行机关刊物《无产阶级诗》。从此开始了以确立无产阶级派诗为目标的统一的诗运动。这前后,小熊秀雄作为无产阶级诗人崭露头角,发挥了他的天才。其他刊物,如《无产阶级文学》《文学新闻》等也发表许多无产阶级派诗人的作品。小熊秀雄、大江满雄等于1934年创刊《诗精神》,在时局恶化和整个无产阶级文学运动受挫的情况下,改变过去的指导理念,在开发特具个性的诗法中继续传承无产阶级派的诗精神。小熊秀雄和壶井繁治、金子光晴写了许多讽刺诗,对当时的社会及国粹主义进行了批判。

日本侵华战争爆发之后,军国当局的文化统治及于一切文化艺术领

第八章　近现代日本诗歌的转变与发展

域,凡有违军国当局有关严禁输入外国文艺和文艺必须为法西斯政治现实服务政策的,都遭到了镇压。《诗与诗论》的后身《文学》被迫宣告停刊。

在现代艺术派诗开始退潮之际,一批诗人要在落潮的这两种艺术理想之间,重建日本的抒情诗,于是出现了现代抒情诗的潮流。堀辰雄、三好达治、丸山薰、田中克己等人以《诗与诗论》为母胎,堀辰雄于1933年5月第一次创办季刊《四季》,堀辰雄、三好达治、丸山薰于1934年第二次复刊,改为月刊,成为自《诗与诗论》以来最大的诗歌集团运动。《四季》派的诗人们既反对《诗与诗论》派的现代主义、超现实主义前卫艺术的破坏日本语实践,也反对无产阶级派的社会主义现实主义的政治化,试图在传统的情绪性与西方的知性、传统的抒情诗魂与西方抒情诗体的调和点上,创造出清新的、具有西方偏向的抒情诗体。

综上所述,日本现代诗史与整个日本现代文学史一样,是在现代艺术派诗与无产阶级派诗的对立和并存中,从探索艺术的革命和革命的艺术两个不同方向揭开序幕的。

现代初期最活跃的诗人,当推高村光太郎(1883—1956)。高村光太郎出生于东京的一个艺术世家,父亲是著名的雕刻家、东京美术学校教授。在家庭的艺术熏陶下,7岁开始学执木刻刀,之后他就读于东京美术学校雕刻科和雕刻研究科,最后还修习洋画科。在校期间,一边制作雕刻,一边习诗,参加了新诗社,并在《明星》上发表短歌、俳句。1906年,他到外国留学,先到美国纽约,后转赴英国,一年后到巴黎。近4年的国外生活对他一生的艺术创作产生了巨大的影响,他一边研究雕刻艺术,一边研读波德莱尔、魏尔伦的诗歌。他在巴黎与著名诗人里尔克(曾任罗丹的秘书)住在同一座建筑物里,而罗曼·罗兰也住在附近。罗丹是他最崇拜的艺术家,罗兰的文学创作也曾给他以很大的影响。这种种经历都促进了他作为一个近代人的觉醒。1909年结束了3年多的接受欧洲近代思想洗礼的留学生活,归国后面对时代、社会和家庭的环境,他深感在旧体制下要发现"近代的自我"是困难的,于是他从美术和诗歌两方面开展了工作,一方面彻底批判了旧的艺术观念和技法,翻译介绍西方的美术和艺术理念,确立"生命艺术"的理念;另一方面受北原白秋、三木露风等象征派诗人的影响,参加了"牧羊神之会",投入了日本近代象征诗、唯美诗的运动,企图以此证明自己的生命和自我的存在。1911年,29岁的高村光太郎在朋友的介绍下,认识了26岁的智惠子。智惠子毕业于日本女子家政大学,立志要当一名女画家。光太郎对她虽不能说是一见钟情,但可以说是留下了深刻的印象。第二年夏天在写生旅行途中和智惠子再次偶然相遇,为此他写了一首《致某人》的爱情诗。1914年,对于光太郎来说,是他最幸福的岁月。在这一年,他自费在抒情诗社出版了第一部诗集《路程》；同年 12 月,他与智惠子结了婚。他的诗歌采用了不加雕饰的白话自由体。在 1947 年发表的《愚人小传》和 1950 年的《典型》中,他严厉反省了自己在战争中的思想和行为,是思想和艺术的成熟之作,获得读卖文学奖。1956 年 4 月 2 日,高村光太郎因患肺结核去世。

高村光太郎的处女诗集《路程》(1914)收录了他 1910 年到 1914 年所写的 73 首诗和 30 篇小曲,反映了他在确立近代自我中的踉跄,从自我意识到个我意识,又从个我意识逐渐回到探究自我的真实、人的真实和社会的真实。《路程》是高村光太郎的精神史和艺术史的最初展开,也是他探求的曲折路程的记录。它是这时期高村光太郎的诗魂的结晶,也是近现代过渡期有代表性的诗集,奠定了他在日本诗史上的地位。在这诗集前部分,诗人焦灼地抒发道：

> 应该走什么路
> 但没有路可走
> 应该做什么事
> 但没有事可做
> 不能再待下去了
> 威胁充满着大地
> 啊,指点我应该走的路
> 告诉我应该做的事
> 冰河底层似烈火的痛
> 痛、痛

在诗集后部分,他则热烈地表达生命的意识,唱出：

> 我的前面无路
> 我的后面已修好了路
> 啊,大自然
> 啊,父亲
> 让我独自站起来的伟大的父亲
> 注视我,保护我吧
> 让我经常充满父亲的气魄
> 为了漫长的路程
> 为了漫长的路程

高村光太郎在诗歌中表现了现代人巨大的勇气,与鲁迅先生的"世上

第八章　近现代日本诗歌的转变与发展

本没有路，走的人多了，也便成了路"有异曲同工之妙。诗人还在诗集中呐喊：

　　秋天在天空嘹亮地呼喊

　　天空蔚蓝，鸟儿飞翔

　　灵魂在召唤

这些诗表现了诗人在确立近代自我的过程中，从焦灼、彷徨到热烈、激越。他的这部处女作使他名噪诗坛，诗集集中反映了他思想上的三次转折，即探求自我意识——人的真实——社会的真实的过程，从个人伦理道德转向社会现实，表现了他的人道主义和理想主义精神。《路程》使他荣获第一届日本艺术院奖。

总之，高村光太郎通过与欧美文化的接触，在士族和知识分子的影响下，开始主张自我，萌生个人意识观念，其诗歌正是其个人主义意识观念发展的体现。

第二节　蒲原有明等与象征诗的创作

在日本近代诗歌史上，象征诗的形成可以追溯至上田敏（1874—1916）引进西方象征诗及其诗论。他首先于 1896 年介绍了法国象征派的《诗法》，其后发表了《法兰西诗坛的新声》，并陆续翻译和介绍了当时英法诗坛最新流派的象征诗，其中有维尔哈伦的《鹭之歌》、魏尔兰的《落叶》等一系列象征诗，以及西蒙斯的《象征派文学运动》、维杰尼尔克科的《现代诗论》等诗论。象征诗的发展，带动了近代诗进入一个新的时代。

一、象征诗的发展

1900 年，与谢野铁干成立新诗社，创办诗歌杂志《明星》，以它为代表的"明星派"，得到了森鸥外、上田敏、马场孤蝶等旧《文学界》同人的支持，先后吸引了薄田泣菫、蒲原有明、岩野泡鸣、相马御风、石川啄木、长田秀雄、吉井勇、木下奎太郎、北原白秋等，从浪漫诗、唯美诗到象征诗全面地展开近代诗运动。从摄取西方诗开始的日本近代诗，只用了一二十年就完成了从浪漫诗、唯美诗到象征诗的发展历程。

在西方象征派翻译诗、诗论的刺激下，1905 年，出现了蒲原有明的象征诗集《春鸟集》和上田敏的象征诗译集《海潮音》，揭开了 20 世纪日本近代象征诗创作史的序幕。与此同时，诗坛围绕象征主义进行了论争。例如，中岛孤岛发表的《乙巳文学（黑暗的文坛）》（1905）以托尔斯泰的《艺术论》

和诺尔道的《堕落论》为依据,指出"象征主义是诗的一种邪道",并批评了上田敏译介象征诗的做法和蒲原有明的《春鸟集》等,指责日本近代象征诗风"是文坛的一种反动"。而伊吹郊人则持反对意见,他在象征诗论《论比兴诗及现今的诗风》(1905)一文中,认为象征只不过是一种新说法,它与汉诗六义的比兴、和歌的寄物陈思是相似的,也可以称为"比兴诗"。之后,岛村抱月在《被囚禁的文艺》(1906)一文中谈及日本文艺思潮的变迁时,论述了新的文艺必然取代旧的文艺,自然主义是再次被知性所囚禁的文艺,表象(象征)主义则以感情作为生命的文艺,表象(象征)主义代替自然主义是历史的必然。岩野泡鸣在《神秘的半兽主义》(1906)、《自然主义的表象诗论》(1907)、《从日本古代思想论近代的表象主义》(1907)等文章中也发表了有关自然主义与表象(象征)主义结合的独特诗观,他认为通过自然主义与表象(象征)主义的融合,可以超越本来难以调和的文学的两极——灵与肉、神性与兽性的对立而达至一元性。

这个时期,新浪漫主义和自然主义的诗人也写作象征诗。比如从新浪漫主义出发的北原白秋、木下奎太郎,从自然主义出发的三木露风都趋求于象征诗的新风,他们其后还成为象征派诗坛的主力。

日本近代诗史上出现的第一个象征派诗人是蒲原有明,他撰有诗集《春鸟集》《有明集》将象征诗风推向最高峰,被认为是日本近代诗坛第一期象征主义的纪念碑。

与蒲原有明齐名的重要象征派诗人是薄田泣堇(1877—1945),他的《白羊宫》,采用西方式诗形与日本式风情组合,创造出具有知性的、古典的、独特的象征诗风。其中《啊,大和》这首憧憬古都大和的诗,首段就展开大和地方的晨景,其后各段还写了昼夜景象的转换,以及季节感的变化,表现了大和地方的古道风情和尚古的雅趣。特别是诗人不时在丰富的现代语中有机地混合使用了《万叶集》等古歌典丽的语汇,以提高其古典美的效果。最显著的诗质是:其古典的象征诗风,充满了浓郁的乡土气息和强烈的日本式的季节感,以及日本式的哀愁之情。

在象征诗成为主流伊始,《白羊宫》与蒲原有明的《有明集》一起堪称日本近代诗的双璧,在日本近代诗史上占有特殊的地位。许多《明星》派的诗人追随他们,但由于没有正确理解象征诗的内涵,所以没有使象征诗进入兴旺时期,直至出现了有代表性的象征派诗人北原白秋和三木露风。他们两人犹如双峰雄峙于近代象征诗坛,在近代诗史上形成"白秋·露风时代",进一步推动了象征诗的新发展。

北原白秋无论是在象征诗的创作实践上还是在理论上,在借鉴西方象征主义的同时,非常重视运用东方和日本早已存在于文学上、诗学上的幽

第八章　近现代日本诗歌的转变与发展

玄、闲寂的象征的观念形态，表达东方人、日本人的神秘主义精神，并且在创作或论理时都使用了东方或日本的特殊用语。在近代诗史上，在东西方、和洋诗学的接合部创造出如此辉煌的成就，并不是多见的。他为日本近代文学史、诗史写下了光辉的一页。他的处女诗集《邪宗门》(1909)的序文和例言强调他们象征的本来宗旨是："在笔下和语言中也难以言尽的、无限情趣的振动中，寻找清幽心灵的唏嘘，憧憬缥缈音乐的愉悦，自豪于自己冥想中的悲哀。

三木露风与北原白秋一样，非常注意西方主义形态的象征诗与日本观念形态的幽玄象征诗的连续与非连续的关系，并在创作中充分发挥其连续性，尽心尽力体现传统的象征的幽玄精神。在创作上，他非常重视挖掘传统文学艺术特别是短歌、俳句的象征观念形态，将摄取的西方象征诗的理念与形式置于传统之中。他强调，象征诗精神自古就存在于日本，从芭蕉开创新的俳风，并加上正风之名而称作正风体来看，当时蕴藏在芭蕉心中的，正是象征精神的诗。其诗的幽玄体，即今日所称的象征体。在情调象征的艺术表现上达到最高成就的是他的代表作《白手的猎人》。这一诗集的问世，使他在诗坛上与白秋齐名，并称"白露时代"，日本近代象征诗迈进了又一个新阶段，近代诗也达到成熟的时期。

之后，萩原朔太郎受北原白秋的影响，以处女作诗集《吠月》(1917)显示其接近白秋的情调象征诗风。《吠月》确立了独特的象征诗风，首先表现在主题上和诗法上尽量避免思想的演绎和说明，而触及人心内部颤动的感情、内部核心的感情，以及不受歌的韵律的制约；其次，既维持一般象征诗的意境，又注意掌握日本语的生理机能和发挥日本语的生命力，以其任意而不从规的自在性，创造了自己独特的诗的语言，并与其敏锐的感觉融合，形成了他的以情趣为主眼的象征诗的基本特色。

继之，日夏耿之介的诗集《转身颂》(1917)，以受压抑的异常感觉，探求面对的日常的苦恼和不安，以及怯于死的恐怖，从正面捕捉不可知的实际的存在，创造了兼具古典性和浪漫性的庄重梦幻的感觉象征诗体，从而将自己置身于象征派的潮流之中。

萩原朔太郎，以及日夏耿之介、室生犀星的出现，标志着日本近代诗和近代象征诗的完成，他们起到了从近代诗通向现代诗的桥梁作用。他们的出现，标志着象征诗的完成的同时，又面临着近代诗重大变革的课题。

二、蒲原有明的诗歌创作

蒲原有明(1876—1952)，东京人，日本象征主义诗人的开创者。他主张"放宽本国语言的制约,寓近代人之幽情妙致于其中",因为"近代人在视听上相互交错,情念复杂",要表现这种情念,必须借助朦胧的,扑朔迷离的诗歌形式,通过官能的感应来探索人的内心世界。于是,在法国象征派诗歌的熏染下,相继发表了《嫩草叶》《独弦哀歌》《春鸟集》《有明集》等象征主义诗集。其中《有明集》(1908)是公认的"日本诗坛上第一期象征主义的纪念碑"。为此他被誉作"探索心灵的诗人"。《茉莉花》即选自集作者的象征主义诗风之精纯的《有明集》。

1905年,蒲原有明发表了第一部象征诗创作集《春鸟集》。在《春鸟集》的序中,他主张,象征主义是"感觉的综合调整,即幻想的意识性创造""视听等互相交错,夹杂近代人的情念,在此有银光之音,有嘹亮之色"[①]。这在他的诗中有了充分的体现,如《清晨》一诗唱出:

清晨,不久河川浑浊了
隐隐地散发出微温
朦胧中摇荡着运载夜的胞衣
还有市场那并排的仓库
墙上缭绕着河川的雾霭

诗人将自己的种种意念与清晨河川的实景对照描写,颇具象征主义手法,比如"朦胧中摇荡着运载夜的胞衣",用这"胞衣"——胎儿破胎衣而出的那种新的生命力和夜的朦胧中晨曦喷薄而出的那种新的生命力的浑然,象征人与自然的生命一体化。

这部诗集的重大意义还在于其自序表述了独自的象征主义艺术论,提出在表现上要有新的方式,特别是鲜明地表现"共感觉"即感觉交错的重要性。也就是说,诗人既接受西方象征主义的影响,又重视在传统文学中发现象征理念的存在,并努力在两者的接合点上创造出具有东方的枯淡特色,形成含多种要素的象征诗。

1908年发表的《有明集》是诗人的最高杰作。它将象征诗风推向最高峰,被认为是"日本近代诗坛第一期象征主义的纪念碑"。蒲原有明的象征主义主张在《有明集》中最有名的《茉莉花》中,得到了更为出色的发挥和运用,《茉莉花》第一联唱道:

心中一股朦胧的忧伤,
在哽咽叹息。

---

① 张玉安. 东方研究2004——中日文学比较研究专辑[M]. 北京:经济日报出版社,2005:282.

第八章　近现代日本诗歌的转变与发展

　　悬挂着的柔和的纱帐，
　　在生辉发光。
　　某天映出你的面影，
　　绽开在明媚的郊野。
　　阿芙蓉的枯萎，
　　发出娇媚的芳香。

　　这首诗通过听觉——哽咽的叹息、视觉——生辉发光、嗅觉——娇媚的芳香，对以"阿芙蓉"（第四联为"茉莉花"）为代表的恋人，交错着现实与梦幻的描述，充分体现了诗人的感觉交错，从而展开了象征诗的新风。《茉莉花》是一首哀婉、颓废的恋歌，表现了"感觉的交相互应"。在第一联里，开篇伊始就展露出一颗"悲叹呜咽""灰暗""百无聊赖"的"心"。长于思索和冥想的诗人有明，其本意是将此"心"比作一间抽象而神秘的房屋，以下渐次扩现的情状，均不是具象的实景，而是涂抹刻画在心屏上的"心象风景"，为凸显主人公对含情脉脉的恋人产生的曲折执着的恋爱心理之伸延铺下轨道。第二联勾画出一对情侣悲欢交织、苦乐相间的心理纠纷。纵然有令人神魂颠倒的窃窃私语和冲动激发下的拥抱，却仍难使主人公一味沉浸在灵肉相系的欢快中，矛盾的心理驱使他生发出"至密的忧愁"，明知是"梦幻的圈套"，却欲罢不能，粗臂被柔腕所挽却不能恣意任情、尽畅其美。第三联是灵肉格斗中前者居上时的呻吟。不见恋人的玉容，空闻那丝裙沙沙摩娑声，耳闻心动，这是一个辗转难眠而悲伤的漫漫长夜。第四联里诗人描绘的是在茉莉花四溢的清芬里绽开了恋人甜美的微笑，主人公心灵的创口沁入了隐隐的痛苦和富于快感的欢欣。《茉莉花》四联诗分别通过视、触、听、嗅四种感觉的演进变化，构酿出一种浓密的象征情绪。尤其是历来在诗歌领域里被当作低级感觉的嗅觉，在本诗的尾声收束中起到了重要作用，这是象征诗的特色之一。吉田精一曾对该诗进行了精辟的概括：该诗"第一联体现了视觉，第二联是触觉，第三联是听觉，第四联主要是嗅觉，这种官能感的交应，音乐般地表现了颓废的情调"[①]。

　　总之，蒲原有明的象征主义诗风深受法国象征主义诗坛魁首魏尔兰的影响。在这位怅惘颓废却又憧憬清净的宗教世界的诗人的影响下，蒲原有明的诗魂是最切近象征派的本质的，他也因此被誉为"日本诗坛上率先摄取西洋近代诗神韵的第一个诗人"。

---

①　吉田精一，分铜惇作．近代诗鉴赏辞典[M]．东京：东京堂出版，1978：109．

第三节 浪漫主义诗歌创作

浪漫主义是诞生于18世纪末到19世纪初的一种文艺思潮。虽然它在各个国家的具体表现形式因时因地而各有不同,但它们有一个共同普遍的题旨,即重视情感、尊重艺术、热爱自然、向往异国情调、憧憬古代理想社会。日本的浪漫主义文学中自然也阐述了这些内容。日本浪漫主义的祖型可追溯至森鸥外的留德三部曲,初期浪漫主义的主要代表是以北村透谷为代表的《文学界》同人。明治二十七年(1894),北村透谷自杀后,浪漫主义一度遭遇挫折,自明治二十九年起,随着泉镜花的《一之卷》《誓之卷》(1896—1897)、《照叶狂言》(1896)等作品的发表,岛崎藤村的诗集《若菜集》(1897)以及国木田独步等人的诗集《抒情诗》的出版,文学领域重新出现了浪漫主义的活跃身影。如果说,《新体诗抄》是日本新诗史上的一簇报春花,从"史"的意义上,迎来了日本新诗的春天。那么,在其7年后出版的译诗集《明星》,就是一群采花蜂,它把欧洲浪漫主义诗歌的"花粉"播入日本诗苑,从"诗"的意义上,迎来了日本新诗的盛夏——开辟了浪漫主义诗花竞开的明治30年代。

一、浪漫主义诗歌的发展

明治三十年(1897),国木田独步、松冈国男(后来的民俗学现图国男)、田山花袋、太田玉、嵯峨屋御室和宫崎湖处子6人联名出了合作诗集《抒情诗》。《抒情诗》以其清新纯情的诗风和笔致获得了广泛好评,被誉为"第一部日本人自己的抒情诗集"。《抒情诗》宣告了新体诗时代的到来,但是,真正将抒情诗作为一种诗歌体裁,使其在内容和形式上都得以确立的则是同一年出版发行的岛崎藤村的诗集——《若菜集》。

明治三十二年(1899),与谢野铁干等人发起成立了东京新诗社,并于翌年发行机构刊物《明星》,成为明治30年代浪漫主义的中流砥柱。新诗社在创始之初,遭到来自社会各界的批判和误解,但它一贯秉承"自我之诗""新型之国诗"和"自我独创之诗"等创刊理念,打破砚友社式的封建家长制师徒关系模式,新诗社成员间彼此平等,以文会友,友好切磋,这种自由平等轻松的学习氛围吸引了大批青年文学爱好者聚集并参与其中,使得明星派如虎添翼,从此羽翼更加丰满。

之后,森鸥外又领导他的"新声社"同人创办文学评论期刊《堰水栏草纸》,弘扬浪漫主义文学理论,继续译介西欧浪漫主义诗作。这个期刊虽然

第八章　近现代日本诗歌的转变与发展

只办了5年便因森鸥外被征入伍而告停刊,但它在普及浪漫主义文学上所起到的推波助澜作用是不可低估的。

其中,受《明星》和《堰水栏草纸》感化最深、影响最大的要数由北村透谷为首的一伙年轻诗人参与的《文学界》杂志同人。《文学界》创刊于明治二十六年(1893)1月,初期参与创办的除北村透谷外,还有星野天知、岛崎藤村、平田秃木、马场孤蝶、户川秋骨、上田敏等一批诗人、翻译家和评论家。他们大都直接受到启蒙思想和自由民权思想的熏陶,而且接受过基督教的洗礼,内心向往精神自由和文学自由,渴望表现自我和追求个性解放。其中的代表人物当数北村透谷。

《文学界》从1893年1月创刊至1898年1月终刊,共出刊58期,经历了激荡—沉静—辉煌三个时期。从北村透谷的理论和诗作到岛崎藤村的《若菜集》问世,就像一个培育浪漫主义诗人的摇篮,几经艰辛,终于培育出一个茁壮的5岁孩子,以他充满活力的步伐跨入明治30年代。

与明星派同时或稍晚些时候,诗坛出现了一股象征主义的倾向,催生了一批优秀的象征派诗人。其中的代表人物薄田泣堇、蒲原有明最初都是浪漫主义诗人。薄田泣堇早期受岛崎藤村和英国浪漫主义大诗人济慈的影响,相继发表了第一诗集《暮笛集》和第二诗集《来春》。明治三十八年(1905),第三诗集《二十五弦》出版,其中收录的《站在公孙树下》赢得了广泛好评。也就是在这一年,薄田泣堇开始有意识地进行象征诗的创作尝试并于翌年出版了诗集《白羊宫》。与薄田泣堇一样,蒲原有明最初也是受岛崎藤村和英国诗歌的影响开始诗歌创作的,但很快,他就对法国的象征诗产生了浓厚的兴趣,诗集《春鸟集》和《有明集》就是其潜心学习研究下的成果结晶。

二、北村透谷的诗歌创作

北村透谷(1868—1894)伴随着明治这个新朝代的诞生而降临一个财政官员之家,从小受到启蒙教育。15岁考入早稻田大学的前身东京专科学校学政治。当时正值自由民权运动兴盛之期,北村透谷受其思想影响而投入该项运动,并萌生当政治家的欲念。15岁时,因被社会当局指控他与某一强盗事件有牵连而脱离民权运动,想当"政治家"的美梦同时破灭,从此精神苦闷,彷徨终日。19岁之后精神觉醒,开始以文学痛切地批判过去的自我以及所处的社会现实。21岁出版新体叙事诗《囚房之诗》。之后,他相继在《女学杂志》上发表"当世文学的潮流""有感于时势"等文学评论,提出了文学必须"批判现实世界"和"追求理想世界"的主张。明治二十四年

(1891)出版诗剧《蓬莱曲》。明治二十六年(1893)1月,《文学界》诞生了。从《文学界》的创刊号起,北村透谷的文学理论和诗作便一直起到主导作用。他相继发表"怀念富岳诗神""何谓干预人生""诗剧的前途如何"等论文和诗作"蝴蝶的行踪""睡蝶""双蝶别""蚯蚓之歌""路倒""婴""萤"等,从诸多侧面阐明了他的浪漫主义文学观和诗观——强调尊重人,尊重人的感情的真实,在人性上追求彻底的解放,在艺术上主张绝对的自由。明治二十七年(1894)5月,北村透谷无可奈何地自我断送了年轻、天才的生命(死时仅26岁),归宿于他理想的"世界"中去了。

《囚房之诗》这部日本诗史上的第一部自由体长诗,由16节构成,从内容到形式都进行了新的尝试,堪称日本最早的积极浪漫主义自由体长诗。其第一节的开头这样写道:

> 曾因过失犯律条,
> 今为政治犯入牢狱,
> 誓与我共生死的诸壮士,
> 众多之中我为首。
> 其中有我最爱的
> 含苞待放的少女,
> 还有新郎和新娘,
> 皆为国事成罪囚。

这部长诗以积极的浪漫主义情调,通过一个狱中政治犯在狱中所受非人待遇的控诉,以及他虽身陷囹圄但依然憧憬有朝一日被赦出狱重见天日等的自白,激越而深沉地塑造出一个敢于抗争、不畏悲苦、向往未来的政治犯形象,暗示着日本当局对自由民权运动的镇压和参加该项运动的志士们的悲惨遭遇及内心世界。

北村透谷强调文学家既要敢于正视和批判现实世界,又要善于想象和描绘理想世界。但他的这种理想在现实中又是多么不容易。就在他写文作诗的年月,客观的外部世界,依旧是封建残余猖獗,世俗的功利主义和物质主义横行。自由民权运动被扼杀,国粹主义又开始抬头。他着意描绘的虚幻的理想世界无迹可寻。这在他的生命内部投下了绝望和虚无的双重阴影。正如他的一首短诗《蝴蝶的行踪》所写的那样:

> 往返同一关,
> 飞来又飞去,
> 飞向花繁的山野,
> 归宿无花的世界。

第八章　近现代日本诗歌的转变与发展

　　无前亦无后，
　　"命运"之外没有"我"
　　飘然任翅展，
　　飞向梦与现实间。

　　总之，《文学界》从创刊至北村透谷殉命，在一年多的时间里发刊近20期，在它的发刊史上属于第一期，也是它最激荡的时期。北村透谷也就理所当然地成为日本浪漫主义文学的先驱。

三、岛崎藤村的诗歌创作

　　岛崎藤村(1872—1943)，明治至昭和期的诗人、小说家，本名春树，明治五年(1872)出生于筑摩县木曾的马笼（现岐阜县中津川市）。岛崎家世代书香，是地方的名门望族，父亲正树是岛崎家第17代掌门人，精通国学。岛崎藤村自幼跟随父亲学习《孝经》《论语》等汉文典籍，并于9岁时来到东京，入读泰明小学，开始寄宿生活，后来就读明治学院，结识了马场孤蝶、户川秋骨等人。东京求学期间，岛崎藤村阅读了大量西方名著，同时对松尾芭蕉、西行等日本古典也有相当的涉猎。毕业后，藤村陆续在《女学杂志》发表了若干篇翻译作品。参加《文学界》，特别是与北村透谷的交友是藤村文学的起点，其后，藤村也一直以透谷的追随者自比。此后，藤村历经了师生恋的非议、文学盟友北村透谷的自杀、长兄入狱等一系列人生变故和打击。岛崎藤村是唯一积极继承北村透谷精神的真正浪漫主义诗人。北村透谷死后，他认真地反省了两年多，同时在内心酝酿着一个崭新的浪漫主义诗世界。明治二十九年(1896)，25岁的藤村飘然离京远赴仙台担任东北学院教师，一年后辞职。仙台执教期间虽短，但对青年藤村来说，却是远离烦闷之源、重拾心灵宁静的宝贵时光。在大自然的熏陶抚慰下，藤村诗情洋溢，陆续于《文学界》发表了《草影虫语》《秋之梦》《若菜》等一系列诗篇。明治三十年(1897)6月，由东北学院辞职回京后，岛崎藤村将这些诗篇进行了重新整理，编成处女诗集《若菜集》由春阳堂出版。明治三十二年(1899)，岛崎藤村的第二部诗文集《一叶舟》问世。这是一本以《西花余香》等散文为主的作品集，只收录5篇诗作。同年，第三部诗文集《夏草》出版，在这部诗集中，恋爱的主题已经消失影踪，取而代之的是《新潮》《农夫》等歌颂为维持生计而艰苦劳作的渔夫、农民的长篇叙事诗。明治三十二年(1899)，藤村赴长野县的小诸义塾任教。这期间，为了排遣旅怀，他写下了大量吟诵旅情的诗篇。明治三十四年(1901)，藤村将小诸时代的作品结集出版,这就是第四部诗集《落梅集》。之后,藤村结束了他的抒情诗的黄金时代,转而进入新的文学领域——散文、小说时代,成为日本自然主义文学的大师。1943年8月22日,因脑溢血逝世,终年72岁。

《文学界》自1896年9月号起开始连载岛崎藤村创作的一系列抒情诗。这些诗作在内容和形式上都有别于他以前发表的类似《蓬莱曲》式的叙事诗,以更加积极的浪漫主义色调,讴歌纯朴的恋情,赞美大自然,抒发内心的愁思,洋溢着青春气息和勃勃生机,活生生地描绘出那个时代青年人向往自由、反对封建、要求个性解放的精神轨迹。这些诗作都收集在《若菜集》中。《若菜集》所收作品篇篇堪称珠玑之作,岛崎藤村因此一举跻身文坛,《若菜集》也被视为宣告日本近代诗黎明到来的纪念碑式诗集。

《若菜集》是一本青春诗集,青春的喜悦与苦闷,尤其是爱情的甜蜜与苦涩贯穿于该诗集的始终,这些对逝去的青春的悼念,对苦涩的爱情的品味都与藤村自身独特的青春经历不无关联。《若菜集》诗风清新雅致,蕴含隽永,爱情诗婉约哀怨。全篇采用传统的七五调式,文辞简单平易,朗朗上口,与那些多使用复杂晦涩且笔画繁多的汉语词汇和古奥难懂的典故的同时代作品形成鲜明对比。《若菜集》传达了"时代的新声",唤起了青年们的共感,引起了轰动效应。正如棵棵生机盎然的"嫩菜",昭示着繁荣的新诗时代就在前面。例如,其中一首题为"潮音"的抒情短诗:

> 沸腾翻滚浪滔滔,
> 巨澜涌狂潮;
> 荡漾回旋浮又沉,
> 海底琴声闹;
> 深吟幽咏动心弦,
> 宛若千江绕。
>
> 万波千浪浪连波,
> 波呼齐浪涌;
> 喜看今日时正好,
> 风和日丽中;
> 琴声悠悠天边来,
> 倾声静听春潮音。

这首诗虽然采用的节奏仍然是传统的七五调,但蕴藏的却是崭新的形象和诗情。从优雅的语言和流畅的韵律中,仿佛阵阵潮音迎面扑来,给人以强烈的生命力。这部诗集,对藤村来说,是一部春潮歌;对日本近代诗来

第八章　近现代日本诗歌的转变与发展

说,则是一首黎明曲。

总之,岛崎藤村诗歌文学源自北村透谷,他与透谷的这种殉道主义做法不同,藤村沉思的是怎样才能"活下去"。于是,在肯定悲苦现实的基础上,他的诗作由外而内地追求内心艺术的美质与升华。

第四节　荒原、历程、列岛三诗派的创作

战后诗最具特色的《荒原》《历程》《列岛》三派登场,它们各自展现了自己多彩的个性。

一、荒原诗派的创作

1946年6月,诗人中桐雅夫在《现代诗》杂志上发表论文"战后诗的新发展",带头为日本战后诗发出呐喊:"诗歌必须讴歌生活,它是赖以生存的永不枯竭的源泉。经过战争浩劫的我们,应当完成这种使命。"1947年9月,他和几位志趣相投的诗人发起重新创立大型诗刊《荒原》,使日本战后诗坛正式有了发表和探索战后诗的前沿阵地。他们都是分属战前的VOU、LUNA的同人,在战争中浪费了青春,有战争的体验,面对战败的时代转折,从文明批评出发,探讨现代的生与死的课题。这一派的诗人在某种程度上受到西胁顺三郎、村野四郎等的现代主义的影响,同时对欧美的现代艺术思想又表现了极大的关心,实际上批判地继承了战前的现代主义诗运动。

《荒原》是在美国后期象征主义诗人艾略特于第一次世界大战结束后发表的长诗《荒原》直接影响下诞生的。在它开初发行的6期中,由于处在探索阶段,在发表的诗作中被认为是"纪念碑作品"的三好丰一郎的"囚人"和黑田三郎的"时代的囚人",在艺术表现上依然没有摆脱现代主义的模式,在理论上也没有系统地提出日本战后诗究竟应该如何发展的导向。只有当它于1951年改年刊为《荒原诗集》后,其作为日本战后诗"前沿阵地"的"荒原派"面目才渐显清晰。

刊名《荒原》,顾名思义,是指战后日本经历战争的破坏已经成为一片废墟——荒地。他们谈及创刊的目的时,开宗明义地指出:现代就是一片荒地,要抗议破坏,从破坏中摆脱出来,以获得拯救。"荒原派"诗歌反对以往现代主义诗歌的无病呻吟和语言游戏,主张面对现实和反映现实内容。同时也反对把诗作为政治斗争手段的左翼诗人们的主张,尊重诗的自我目的和诗人的个性。这种诗歌主张一经提出,立即给日本战后诗带来决定性

影响，无可非议地决定了战后诗的方向。《荒原》于 1947 年 9 月创刊，发行 6 期后于 1951 年改出年刊《荒原诗集》，发行 8 册后于 1958 年停刊。在《荒原》与《荒原诗集》发刊过程中，同人不断扩大，形成了战后诗坛有决定性影响的"荒原派"。"荒原派"诗人切身的战争体验和面对战后混乱、荒废的社会现实，以权威的诗论和诗作，集中抒发各自内心的丧失感和危机感，使濒死的诗坛复活，并在"荒原"中踏出了战后诗的新起点，为发展战后新诗起到了决定性作用。

荒原诗派的代表人物主要有鲇川信夫、田村隆一、北村太郎、黑田三郎、三好丰一郎、中桐雅夫、木原孝一、吉本隆明等。代表诗集有三好丰一郎的《囚人》(1950)、黑田三郎的《献给一个女人》(1954)、《鲇川信夫诗集》(1955)、田村隆一的《四千个日与夜》(1956)、《中桐雅夫诗集》(1964)、《北村太郎诗集》(1966)等。他们包容了观念诗和现实诗对立两极的存在，各个诗人都形成独自的个性。

鲇川信夫(1920—1986)本名上村隆一，生于东京。1942 年早稻田大学英文专业毕业前夕，被征召加入一个步兵团当兵，翌年派往苏门答腊。后因病于 1944 年遣送归国，不久便迎来战争结束。鲇川信夫于中学时代开始发表诗作。大学时代成为现代主义诗刊《新领土》同人。这期间，他深受第一次世界大战后欧美文艺思潮的影响，熟读英美象征派诗人艾略特的著名诗集《荒原》，并从此萌发"荒原意识"。1947 年 9 月与中桐雅夫、田村隆一、黑田三郎、木原孝一等重新创立诗刊《荒原》，网罗战后新老诗人，组成一大流派——"荒原派"。鲇川信夫即为这一流派的代表诗人和诗论家。《荒原诗集》问世后，鲇川信夫以自己鲜明的理论和大量诗作，确定了他"荒原派旗手"的地位。1955 年出版《鲇川信夫诗集》以后，相继出版集战前诗作之大成的《桥上的人》《鲇川信夫全诗集》《恋宿行》等诗集和诗论集《何谓现代诗》《现代诗作法》。诗作"死了的男儿"与"兵士之歌"等抒发的丧失感，成为战后诗的基本情调。

鲇川信夫还强调说，要将诗从政治和教育的功能性中解放出来，创造出一种能够"负起与精神拯救联系起来的、具有形而上学价值的重任的诗"①。也就是说，《荒原》派的诗人们面对战后的荒地既不满战前现代艺术派那种不关心社会，只追求形式与技巧的变革，以及无批判地回到战前现代主义那种诗风，同时也反对战前无产阶级派诗那种忽视艺术的想象力、将诗视为政治服务的载体，而力图克服以上两个不同方向的偏颇，同时也维持现代主义通过观念性所扩大的表现领域，追求全面恢复人性的

---

① 北川透.诗与自立思想[M].思潮社,1970:27.

第八章　近现代日本诗歌的转变与发展

本然。

鲇川信夫的诗中大量使用象征、暗示等手法,一时不易被读者接受。如"死了的男儿"一诗中的"遗言执行人"象征着战后诗人(含诗人自己)。"M"既暗示着对死于沙场的诗友森川义信的追念,也暗示着对在战争中丧失的那些现代主义诗刊《新领土》等的怀念和自嘲。又如"兵士之歌"一诗中的"收割"和"死的收割"暗示非正义战争,以"荒野"象征战后世界,通篇抒发的则是一种绝望和不安情绪。总的来说,他的诗在一定程度上揭示出日本战后人们的心理和心态。

田村隆一(1923—1998)生于东京大冢。1941 年 4 月进入明治大学文艺系学习。1943 年末被从学校强征加入海军服役。1945 年夏编入舞鹤海军陆战队,迎来日本投降,同年 9 月复员回乡。1947 年参与创立诗刊《荒原》并任编辑。《荒原》发刊 6 期后改出年刊《荒原诗集》,直至 1958 年《荒原诗集》停刊,他始终是其中的主要编辑之一。1956 年 3 月,出版集战后 11 年作品之大成的诗集《四千个日与夜》。这是一部具有强烈冲击力的战后诗集。以后相继出版诗集《没有语言的世界》(获第 6 届高村光太郎奖)、《田村隆一诗集》等。此外,还著有《嫩绿的荒原》《诗与批评》等评论集。1998 年去世。

田村隆一是日本战后"荒原派"代表诗人之一。他的诗从"荒原派"的基本诗观出发,最敏感而鲜明地反映出第二次世界大战后的虚无情调和破灭的时代思潮。在诗风上,他继承了战前现代主义的表现手法,以卓越的比喻和具体的形象,抒写死亡,揭露现实。例如记录着诗人战后 11 年心路历程的诗集《四千个日与夜》:

> 为了一首诗的诞生,
> 我们必须杀,
> 必须杀掉许许多多,
> 把许多心爱之物射杀、
> 暗杀和毒杀。
>
> 看吧!
> 从四千个日与夜的空中,
> 仅需一只小鸟的颤舌,
> 我们射杀了
> 四千个夜的无言,
> 和四千个日的逆光。

这是《四千个日与夜》的第一节与第二节,诗行间充满了死的词语和气息。在这部诗集中,"死"既是诗集的主题,也是田村隆一诗歌的主题。这一主题,从他的任何一首战后诗中都不难发现。这首诗中所表现的有力的论理,预言式的诗体,绵密而飞跃的形象,绝望的抒情,无不令读者感到恐怖与战栗。

而《竖棺》这首诗则集中反映了诗人的"荒原意识",抒发了对社会的不信任感和对人生的危机感和绝望感。既然死无葬身之地,自然生也就无立锥之地了。因此,田村隆一又有"危机诗人"之称。

总之,荒原诗派从以战争体验为基础的文明批评出发,探求现代的生与死的课题。这一诗派的理论家因此深感不能只停留在追求前卫的技法上,诗要加入现实的思想,这正是诗之所以成为诗的基本要素,在这个基础上建立一种战后现代主义的新诗风。

二、历程诗派的创作

1947 年,草野心平带领历程派诗人重建《历程》派,高桥新吉、小野十三郎、吉田一穗等成员都是战前已取得佳绩的诗人,井上靖、堀田善卫、安西均、那珂太郎、山本太郎等战时和战后崛起的诗人也参与其中。《历程》不追求任何主义,没有统一的主张,自由发挥诗人各自的个性,为充实战后诗做出了重大的贡献。

草野心平(1903—1988)是战前《历程》的创始人,非常重视诗人的个性。他无论在战前还是在战后,都是以明显的破格诗型、特殊的诗素材、种种的语言技法来构建他的诗世界。诗人最具素材、语言和作者的个性的,就是小生物拟人化,尤其是关于蛙的作品,比如战前的诗集《第百阶级》(1928)、《蛙》(1938),以及战后的诗集《日本沙漠》(1948)、《第四的蛙》(1964)等,通过青蛙的生活世界,唱出生与死的赞歌,表现人的强烈的生存意识。在这些诗里,诗人就是蛙。诗人的生存意识和蛙的生活世界的距离拉近,透过人格化了的蛙的眼来窥视社会与人生,发出了对杀戮者"万物灵长"的互相杀戮的慨叹。

重视绘画的形象和音乐的形象,富于色彩感和交响曲的形式,是诗人诗作的另一特点。比如诗人运用色的要素和音的要素谱写了这样的《鬼女》:

红叶的红
枫树的黄
哗哗哗哗
倾泻的瀑布

第八章　近现代日本诗歌的转变与发展

映在绿韵中的红与黄的小鹿群上
呈现一派花花绿绿的景象

蛙、色、音三大要素成为诗的大动脉和美的源流,也形成诗人的"素材的个性、语言的个性和作者的个性合一"的诗理念。战后草野心平还创作了诗集《牡丹园》(1948)、《富士山》(1966)等。

三、列岛诗派的创作

1952年3月,日本的左翼诗人们不满荒原诗派不问政治、脱离群众的倾向,创办了一个大型诗刊《列岛》,构成了一个新的诗歌流派——列岛诗派。这个诗派主张采取现实主义的立场,力图在继承战前无产阶级诗歌的基础上,抒写出政治性与艺术性完美统一的诗作,鲜明地打出了左翼的旗帜。参与这一流派的诗坛主将有数十人。代表者有野间宏、关根弘、安部公房、木岛始、长谷川龙生、滨田知章、壶井繁治、花田清辉等。

作为战后最大的左翼诗歌集团之一,他们宣言:他们认识到"现在,就是现在,这个列岛正在被国内外的帝国主义者不断地侵蚀着",他们要朝着"现代主义和现实主义的统一"而努力。因而,这一派试图通过在理论上整合只重政治的前卫与只重艺术的前卫的两者关系,探讨一种思想表现与技法革新结合的新路,以超越战前无产阶级诗的新发展的可能性。这一派无论是在理论上或是在创作实践上,试图整合左翼诗、传统诗的表现理念与前卫诗、西方诗的表现技法,是一种有意义的尝试,也取得了不算小的进步,可以说开辟了一条现代诗的新路,但是,要使两者圆满地统一,毕竟是一种非常艰难的摸索。

《列岛》发刊期间,正值美军侵朝战争之时。日本在美军的管制下,变成美军侵朝的后方基地,每天有兵员和军火从这里运往朝鲜,日本民众生活在战火的边缘。诗人们面对严酷现实,以火一般的责任感,采用托物咏志、冷嘲热讽等手法,尖锐地讽喻时事,热情地歌颂民众力量,写出了大量鼓舞人心的作品。其中的杰出代表是关根弘。

关根弘(1920——　)生于东京浅草。小学毕业后即步入社会谋生。历任工人、记者,备受人间酸楚。战后担任杂志记者期间,参与工人运动,曾经加入日本共产党。关根弘小学时代开始发表诗作,有"少年诗人"之称。《列岛》创刊后,他批判地继承战前无产阶级诗派的表现手法,面对日本成为侵朝美军后方基地的严酷现实,站在人民大众的立场,抒写出前卫艺术与现实主义相结合的完美诗作。关根弘的诗,虽说平易但并非浅露,而是于平易中见深沉。他的讽刺诗尤为富于魅力。1953年出版第一部诗集《绘画作业》。其中的一首题为《什么都第一》的讽刺诗运用通俗的语言,幽默的格调,以"雾"象征战争,把好战的美国讽刺得入木三分,耐人寻味:

> 了不起!
> 这家伙实在没有底。
> 好容易来了,
> 却连摩天楼也看不清,
> 什么都埋在五里雾里。
> 当然啦!
> 美国什么都第一。
> 雾也比伦敦的浓,
> 你以为是吹牛皮?
> 不信就到职业介绍所去瞧瞧试试!
> 在纽约,
> 正依仗铁锹,
> 在把雾收拾!

总之,关根弘的大量诗作,采用直观手法,借物抒情,深刻而辛辣地鞭笞战争和讽刺社会丑恶,他为群众代言,具有较高的思想性和感染力。

1955年11月,《列岛》派出版了回忆性质的一册《列岛诗集》之后,尽管诗人们作为个人,各自仍在采取不同的方法进行种种实验性的探求,但作为诗集团的活动就终止了。3年之后,即1958年12月,《荒原》派出版了第8册《荒地诗集》之后,作为诗集团的活动也宣告完结。至此,战后诗落下了帷幕。

第五节 新生代诗人的诗歌创作

20世纪50年代以后新生代诗人,于1954年创刊了《今日》,摄取超现实主义的手法,挖掘在梦与深层中的意识,试图为"后战后诗"的时代开拓新的领域。大冈信、饭岛耕一、清冈卓行、吉冈实、岩田宏五人于1959年成立超现实主义研究会,并创立诗刊《鳄》,进一步展开了超现实主义诗歌的批评和创作活动,迎来战后一批新生代诗人的陆续登场。他们中有代表性的吉冈实、饭岛耕一、清冈卓行、大冈信等以1959年创刊的《鳄》为中心,展开诗歌的批评和创作活动。他们在理论上探求通过现实主义与超现实主义的结合,并在实践上创造出一种结合现实、幻想和语言实践的新型诗,其清新的抒情性给年轻一代诗人带来强烈的冲击。他们的代表诗作有清冈卓行的《冷却了的火焰》(1959)、大冈信的《记忆与现在》(1956)等。

第八章　近现代日本诗歌的转变与发展

一、清冈卓行的诗歌创作

清冈卓行(1922—2006)费时15年,于1959年发表了处女诗集《冷却了的火焰》,并在"前言"中表示自己对诗的热情的怠惰,始终不断地眺望着的,是"不能扼杀的绝对,与不能回避的状况之间二律背反的关系"。诗人在诗集的卷首诗《石膏》中,在抽象的梦——"绝对"与具象的肉体——"状况"的"二律背反的关系"中,试图保持两者的微妙平衡,即在抽象的梦中浮现出"肉体",在"肉体"的诞生中创造自己崭新的诗。他的诗就是在抒情的梦幻世界里求得精神与肉体的平衡关系中展开：

> 恍如坚冰似的白色裸像
> 悬挂在我的梦中
> 雕刻这裸态的凿痕
> 被我梦中的风吹拂
> 在我充满悲伤的眼里
> 浮现出那副裸像的脸
> 啊
> 想不到你有肉体

清冈卓行的爱情诗的这一基本形态,很明显是受到波德莱尔的《石梦》中那种"恋人形象"的影响。

以抽象的梦作为诗的因素的清冈卓行,在他的《日常》(1962)、《四季素描》(1966)、《坚硬的嫩芽》(1973)等诗集中,还以梦划出人间日常生活的轨迹。可以说,清冈卓行的诗的主要特色,是在梦想与现实的激烈冲突中,反照出"绝对"中生与死的"状况"。因此他的诗有甘美也有悲伤,有安定的灵魂也有不安的叹息,奏出了他的诗的紧张旋律。

二、大冈信的诗歌创作

作为新生代的最重要的诗人大冈信(1931—2017),他的诗以其他战后诗所没有的知性与感性的叠合、韵律匀整与和谐的统一,树立了清新的诗风,给诗坛带来了强烈的冲击。

大冈信创造性地解决了主题与语言的关系,他将主题视为语言的凝固体,要想将其真正化为诗的主题,必须要让它还原到宽广、浩瀚无垠的语言海洋里。这集中反映了大冈信的现代诗艺术的语言观,也是其诗学的原点。这在其诗集《透视图法——为了夏天》(1972)中有很好的体现。这部诗集的每一诗篇都充满了爆炸性的,然而又是美丽的紧张,在这种美丽的紧张中,回响着一种不可思议的诗的语言,给人带来诗的形象的律动和诗的愉悦的感觉,从中获得具有无限生命力的存在感。可以说,它突破既有的诗的语言的传统制约,扩大现代诗的语言,让主题的个性渗透到语言的海洋中,将诗推向一个至纯至美的境界。例如《夜带着雷管》:

> 夜带着雷管走近的时候
> 我变成高压的密室
> 在马上爆发的生面团的山上
> 在闪烁,在震动

大冈信就20世纪50年代的诗及诗语言问题在《浪子的家谱》中作了总结性的评述:

> 这是所谓50年代的诗人们所承担的历史任务。这就是拒绝为了表现某种主题而写诗,即拒绝文学的功利论。诗本身既是主题,而且也是完整的表现,它通过作品本身新提出了作为感受性的王国的诗这个概念。从这个意义上说,50年代的诗,首先作为主题的时代的《荒原》派和《列岛》派的对立面出现了。……从《汜》《今日》及其他的诗人,到50年代末的《鳄》这个时代诗的一群诗人,把感受性看作诗的手段,同时也是目的。换句话说,通过他们的诗来说明彻底地潜入语言的世界,这可能就是诗的目的。他们继续写这样的诗。

20世纪60年代以后,新生代的诗人大多认为诗探求现实的、思想的主题是无意义的,从而主张要重视诗作的独自的语言的自立性。也就是说,诗不是用语言表现外在的、内在的主题,而是以发现乃至创造言语本身的多样性和魅力为目的。因此,诗坛出现多极化的时代,表现在主题的多元化和技法的多样化上,比如天泽退二郎的《早晨的河》、铃木志郎康的《新生的都市》、吉增刚造的《黄金诗篇》、长田弘的《我们新鲜的旅人》等,重视诗的方法论,解体诗的主题,突破了传统诗的理念和技法,探求语言的自律性和多义性,拓展"诗的语言""语言空间",主要通过语言自身的价值,在语言的音乐性和韵律性中创造诗的效果,具有非艺术的倾向,故被称为语言至上主义。

进入20世纪70年代,前半期还存在上述语言至上主义诗论的影响,比如在人泽康夫、那珂太郎、涩泽孝辅、中江俊夫等人的诗作上也反映出来。后半期诗坛则出现了一种创作抒情诗的倾向。比如三木卓、吉原幸子、高

第八章　近现代日本诗歌的转变与发展

桥睦郎、清水昶等,重视在日常性中,或探究人生,或追求爱的情念,或耽于自我救济,创造出自己的诗的独特抒情性。同时中村稔、山本太郎、谷川雁、安西均、富冈多惠子、新川和江等,表现了主题的多元化和技法的多样化。当代诗坛出现了多极化的时代。

第九章　近现代日本戏剧的改良与多元化发展

　　明治维新以后,日本文学走向近代,各个领域都进行着改革。不过,与小说、诗歌的改革相比,日本近代戏剧改良更加复杂、艰巨。主要原因是,日本近世的戏剧相当发达,默阿弥、世阿弥的剧作可以与西方戏剧相匹敌,传统的歌舞伎、狂言仍拥有大量的观众。而且作为传统戏剧主流的歌舞伎的因袭势力很大,它们不仅没有发展现代剧,反而更趋于古典化,保留古风的语言和陈旧的题材,跟新时代并不合拍。同时,明治初期戏剧界有志改革者开始新作实验剧,但由于接受近代剧的观众不多,加上20世纪初电影出现的冲击,这项新剧即近代话剧的实验性工作未能适时地推行下去。在明治维新初期,有人将古典的歌舞伎加以改良,从而出现了"新派剧",但演技幼稚,上演剧目是流行小说改编的。不满于这种状态的人,决心将西方的著名话剧搬上舞台。在演出方面,从第一次世界大战时期开始,由职业演员重新掀起了新剧运动,出现了森田守弥主持的文艺座、市川猿之助主持的春秋座和"新派"俳优的花柳章太郎主持的新剧座。他们主要是上演日本剧作家的作品。1923年,发生了关东大地震,东京的商业性大剧场全部被毁。在国外考察戏剧的小山内薰回国,并由他的弟子、导演土方与志出资兴建了"筑地小剧场",这成为现代戏剧的直接起点。当"筑地小剧场"为提高戏剧艺术不断进行努力的时候,新剧界出现了两个新的动向,其一是由歌舞伎演员组成的艺术主义的剧团"心座",另一个则是"无产阶级演剧运动"。第二次世界大战后,新剧又重新活跃起来。文学座、俳优座、民艺剧团、新协剧团、东京艺术剧场是战后初期主要的剧团。这些剧团推动日本戏剧的多元化发展。

第一节　近代戏曲的探索与改革

　　由于种种原因,戏剧比起小说、诗歌的变革来,是处在滞后的状态。首先出现的是1872年为政者应大夫元和作者的呼吁,为避淫猥、废狂言绮语,提出了歌舞伎改良的方策。同时新闻剧评提出改良的方向,集中在是否要适应上流社会或外国人鉴赏,或有益于庶民道德的规范,还是作为活的历史要忠实史实这三点上。这样的结果,虽然抑制了某些淫猥卑俗的剧

第九章　近现代日本戏剧的改良与多元化发展

目,但又将戏剧艺术作为教化的工具,同时将艺人置于官厅的监督之下,还建立了剧本的检查制度,将戏曲的改良运动纳入了官方的改革理念的轨道上。在这种情况下,将原有剧场改造,由原来的守田座改称新富座,采取股份制的形式,甚至开始构想建设国立剧场。新富座落成,舞台布幕改用西式由下而上升幕,新设外国人专用的席位。

在民间,国剧改良即歌舞伎剧改良的呼声也早就有了。明治七年(1874)神田孝平在洋学者机关杂志《明六杂志》上,发表题为《必须振兴国乐》的文章,写道:

> 方今我邦需改正振兴之事物甚多。有如音乐、歌谣、戏剧也是其中之一。此事虽然似非当务之急,但是也不应猝然地轻视它,不及早着手,恐难期待其获得完全成功……戏剧也应更进一步改正。方今之戏剧淫秽过多,哀伤过多,谎言过多,浓情过多,过多地伤害人心,应该加以妥善地处理。我邦之演员,表演而不唱。而外国演员,演唱相兼,颇为有趣。……在外国著名的文人将创作歌章,改编脚本,附于梨园,让演员表演,这种做法很好。应该说,这是艺园之风雅游乐。且说,剧场规模也不应大肆扩张。大致上以公园地之法度为准。如有摊派的款项或有志者的捐款,亦可购置都会之地,建筑壮丽宏伟的公堂,使它成为庶民娱乐之场所,如若能达到上至皇上,下至平民,同游皆乐,最为美妙。

神田孝平发出戏剧改良论的第一声,主张日本戏剧改革,像西方戏剧那样演唱相兼,让歌剧与科白剧的结合,乃振兴国剧之途。接着担任《东京日日新闻》主笔的福田樱痴,于明治五年(1872)随日本政府派遣的以右大臣岩仓具视为首的使节团,赴欧洲各国考察,观摩了西方近代戏剧后,受到启迪,产生了改革日本戏剧的念头,在该报多篇社论中发表了戏剧改良的意见。他针对当时流行的"戏剧无用论",强调戏剧像文学、音乐一样,是文化的重要组成部分。与此同时,一些学者也将眼光投向西方戏剧,研究西方戏剧发展的历史经验,先后出版了谷口政德的《戏剧史》、久松定弘的《德国戏曲大意》等,逐渐制造了戏剧改良的氛围。

就当时日本的戏剧状况来说,戏剧的革新,实际上首先就是"歌舞伎剧"的革新。明治时代"歌舞伎"代表名优十二世守田勘弥、九世市川团十郎等,在国剧"歌舞伎"改革条件尚未成熟的情况下,他们还是趁着改良新风潮呼声新起之机,率先在某些方面创造了"歌舞伎"改革的业绩。

十二世守田勘弥(1846—1897),本名寿作。他自幼就聪颖过人,雄心壮志,总是幻想着做一番大事业。18岁过继给守田家做养子,于十一世守田勘弥逝后，袭名为十二世守田勘弥，成为守田座的负责人，重金招聘了代表明治时代歌舞伎的两大名优五世菊五郎和七世权之助（其后的团十郎）。同时，他大胆与官界和上层人士交往，梦想创建国立剧场，推进歌舞伎的改革。明治四年（1871），他通过友人、军医总监松本顺介绍，结识了大藏卿大久保利通，后由大久保利通引见，他认识了热心于戏剧改革的内政大臣伊藤博文和戏剧家福田樱痴，为他下一步顺利进行戏剧改革建立了人脉关系。勘弥的改革工作，首先是着手改革歌舞伎剧团的旧经营制度。他接手守田座的时候，剧团负债累累，他果断地废除旧的业主制，改为股份制，这是开剧场股份制之先河。其次，选择市中心交通便利的新富町，建筑大剧场，改良剧场建筑结构，扩大舞台和后台，增加观众席和新设外国人专用席，将守田座改称新富座。这是开西方式大剧场形式之始。新剧场落成后，首演河竹默阿弥新作《三国无双瓢军扇》《月宴升毯栗》。在落成典礼仪式上，使用了当时很时髦的瓦斯灯和军乐队，笼罩欧化的氛围。他们还发挥瓦斯灯的作用，举办迄今未有过的夜场。再次，改变迄今将演员视作"客人的玩物""河原的乞丐"的观念，努力提高演员的社会地位。勘弥的这些改革，取得了一定的成果，他成为"通向日本演剧和剧场现代化的桥头堡"，步入了明治歌舞伎的新阶段。

九世市川团十郎（1838—1903），8岁初登舞台，饰童角。12岁就担纲主角。明治七年（1874），继承市川团十郎的艺业，始沿袭称作九世市川团十郎。他在与河原崎座时代，对扮演的角色非常投入，主张形象化的表演技法，强调"表演喜怒哀乐，都在于脸部的表情和眼睛的神情"。九世团十郎在与河竹默阿弥等的合作下，研究"去虚采实"的新史剧方法，尝试创造明治"歌舞伎"的一种新形式"活历史剧"，即去掉旧史剧的荒诞事件，减少人物的单纯传奇要素，注重史实，以"有职故实"为本，再现当时的风俗为目的。九世团十郎于明治七年（1874）至明治十一年（1878）相继在《新舞台岩石樟树》《吉备大臣》《毒馒头清正》《重盛谏言》《敷革曾我》等担纲的角色，大都是历史上的忠臣义士贞妇一类的人物，并以写意式的写实演技，再现于舞台，强化了"活历史剧"的色彩。不过，当他第一次在《新舞台岩石樟树》饰备后三郎，实行新形式的表演时，与同台演出的其他演员配合并不一致。这次九世团十郎自负独创的演出，总体评价不高，未被观众所认同。

日本戏剧史家秋庭太郎，对于团十郎创造新历史剧的成败得失，在日本新剧史》中作了这样的评价："团十郎通过努力，对扮演角色的人物十分逼真，是个彻底的自然的写实主义者。但这也有艺术上的界限，如果超越了界线，也就会成为恶写实了。"同时，"也不能忽视它促进了新的时代精神。正因为如此，可以说'活历史剧'很好地象征了明治的新时代。"

第九章　近现代日本戏剧的改良与多元化发展

明治政府对"活历史剧"则是采取支持和鼓励的态度，乃至禁演幕府时期町人阶层所欢迎的旧历史剧，或者将某些有名的旧历史剧比如《忠臣藏》的人物改名换姓才让公演。同时，将戏剧改良工作乃至演艺人士置于成立不久的教部省管辖之下，还设立大教院，将"歌舞伎"演员也视为"通俗教育家"。于是，"歌舞伎"创作一时间出现了以考证史实为主，忽视艺术的倾向，走向了古典化、保守化。这期间，为了使原来面向町人阶层的"歌舞伎"，"能达到上至皇上"，推出了所谓"天览剧"，将当时的"歌舞伎"三大名优九世市川团十郎、五世尾上菊五郎、市川左团次召来，从明治二十年（1887）4月26日至29日在皇宫一连演出4天，供天皇、皇后、皇太后所谓"天览"，使他们主导的戏曲改良从形式上达到了高潮。

这时期，默阿弥对这种"活历史剧"有所不满，他在原来的"世态剧"的基础上加以改良，创作了一种"新世态剧"（名为"散切物"），反映明治时代新的风俗和人情世态。他创作的第一部"新世态剧"《缲纵开化归美月》，于明治七年（1874）在守田座由彦三郎、菊五郎、左团次等名优主演，获得了较好的评价。此后他连续写下了《富士额男女繁山》《月梅薰胧衣》《水天宫利生深川》等"新世态剧"佳作。许多年轻演员努力钻研这种"新世态剧"的世界，创作了《开花春东京新闻》《娼妓诚开化夜樱》等，尤其后者是以吉原全瓶楼名妓今紫的事迹进行创作的，迎合了文明开化后的世俗兴味，在大阪上演，博得庶民观众的很高评价。

如果说，这时期九世团十郎推动"活历史剧"的发展，那么，五世尾上菊五郎在开创表演"新世态剧"方面也做出不可忽视的贡献。这种"新世态剧"之所以称作"散切物"，是男角剃去传统的发髻，梳理成西方的发型，穿西服，表演明治时代的新风物。文久二年（1862），五世尾上菊五郎在河竹默阿弥的新作《弁天小僧》中，以其明朗、潇洒的艺风，表演了反映明治以前所想象不到的新情景、新状况。迎合了改革运动中的新潮流，从而确立了他在当时歌舞伎剧坛的地位。应五世菊五郎之邀，默阿弥先后创作了28部"新世态剧"。五世菊五郎与九世团十郎于明治三十一年（1898）前后的密切合作，成为这个时期歌舞伎剧的两大台柱。

在戏剧改良运动中，上述最早提倡戏剧改良人物之一的福地樱痴，与九世市川团十郎一样，提倡"活历史剧"运动。首先，福地樱痴主张日本戏剧的改良，是渐进式的改良。他认为日本的脚本特别是"净琉璃"脚本比较浅薄，国剧的改良，应首先从改良剧本开始。于是，他专心于创作历史剧。但他的勤王意识浓重，忠君爱国成为他的思想根底，与九世市川团十郎非常合拍，他创作的历史剧也多为"活历史剧"的模式，主要以忠臣、义士、贞妇为主人公。他于明治二十四年（1891）至二十六年（1893）期间，创作了

《日莲记》《春日局》《太阁军记》《关原誉凯歌》《大久保彦左卫门》等剧作,由九世团十郎主演,获得观众好评,仅就剧本而论,他谋求旧剧与新国剧的调和渐进,吸纳了西方剧的某些近代的知性,淡化当时"活历史剧"那种"正史古实至上"的极端写实的色彩,可以说这也是一种进步。其次,在戏剧改良运动中,呼声最高之一,就是改良剧场。至明治二十二年(1889),福地樱痴率先实现了剧场的改革,学习和参照西欧近代剧场的建筑模式,结合国剧"歌舞伎"表演程式的需要,建设了前所未有的大工程"歌舞伎座"的新剧场。它取代了江户时代的"戏棚",建成洋式风格的现代剧场,创新了歌舞伎舞台,推动上演新作,给戏剧界带来新的机运,这成为国剧"歌舞伎"走向近代的标志之一。最后,福地樱痴为扩大"歌舞伎"剧本的来源,打破旧习,网罗一批戏剧圈外的创作者包括学者和作家投身于剧本的创作,并提高他们的社会地位。在樱痴的支持下,他们共创作了数十部作品,在歌舞伎座公演,给戏剧界注入了知性的因素和新的活力。此时,福田樱痴处在全盛期。

这一时期,与明治政府推行"欧化主义"相适应,形成"歌舞伎"进入了欧化改良的时期。一方面,它虽然受到上层人士的欢迎,但不易为执着于江户时代生活感情的一般庶民所接受,剧坛内部也就艺术与史实、艺术与教化的问题,产生了意见的分歧。另一方面,东京歌舞伎座改由实业家经营,由福地樱痴担任专职剧作者,成为"活历史剧"的推进者和指导者,更紧密地与政治结合。戏曲的改革更接近政治。它们不仅没有促进和发展近代歌舞伎剧,反而更趋于古典化、保守化,保留古风的语言和陈旧的题材,缺乏近代性,与新时代并不完全合拍。因此,以"活历史剧""新世态剧"为代表的戏曲改良的产物,对近代剧坛和其他演员影响不大,存在的时间不长,至明治二十年代就走向衰微。

第二节 新剧运动与话剧的兴起

日本戏剧经过近代革新,于 1909 年前后有组织地开展了新剧运动。在日本戏剧史上所称的"新剧",在广义上说,是有别于旧歌舞伎的新派剧、"活历史剧""新世态剧";从狭义来说,是指近现代话剧。日本近现代的话剧,其标志是小山内薰、市川左团次发起建立的自由剧场,以及坪内逍遥、岛村抱月创办的文艺协会,两者并行,成为新剧运动的起点。

一、小山内薰与自由剧场

小山内薰(1881—1928),生于广岛一个军医家庭。他在家庭职业的环

第九章　近现代日本戏剧的改良与多元化发展

境下,曾一度志愿当军人。在上东京府立普通中学时,受同学的影响,开始爱好文学,尤其是醉心于外国戏剧。经第一高等学校进入东京帝国大学后,给森鸥外主持的《万年草》杂志投稿,结识了森鸥外及其周围的剧作家和戏剧家,经常出入剧团。从 1904 年起,先后改编莎士比亚的原作《罗密欧与朱丽叶》、伊原青青园创作的《子烦恼》,以及协助导演岛崎藤村原作改编的《破戒》、夏目漱石原作改编的《我是猫》,从此时期开始了戏剧活动。1906 年从东京帝国大学英文科毕业,开始翻译介绍西洋近代戏剧。翌年的 1907 年,他同第二代市川左团次创立自由剧场,开始了新剧运动,企图通过翻译剧的实验性演出,探索新剧发展的道路。

　　小山内薰成立自由剧场之初,于 1909 年发表了《致演员 D 君》一文,认为日本要兴起"真正的翻译时代";在无剧场的一个小试演团体里结集有志的演员,为这些演员开辟小小的路;当务之急是"让外行人成为演员",同时也让"演员变成外行人";反对演剧商业化,建立"无形剧场",取消剧场内设茶室的陋习。总之,其中心思想是:发展近代戏剧运动,引进翻译剧来带动新剧的创作,重要的是要确立近代的自觉。

　　自然主义剧作家真山青果于 1909 年发表了题为《播新种子》的文章,对小山内薰的上述戏剧主张和自由剧场的运动问题提出了批评,从而引起关于如何开展日本新剧运动的讨论。真山青果的主要论点是:第一,今日的演员如此眷恋旧艺术,也不是不可思议的。但一个真正的艺术家比起忠实于观众来,首先更应忠实于自己的艺术。第二,新的戏剧,必须从一个全然不同的方面产生。介绍外国剧和旧剧只是戏剧事业之一,要播新的戏剧种子,就是在贫瘠的土地、砂地也要让播下了的种子发芽,即要创造新的戏剧。第三,要让观众也进步。这三个问题的解决要静待时机的成熟。接着小山内薰发表了《首先要获得新土地》进行反论:首先强调在贫瘠的土地上即使播下再多新种子,也是发不出芽来的,所以自由剧场的计划,毕竟是要获得新的土地的运动;其次,认为自由剧场的运动绝不是从外进入内的运动,而是从内向外爆发的运动;再次,从这种理论出发,认为一个自觉的演员要拒绝承认绝对服从剧本的价值判断,同时警告不能忽视存在将导演看作歌舞伎的道具师的危险。事实上,小山内薰和真山青果的论述,在表达方法上存在某些差异,在根本性问题上似乎不存在大的分歧,相反通过这次讨论,进一步确立和完善小山内薰的戏剧理论。

　　以小山内薰的新剧理论的构建为契机,自由剧场开始以移植西方近代剧(话剧)为主,首先公演了易卜生的《约翰·盖布里埃尔·博克曼》。小山内薰在排练这部戏时,特别发表文章主张上演新剧,不能沿用旧剧或新派剧的演技法,而应采用新的表演法。自由剧场公演易卜生的《约翰·盖布里埃尔·博克曼》,揭开了日本新剧的序幕。其后陆续上演了高尔基的《夜宿》、梅特林克的《奇迹》、霍普特曼的《寂寞的人们》、契诃夫的《樱园》、安德列夫的《星的世界》、布柳的《信仰》等写实主义、自然主义、浪漫主义和象征主义的剧作。在自由剧场公演的这些西方近代剧,许多都是由森鸥外和小山内薰翻译的。小山内薰介绍和翻译西方近代剧的作用,仅次于森鸥外。

自由剧场断断续续活动了10年,解散之后,小山内薰为进一步推进日本的新剧运动,以《戏剧与评论》杂志为据点,发表了许多论文,主张建立"戏剧实验室"和导演的机制,以及进一步提倡日本剧作家创作自己的剧本等。同时他于1912年访问欧洲,学习并引进威廉·阿查的戏剧论和斯坦尼斯拉夫斯基的表演理论,由此从单纯上演西方近代剧,进入了一个研究西方戏剧理论和艺术方法的新阶段。1921年,小山内薰发表了《第一的世界》,提出自己的戏剧方法论,主要强调:除了时空,不受任何舞台的束缚;只写人与人之间的关系;不应勉强规定作品的中心思想;要从一切戏剧性的状态下解放出来;艺术的目的,是提供问题,不是解决问题;话剧的主体是对话;剧本尽可能简练。1922—1923年,小山内薰还发表了《导演的任务与权威》《小剧场与大剧场》《平民与戏剧》等,继续开展理论活动。小山内薰本人也在戏剧创作中加以实践,写了创作剧《西山物语》《丈夫》《最底层》《天主教信长》《森有礼》《金玉均》,改编剧《绿色的早晨》《尘境》《儿子》,以及传统剧改编的《倾城浅间狱》《国姓爷合战》《博多小女郎》等。其中比较有代表性的是《丈夫》和《最底层》,两剧集中反映了小山内薰的上述戏剧创作思想和方法,为日本戏剧创作打下了理论和实践两方面的基础。

当时年轻的剧作家大多倾向新浪漫主义、象征主义,小山内薰积极扶助日本的新浪漫主义和象征主义的剧作家,如吉井勇、长田秀雄等。吉井勇早期加入新诗社,作为"明星派"的诗人而得到承认,后在自由剧场、文艺协会促进的新剧黎明期的运动的鼓舞下,开始创作剧本。其中在自由剧场上演的,有《鸥外的死骸》《偶像》《梦介与僧人》《河内屋与兵卫》等。他的戏剧从内容到手法都注重自由奔放的新的浪漫性格,表现象征、冥想、梦幻和神秘的倾向,具有浓厚的官能性的神秘主义色彩。吉井勇后期的戏剧创作改变了象征剧的风格,倾向市井现实的写实剧,如《俳谐亭句乐之死》等。在市井剧的艺术世界,他与久保田万太郎齐名。他将上演的剧本合集出版了《下午三点》《杯》等8个剧本集,在近代戏剧史上占有特殊的位置。长田秀雄先后参加新诗社和自由剧场运动,但他深受易卜生和契诃夫的影响。其戏剧创作方向与吉井勇、木下奎太郎迥异,大多具有写实的倾向。处女剧作《欢乐的鬼》,是一部暴露博士夫人生下低能儿后给家庭所带来的苦恼和悲哀的写实剧,但它仍然是按照"艺术的目的,不是解决问题,而应该是

第九章 近现代日本戏剧的改良与多元化发展

提供问题"的创作原则。此后他还连续写了《饥饿》《死骸的哄笑》《产院》,以及《说谎》《恶鬼跳跃》等揭露和讽刺社会世相的喜剧。其间还写了多幕历史剧《大佛开眼》而获得好评。吉井勇和长田秀雄在自由剧场运动中,为开拓日本近代戏剧也做出了自己的贡献。

二、文艺协会与新剧运动的继续

新剧运动的主力之一是文艺协会。为了进一步促进近代戏剧的发展,坪内逍遥于1906年让自己的弟子、从欧洲留学回来的岛村抱月组织了文艺协会。文艺协会以早稻田大学为依托,是一个综合门类的文艺组织,在戏剧方面,首先推动翻译西方剧本的工作,其最终目的是创造新国剧以代替旧歌舞伎,最终走向话剧。下面重点说说坪内逍遥和岛村抱月。

坪内逍遥(1859—1935),原名雄藏,别号春迺舍胧、小羊子等。他原是一个政治科的大学生,因为平日多与小说接近,遂把趣味倾向到文学上去。坪内氏的功绩,第一步是对于小说界的贡献。明治十八年(1885)发表《当世书生气质》。这是模仿了西洋小说写成的东西,和之前的日本小说大异其趣。里面所写的是8个求学的青年在首都东京过着奔放生活的情形,以维新后的新空气做背景。日本写实风的小说,第一部就是这《当世书生气质》。《当世书生气质》一时颇引起文坛的议论,同年,坪内逍遥又发表了一本《小说神髓》,主张小说的主旨在人情的描写,排斥向来劝善惩恶政治宣传的主义,并论及小说的起源、变迁及批评等。这部书一方面是《当世书生气质》的解释,另一方面又是指导小说原理的东西。给后来的日本文坛,开了一条先路。坪内逍遥在《当世书生气质》以后,也曾写过好几篇小说,可是都不曾出名。他断念于小说以后,专心在戏剧上努力。他所作的剧本,第一部是明治二十九年出版的《桐一叶》,此外,如《孤城落日》《牧者》《义时的结局》《名残星月夜》《阿夏狂乱》《良宽与保姆》等,都很有名。他所作的戏剧,大部分是所谓"新歌舞伎剧",立足于史实,用日本传统的"歌舞伎剧"的方法表演。总的来说,坪内逍遥在戏剧上的功绩在于历史剧的确立和悲剧的开拓。

岛村抱月(1871—1918),生于岛根县,就读于东京专门学校(后来的早稻田大学)。毕业后从事新闻工作,担任过母校的讲师,后来留学欧洲。1905年回国后,担任早稻田大学文学部讲师和文艺协会干事。《早稻田文学》复刊后,他还从事过文学评论工作。岛村抱月曾在自然主义文学创作的上升期发表了《文艺上的自然主义》《艺术和现实生活之间划一线》《代序·论人生观上的自然主义》《自然主义的价值》等文章,认为"作为真正的自然派的精神，就是要作内面的写实"；主张将人的本能作为中心概念，把本能作为"贴近自然"的重要内容。同时他又批评将自然主义视作只描写兽性、本能满足的谬见，他的文论推动了自然主义思潮的发展。岛村在文艺协会时，教授西方近代戏剧的创始者易卜生的戏剧。易卜生的社会问题剧的表现自我完善和个性解放的主题，具有较高的艺术和社会价值，在当时深受观众的欢迎。1906年，易卜生去世，日本戏剧界掀起了一股"易卜生热"。文艺协会第二次公演的就是由岛村抱月导演的易卜生的戏剧《玩偶之家》，松井须磨子扮演娜拉，她演技高超，大大提高了近代剧的声誉。

文艺协会从1911年在帝国剧场第一次公演《哈姆雷特》，到1913年第六次公演《尤利乌斯·恺撒》的两年期间，陆续上演了易卜生、萧伯纳、苏德曼等人的近代剧。当时日本剧场尚未培养出女演员，仍按传统戏曲的办法由男演员扮演女角。其后在经营上遇到困难，除了筹划成立戏剧研究所，一事无成。岛村抱月就恳请坪内逍遥直接领导协会的工作。坪内逍遥在1910年出任文艺协会会长后，取消了文学和美术门类，正式成立了戏剧研究所，专事戏剧运动。文艺协会比起剧本创作来，更重视演员的培养，戏剧研究所开始采取招收男女同班学习的形式，培养出日本首批女演员，其中佼佼者有松井须磨子。文艺协会所培养的演员，与藤泽浅二郎的东京演员学校所培养的演员，成为当时从事新剧运动的主力，这对其后的戏剧教育体制产生了很大的影响。戏剧研究所还研究改良歌舞伎问题，主要志向于发展新国剧。虽然文艺协会在戏剧创作方面没有什么重大的成绩，但它为即将兴盛的近代剧奠定了一块重要的基石。文艺协会在1913年演出了《走向星的世界》《信仰》两剧后宣布解散，而后与新剧运动发起人小山内熏、市川左团次组建的自由剧场合并，后又分化为艺术座、无名会、舞台协会等几个剧团，随之还成立了很多小剧团，出现了戏剧史上被称为"群小新剧团"的局面。

在文艺协会解散后，岛村抱月成立了以松井须磨子为台柱的艺术座，团结一批剧作家、小说家，如秋田雨雀、中村吉藏、楠山正雄、森鸥外、谷崎润一郎、有岛武郎、长田秀雄、小山内熏等协助翻译西方剧和创作新剧，并搬上舞台。他还抱着"谋求改善和普及文学、美术、演艺，以提高社会风尚"的目的，在戏剧领域致力于推动新剧的"大众化"，以重振新剧运动。艺术座坚持经济上的自立和高度的艺术性的方向，对新剧运动产生积极的影响。在筑地小剧场成立之前，它成为新剧运动的指导中心。

1918年岛村抱月、松井须磨子相继辞世后，艺术座解体。小山内熏于1919年发表了《近代戏剧的路径》之后，转而专事戏剧理论和评论活动。这一年，由于经济原因，自由剧场也事实上停止了活动。由此，新剧运动一时

第九章　近现代日本戏剧的改良与多元化发展

失去了指导中心。与此同时,新派剧也仿效新歌舞伎的模式,精练演技而获得新的发展。特别是泉镜花的一些小说改编新派剧成功,成为新派剧的代表剧目。泉镜花本人也创作这一模式的剧本。这大大刺激新派演员登上近代舞台的热情。还有退出艺术座的泽田正二郎于1917年创立新国剧,采取"前进一步,后退半步"的方针,以求自主经营新国剧,推动戏剧活动的开展。由于上述诸种因素的综合作用,近代伊始开展的新剧运动进入低潮。

自由剧场、文艺协会、艺术座虽然已不存在,但它们的活动对新剧运动产生了深远的影响,一方面,话剧作家的创作热情依然没有消退。另一方面,许多有实力的小说家也涉足戏剧创作。当时三足鼎立于文坛的新浪漫派、白桦派、新思潮派的许多第一线作家,如长田秀雄、吉井勇、永井荷风、谷崎润一郎、久保田万太郎、武者小路实笃、有岛武郎、长与善郎、里见惇、仓田百三、久米正雄、山本有三、菊池宽等都从事戏剧创作,继续有力地支撑着新剧运动。

更具个性的白桦派和新思潮派的戏剧创作,在促进话剧创作的繁荣和整个新剧运动的继续发展方面,起到了决定性的历史作用。这便是岸田国士在《近代戏剧选》一书解说中所称的"两种戏剧时代"的到来。"两种戏剧时代"之一的白桦派,在它的作家群中,只有志贺直哉一人没有写作剧本,其他作家,如武者小路实笃、有岛武郎、里见惇、长与善郎、仓田百三等,都积极投身于戏剧创作。其中,武者小路的戏剧创作,首先高举新理想主义的火炬,给剧坛带来了新时代的光明。他的剧作不仅塑造了众多的追求人类的爱与美的永恒理想的人物形象,热烈地表现了生命力量的思想,投射出作者人道主义、理想主义的强烈信念,而且一反既成的戏剧理念和方法,表现形式自由奔放,创造出一种适应于话剧表现的语言文体,这与歌舞伎的古典文体、易卜生社会剧的翻译文体和情调剧的空洞美文体完全不同,它给当时习惯于朗诵方式的歌舞伎、新派剧演员提供一个适应话剧台词的机会。因此,许多剧团都将武者小路实笃的戏剧搬上话剧舞台。武者小路的优秀剧作《人类万岁》是一部狂言式的喜剧,作者充分发挥奔放的艺术想象力,描写宇宙的创造者和主宰者"神",充当"生命天使"战胜清教徒式的"道德天使",讴歌了生命的力量和人类的未来,祝福"人类万岁"。堪称"戏剧时代"最高杰作的《他的妹妹》,剧中的主角、一个很有前途的画家,由于战争而双目失明,事业受挫,让他的妹妹记录了他所讲述的心中的反战感情,作为演说词,向战争提出了控诉。该剧于大正六年(1917)三月由舞台协会试演,一举成功。武者小路的通俗戏剧《爱欲》,通过一个天才画家中野英次,误闻其妻千代子爱上同样是天才演员的哥哥信,产生了嫉妒,杀了妻子的故事,深刻而逼真地揭示了人的猜疑、嫉妒和憎恶的阴暗的心理。这些剧作,对于后来者山本有三、菊池宽,乃至久保田万太郎等人产生了积极的影响。白桦派作家中,长与善郎的《项羽与刘邦》、仓田百三的《出家人及其弟子》、里见谆的《爱憎不二》、有岛武郎的《死及其前后》等,都成为优秀的观念剧剧目,获得剧评界和观众的好评。

"两种戏剧时代"另一个是新思潮派,最先走进戏剧创作并搬上舞台而获得喝彩的,是久米正雄的处女作《牧场的兄弟》,接着他写了《阿武隈殉情》《地藏经的由来》《三浦纺织厂老板》等反映工农生活的故事,开了社会剧的先河。山本有三以处女作《洞穴》描写了某矿山坑内矿工的非人生活而走进剧坛。从此他一发而不可收,还写下了《津村教授》《生命之冠》《杀婴》等社会剧,以对人性的深刻洞察,和对人生精神世界的把握,以及将主题精神和舞台技巧浑然结合,达到了圆满的艺术表现,进一步树立自己质朴的风格。与此同时,菊池宽发表了《屋顶狂人》《父归》等,他的小说《忠直卿行状记》等也被改编成剧本搬上舞台。

以"白桦派"和"新思潮派"为代表的"两种戏剧时代"的剧作实践,促进戏剧创作的兴盛和新剧运动的高涨。这一时期,以戏剧创作而置于同时代的文学整体中的著名小说家、剧作家,还有泉镜花、正宗白鸟、久保田万太郎、秋田雨雀,以及永井荷风、谷崎润一郎、葛西善藏、佐藤春夫等,他们对"戏剧时代"的新剧运动高潮的出现,也做出了自己的贡献,起了很大的推波助澜的作用。

与此同时,新剧运动受到新兴的"民众艺术论"的影响,提出"为民众而演剧"的口号,开展民众艺术运动。秋田雨雀在这方面的工作就很有建树。秋田雨雀于明治四十二年(1909)写了处女作《纪念会前后》以后,一发而不可收,陆续写了《第一个拂晓》《被埋没的春天》《三个灵魂》《佛爷与幼儿之死》《国境之夜》等,兼融了浪漫主义、写实主义与象征主义的多彩表现手法。

从话剧演员队伍来说,自由剧场时代,是歌舞伎演员、新派剧演员演话剧。在自由剧场解散之后,筑地小剧场成立之前这段时间,还是继承自由剧场的传统,由歌舞伎的中坚演员演出话剧。比如,二世市川猿之助的吾声会、十三世守田勘弥的黑猫座、六世尾上菊五郎的狂言座等,都相继上演新进作家创作的话剧剧目,对于促进上述话剧创作的繁荣,起到了不可忽视的历史作用。二世市川猿之助和十三世守田勘弥合作成立文艺座,专门从事话剧的演出,上演了武者小路实笃的《我也不知》《某目的一休》《二十八岁的耶稣》《人类万岁》,菊池宽的《忠直卿行状记》《恩仇的彼方》《一对兄弟》,山本有三的《津村教授》等,接着帝国剧场上演了菊池宽的《屋顶狂

第九章　近现代日本戏剧的改良与多元化发展

人》、武者小路实笃的《一日的素盏鸣尊》、谷崎润一郎的《阿国与五平》、山本有三的《指曼缘起》、有岛武郎的《断桥》等，以其清新的表演而获得成功。群小话剧团也争相公演上述三派作家的剧作，如仓田百三的《出家人及其弟子》、山本有三的《生命之冠》、久米正雄的《三浦纺织厂老板》等，都收到了新鲜的舞台效果，给新剧运动带来了新的活力。此时话剧已形成与歌舞伎、新派剧完全不同本质的属性，在创作和表演两方面的成熟，造成话剧继续发展的新机运。

第三节　现代戏剧的直接起点——筑地小剧场运动

近代戏剧的先驱者、自由剧场的创始人小山内薰两次出访，考察了英、法、苏等欧洲国家的戏剧现状，深感戏剧是现代欧洲的象征。尤其是从莫斯科艺术的运营和创作经验来看，以及与斯坦尼斯拉夫斯基的邂逅，受到很大的启迪，改变了他在自由剧场时代依靠歌舞伎演员演新剧的观点，自觉到日本新剧必须培养新剧演员，才能进入一个"技艺时代"。他回国后不久，创办《戏剧与评论》杂志，热情地介绍新的表现主义戏剧；同时支持刚从德国留学归来的无名青年导演土方与志。而土方与志则用自己的私有财产建设常备剧场——筑地小剧场，保证新剧的正常公演；并注重培养演员，探索演员艺术的新的创造方法，以重新振兴现代的新剧运动。于是，1924年创建的筑地小剧场，以及确立的新剧场模式：演员剧团、常备剧场、戏剧学校三位一体，成为现代新剧的直接起点。

剧场正式公演前，由庆应戏剧研究会在庆应义塾大学大厅举行了一次戏剧讲演会，邀请筑地小剧场的小山内薰、土方与志等同人讲演。小山内薰在题为《筑地小剧场与我》的讲演中，断然地表示：他作为导演，"从日本既成作家的创作中，激发不起任何导演的创作欲望"，完全否定"两种戏剧时代"的戏剧创作。这一席讲话，引起了当时已驰名日本剧坛的话剧剧本作家菊池宽、山本有三、久米正雄、岸田国士、久保田万太郎等剧作家的反对，并且群起抵制筑地小剧场。

小山内薰一度受到当时文坛的孤立。因此，筑地小剧场创办伊始，几乎无人为他们提供新创作剧本，西方翻译剧便占据着舞台的中心位置。上演的西方翻译剧，包括易卜生的《群鬼》、契诃夫的《樱桃园》、莎士比亚的《威尼斯商人》等，取得很大的成功。其中契诃夫的《樱桃园》的演出，小山内薰采取斯坦尼斯拉夫斯基的手法导演，更是好评如潮。据统计，筑地小剧场5年期间公演的剧目共117部，西方翻译剧就占90部，上演日本创作剧为数不多。尤其是创立后前两年即在1926年3月公演坪内逍遥的《角色的修行》之前,全部上演西方翻译剧,就此,菊池宽、山本有三等在《演剧新潮》举办的一次座谈会上,公开反对小山内薰的这种做法,声言要促使筑地小剧场反省。山本有三批评翻译剧多有误译或意思不通的生硬译文,这样介绍外国剧,对日本话剧是毫无裨益的。菊池宽也批评翻译剧。由此开展了一场"筑地小剧场论争"。

小山内薰强调了筑地小剧场的使命,就是要完全脱离歌舞伎剧、新派剧的传统,努力创造出未来的戏剧。与此同时,他认为剧本的价值和戏剧的价值是完全不同的事情,强调了戏剧世界是由剧本、演员、观众三大因素构成。他强调的戏剧世界三因素中,演员的表演是最重要的因素,比起剧本的价值来,他更重视表演的价值,重视演出的效果。因此,他对演员的发声和表演动作施以严格的训练。

筑地小剧场通过现代创作剧的演出活动,培养了一批话剧新人,如著名的话剧剧作家、导演、演员藤森成吉、杉村春子、千田是也、岸辉子、泷泽修、山本安英等,当时都参加了筑地小剧场发起的现代话剧运动。

与此同时,无产阶级戏剧运动兴起,直接影响到筑地小剧场已无法主动掌握上演的剧目。这时作为发起人的土方与志主张重视思想性,以公演马塞创作的《夜》为契机,也开始转向左翼戏剧,受到了剧场内的进步演员的支持,却引起了坚持艺术至上主义的演员的反对,由此与主张"戏剧以诗、情绪和梦为最重要"的小山内薰,在艺术观上产生了分歧。这时,小山内薰提出了采取"艺术剧场"的运营方针。筑地小剧场内部还有青山杉村、北村喜八等,也是站在反对政治主义倾向的立场。由此,筑地小剧场内部产生了裂痕。

筑地小剧场内部主张艺术至上主义的艺术派杰出人物是久保田万太郎,代表作是四幕剧《大寺学校》。该剧以明治末期的东京浅草地方为舞台,展现了一个平凡的故事:一个以自己名字命名的大寺学校校长,以旧式方法办学,跟不上时代的步伐。在迎接二十周年校庆之际,大寺校长耳闻其老友鱼吉在大寺学校附近提供一块土地,创办一所新型的公立学校,深恐竞争不过对方,于是自酌自饮,低吟近松的歌来排解心中的忧愁。这剧作表现了落后与进步的对立,人情与义理之间的纠葛,从一个侧面反映了明治时代的历史进程中个人的宿命。从戏剧的布局、结构、情节发展和结尾,虽与西方现代话剧相似,但这是一出纯日本式的抒情剧。该剧于1928年在筑地小剧场上演,被认为是筑地小剧场创立以来艺术派戏剧的最高杰作。

1927年,小山内薰和秋田雨雀赴苏联访问莫斯科艺术剧团,受之影响,小山内薰承认他过去在筑地小剧场包括自由剧场的工作中有错误,回国后

第九章　近现代日本戏剧的改良与多元化发展

决心引进该剧团的写实主义剧本。1928年12月25日,小山内薰与土方与志决定1929年度上演无产阶级作家的剧目。当日,小山内薰猝逝。翌年4月,筑地小剧场由于上演了高尔基的《底层》,内部对立意见表面化,剧团主张艺术至上的主流派公开排斥土方与志。由于内部戏剧艺术理念的不同,剧目编排和经营方针的不同,加上小山内薰殁后的剧场领导权之争,以及1925年末无产阶级戏剧运动的兴起,这些内外的因素,最终直接导致了筑地小剧场的完全分裂,从此结束了所谓筑地小剧场时代。小山内薰作为一个戏剧理论实践家保持了30年剧坛的领导地位,并指导后进,为日本剧坛做出了重大贡献。由于小山内薰的努力,筑地小剧场成为日本新剧的团体。它通过自己的实践,实现了小山内薰的"为未来"而存在的预言,它所培养的一大批剧作家、导演、演员和舞台美术家,在后来的各个历史时期,都起了骨干作用。

筑地小剧场分裂后,土方与志与丸山定夫、山本安英、薄田研二、伊藤晃一、高桥丰子、细川和歌子六人,联袂创立新筑地剧团,主流派则改称筑地小剧场剧团。这两个剧团的成员是非常复杂的,前者以左派和进步的中间派为主体,后者是艺术至上主义、自由主义、自治派左翼的混合体。筑地小剧场的分歧,反映了20世纪20年代末30年代整个话剧运动的状况:是写社会剧还是心理剧,是追求戏剧与政治结合还是艺术至上的两种对立戏剧观和艺术观。筑地小剧场分裂后的两个剧团虽然在戏剧艺术理念上存在某些歧见,但从它们演出的剧目来看,其选择进步的戏剧运动方向是一致的,并且都参加了左翼戏剧运动。其中,以土方与志为代表的新筑地剧团,接连上演了金子洋文描写企图闯入政界的人的悲惨结局的《飞歌》、高田保改编片冈铁兵原作的讽刺资本主义社会的《活玩偶》、前田河广一郎的《拉斯普廷之死》,以及高尔基的《母亲》等进步戏剧。这些进步的、无产阶级的戏剧受到普罗大众热烈喝彩,风靡于一时。

筑地小剧场虽然只存在5年,但对日本进步戏剧运动的发展有很大影响。1924年在东京筑地建造的供新剧演出使用的剧场,采用西欧近代舞台结构,可容纳观众497人。第二次世界大战期间改称为国民新剧场,1945年因战火而烧毁。

第四节　村山知义等与无产阶级戏剧的创作

20世纪20年代以后,日本无产阶级文学运动勃兴,日本剧作家普遍倾向进步,开展进步的戏剧运动。平泽计七成立劳动剧团,推进社会主义剧、民众剧运动,《播种人》举办的戏剧活动和先驱座的试演活动,以及已经拥有一定地位的剧作家秋田雨雀、中村吉藏、小川未明成立"三人会",倾向社会主义潮流,对无产阶级文学产生共鸣。其后,这"三人会"中,小川未明离开了运动,中村吉藏转向历史剧,只有秋田雨雀仍然坚持原来的运动方向。同时,由青野季吉、千田是也、林房雄、前田河广一郎、叶山嘉树等组织无产阶级剧团前卫座,积极活跃在剧坛上。他们宣言成立剧团的目的,是"向创造健全的戏剧迈进。健全的戏剧,将人类引向光辉的未来",并"在戏剧的内容和表现形式上,开拓前人未踏足的境地"。他们将许多进步的剧目,都搬上了筑地小剧场的舞台。前卫座在目的意识、规模、剧团的活动和影响诸方面,对于无产阶级戏剧运动的兴起,起了很大的促进作用。可以说,前卫座的成立,掀开了无产阶级戏剧史的第一页。由于无产阶级政党内部的路线斗争,日本无产阶级艺术运动,也不可避免地卷进了日本无产阶级文艺运动无休止的分裂—统———分裂这个循环中。无产阶级艺术联盟(普罗艺)的分裂,成立劳农艺术家联盟(劳艺),不久"劳艺"又分裂,组织前卫艺术家联盟(前艺)。无产阶级戏剧运动内部,也围绕无产阶级戏剧运动的指导理论,以及无产阶级戏剧的政治与艺术的关系问题,展开了无休止的论争。前卫座由此引起分裂,双方围绕"前卫座"的名称,展开争夺战。1928年,"前艺"与"普罗艺"合并,成立全日本无产者艺术联盟("纳普")。"纳普"第一任委员长藤森成吉,非常重视戏剧领域的工作,日本无产阶级文艺运动团结在"纳普"的旗帜下,统一组成左翼剧场,并以此为中心,于1929年2月成立了日本无产阶级戏剧同盟,发表了纲领和活动方针。日本无产阶级戏剧同盟创办戏剧研究所,创刊《无产阶级戏剧》杂志,并由村山知义建立东京左翼剧场,发表和上演了许多优秀的无产阶级戏剧剧本和剧目,同时许多地方剧团比如静冈县的前卫座、大阪的战旗座等,也加盟无产阶级戏剧同盟,促进了无产阶级戏剧运动的高涨。可以说,藤森成吉和村山知义是无产阶级戏剧创作的重要支柱。下面重点说中村吉藏、秋田雨雀、藤森成吉、村山知义、久保荣的无产阶级戏剧创作。

一、中村吉藏的戏剧创作

中村吉藏(1877—1941),本名德三,生于青森县,商人世家出身,但他对家业不感兴趣,而爱好文学。考入东京专科学校(今早稻田大学前身),师从坪内逍遥、岛村抱月等名家,以创作小说起步,开始对生活在社会底层的工人的关心,立志于社会改良而留学欧美。在留美期间,观摩了易卜生等的近代剧,转而对戏剧产生了兴趣。1910年回国后写了《牧师之家》,在翻译剧流行时期搬上舞台,意义非常重大,被认为是话剧运动的最早的"战

第九章　近现代日本戏剧的改良与多元化发展

声"。艺术座创立后,担任该剧团的剧本创作部主任,创作了《世间》《老后》等剧,由艺术座台柱松井须磨子担纲主演,获得好评,成为艺术座的代表剧目。1914年,从事印度哲学和世界语的研究,先后出版了戏剧集《三个灵魂》《佛陀和幼儿的死》《国境之夜》《骷髅的跳舞》。同时,思想逐渐倾向于社会主义,参加各种社会活动。曾创办剧团"先驱座",创作了社会剧《剃刀》《饭》《真正人间》《爆发》等。不过,他在后半生则转向创作历史剧。《剃刀》是独幕剧,描写贫穷家庭出身的为吉,小学以优异成绩毕业,无钱升学,当了理发匠,而富人家庭出身的同班同学冈田则继续升学,学成后当了议员,衣锦还乡。他到为吉的理发店理发。为吉面对冈田,想起自己的艺伎出身的老婆,昔日曾遭冈田的戏弄和作乐,觉得社会不公平,生下来就存在贫富之差的不同命运,决定一个人的一生,他愤愤不平,产生了嫉妒,在给冈田刮脸时,将剃刀切入冈田的脖颈。该剧上演,引起劳苦大众的共鸣,博得旺盛人气,压倒了所有当时上演的话剧。

二、秋田雨雀的戏剧创作

秋田雨雀(1883—1962),生于青森县一个贫寒的家庭,学习刻苦努力,1907年毕业于早稻田大学英文科,同年在小山内薰主办的《新思潮》杂志担任记者。他较早地受到自由思想影响,在文学上主要受俄国文学的影响。在文艺协会和自由剧场的感染下,对戏剧发生了极大的兴趣。1909年,《早稻田文学》杂志发表了他的第一个独幕剧《纪念会前后》。接着发表了《暗室》《权三之死》《第一个早晨》《森林与牺牲》《池边》等短剧。他初期的剧本具有浪漫主义的散文诗的倾向,而且经常使用象征主义的暗示手法。进入大正期以后,逐渐接近现实主义。1913年出版了他的第二本戏曲集《被埋葬的春天》。1918年出版了第三本戏曲集《三个灵魂》,其中包括《土地》《少年之死》《东方的星》《最后的晚餐》《苹果熟了的时候》等作品。1920—1921年出版了第四本戏曲集《佛爷与幼儿的死》和第五本戏剧集《国境之夜》。

《国境之夜》的主要人物是大野三四郎。他在年轻时,看来也是经历了极端的困难,在不得已的情况下,带着妻儿来到这样一个荒凉边远的国境线上开垦土地。他来到这个少数民族地区已经20年了。20年来他不停地工作,终于使全家得到温饱。现在他还要继续工作,还要得到更多的钱,以便将来到东京去。几十年的生活经历使他看到了金钱的罪恶,但生活的经验,并没有使他高尚起来,反而使他变得更冷酷了。他说:"我的做人的方法是从我的青春时期得来的:不施恩于人,也不受人之恩,这是我的哲学,同时也是我的道德。换句话说,我不管别人的生活,同样也不许别人来管我的生活。"在这个人物身上体现着极端的个人主义思想。秋田雨雀十分清醒地描写出了大野三四郎这种个人主义的根性。这在资本主义社会里本是习以为常不足为奇的,但秋田雨雀进一步揭露了这种极端个人主义的人生哲学在实际生活中的危害性。

1925年,出版了秋田雨雀戏曲集的第六卷《骷髅的跳舞》,其中包括《围着棺材的人们》《虾夷族的灭亡》《手榴弹》《杀戮幼儿的时代》《牢狱的诞生》《本能的复仇》等剧本。秋田雨雀是接受社会主义思想比较早的左翼作家之一。戏剧集《骷髅的跳舞》中所收的剧本,都是取材于当时最迫切的社会问题的作品。《骷髅的跳舞》以关东大地震后日本当局迫害当地朝鲜人为背景,写了一个朝鲜人被民间警备团抓获处以私刑。一个有同情心的日本人救了这个朝鲜人,并将民间警备团团员变为骷髅,让他们随着自己的领唱跳起舞来。剧本的主要人物是一个具有民主思想的青年学生。他也是难民之一。他亲眼看见许多朝鲜人被杀,为此作了详细的调查,证明这些被杀的人都是无辜的,由此激起了他对政府的憎恨。青年指出,政府所以这样做,就是因为自己虚弱无力。在这名青年正和逃难者谈话时,来了一群"自卫队员",即穿着军人外套和包头的人。他们是奉命来捉拿朝鲜人的。他们在逃难的人群里发现了一个朝鲜人就要把他抓走。青年突然站起来,严肃地指出他们目无法律,无权杀人。"自卫队员"们说他们的权力是政府、是警察署给的,并用刺刀威胁青年。这时,青年更加气愤,义正词严地说:

压迫日本人的,并不是朝鲜人……
而是日本人自己!
…………
(向朝鲜人)
好,你且握着我的手,
如果你死,我也不生!
死!
从几千年几百年到现在,
曾有几百几千的人,
为了自己所爱的人民而被杀。
我们不是为谄媚愚昧的民众而生,
生来却要为战斗而死!
如为正义和友爱而死,
虽死犹存……

第九章　近现代日本戏剧的改良与多元化发展

丑陋的骷髅跳起舞来！
呵，乐队，再请稍等，
丑陋的骷髅，化为石头！
丑陋的骷髅，化为石头！
丑陋的骷髅，化为石头！
　　（自卫队员都化为石头）
骷髅，跳起来吧！

青年命令十个骷髅为无辜被害的人们跳了《死的幻想曲》，又跳了《告别曲》，然后跌倒在地上，变成许多碎块。这时晨光照进帷幕。剧终。秋田雨雀在这个独幕剧里，使用了梦幻的象征的手法反映了当时最迫切的现实社会问题。

三、藤森成吉的戏剧创作

藤森成吉(1892—1977)，出生于长野县，从小对汉文、绘画感兴趣。曾在东京第一高等学校学习。其间，与同校的仓田百三、芥川龙之介结识，开始热衷于戏剧。他听了德富芦花以"大逆事件"为基础所作的《谋叛论》的讲演后，对社会问题表示了很大的关心，以及芥川龙之介等走上文坛，大大激发他走文艺道路的热情。1916年毕业于东京大学。他从1919年起发表了《新的土地》《在研究室》《年轻时的苦恼》《烦恼》《妹妹的结婚》等多部小说集和《产生艺术的精神》随笔集，当时并未引起社会的广泛注意。1921年参加社会主义同盟。1924年，与妻子一起深入工厂、农场体验劳动生活达一年半之久。之后，他开始执笔撰写剧本，写下了《茂左卫门遭磔刑》，公演后引起轰动的社会效应，被认为这是一部"为无产阶级戏剧史增光的纪念碑式的剧作"，"在结晶度方面，他的戏剧创作比小说创作为优"。藤森成吉由此作为剧作家而成名。同时，他以有岛武郎的殉情事件为题材创作的《牺牲》在《改造》杂志上发表后，准备由小山内薰和土方与志搬上舞台，却遭当局禁止上演，《改造》杂志也受到禁止发行的处分。接着藤森写了《什么使她这样》，通过一个少女愤慨于人世间的无情，放火烧了天使园的悲剧故事，说明少女放火的事不应由少女承担，而是社会使然，从而揭示了社会的不合理和不公平的现象。它作为无产阶级的戏剧，受到观众热烈喝彩，风靡一时。

四、村山知义的戏剧创作

村山知义(1901—1977)，生于东京，1921年入东京大学哲学系。1922

年到德国留学,研究美术和戏剧,1923年回国。1924年,参与土方与志的筑地小剧场的创建工作,并出色地创造了筑地小剧场公演的《从早到深夜》的舞台装置,追求表现主义、结构主义等前卫美术,开始以舞台装置制作师的身份踏入剧坛。1925年底参加无产阶级艺术联盟。翌年初,就自作自导了《孤儿的处置》《出航第一日》和《勇敢的主妇》,博得好评。尤其是发表和上演了《下水仪式》《穿靴的尼诺》,分别通过描写德国皇帝凯塞,以及类似罗马帝国暴君尼诺的俄国女皇叶卡特琳娜的专制暴政,批判了欧洲的君主制,也影射地批判了日本的天皇制,从而奠定了他的无产阶级剧作家和导演的地位。这一时期,村山知义开始接近马克思主义,参与策划成立左翼剧团前卫座,更自觉地参加无产阶级的戏剧运动。日本无产阶级戏剧同盟成立后,村山知义出任中央执行委员,在完成改组的工作中发挥了很大的作用。他本人积极地活跃在无产阶级戏剧运动的剧作、导演和舞台装置三个领域里。此后,左翼剧场曾上演他创作的、以中国"二七"工人大罢工为题材的《暴力团记》和根据德永直原著改编的《没有太阳的街》等。从1931年除夕到1932年1月20日,左翼剧场还组织了一次包括18台节目、总称为"红色喇叭"的演出。其中包括村山知义创作的剧本《今年还是这样》。此外,他还创作了中国题材的剧本《最初的欧罗巴之旗》(《鸦片战争》)、《东洋车辆厂》《胜利的记录》等。下面重点探讨四幕九场新剧《暴力团记》。

《暴力团记》以1923年中国京汉铁路工人"二七"大罢工为背景,描写了郑州铁路工人为反抗军阀的压迫,组织总工会,团结广大工人举行大罢工,并与军阀豢养的暴力团绿党的破坏罢工行为进行勇敢的斗争,最后在军队的血腥镇压下失败了。终场镇压的枪声停止,舞台转暗,在黑暗中传来了庄严的声音,说明工人们觉悟到失败的原因,决心克服困难,与农民联盟继续战斗。这是一部四幕九场的大型戏剧。第一幕出现的是军阀吴佩孚、郑州总司令靳云鹗和刚建立的暴力团绿党,他们组成了反动的营垒。第二幕郑州罢工工人出场、郑州支部领导人叶青山提出建立总工会的主张,得到了热烈响应。他们在总工会建立时,抓到了钻进来的一个暴力团成员,群情更为激奋,高喊"为了全世界无产者誓死战斗!"第三幕转向郑州罢工工人叶青山的家里。吴佩孚领着暴力团成员以慰问为名,拉拢叶青山,遭到全家的揭露和抵抗。军阀把叶青山抓起来拷打。第四幕由于叶青山被杀害,激起罢工工人的极大愤怒和抗议,军警向工人开枪,进行野蛮镇压。这部多幕剧由于正面把握无产阶级反对一切统治阶级斗争的现实,以及运用与之相应的表现方法——比如正确处理集团的演技和运用群众的场面,受到很高评价,被誉为"现代无产阶级话剧创作的最高标志"。

第九章　近现代日本戏剧的改良与多元化发展

《暴力团记》公演之后，确立了左翼剧场在无产阶级戏剧界的地位。筑地小剧场、新筑地剧团、河原崎长十郎的心座等剧团，加速了左翼化。1929年10月，在左翼剧场的提议下，这四个剧团联合组成新兴剧团协议会，声明最近数年，社会状况发生了明显变化，新剧运动也完成激烈的自我分化，摆在他们面前的，只有两条道路，一条是戏剧成为反动的工具，一条是戏剧成为新兴大众的东西。他们要选择后一条道路。同时表示，新兴剧团协议会在组织、结构、职能等方面，不是同一的团体，仅是在现状下加强广泛意义上的共同利益和共同方向的联络，相互扶助和相互批评，使各剧团的行动，获得自己的最大成果。翌年二月，由歌舞伎的新人成立的大众座，也参加了新兴剧团协议会。五月，新兴剧团协议会以筑地小剧场的意识反动化为由而将其除名。从1929—1930年，无产阶级戏剧界还相继演出了托列查科夫的《怒吼吧，中国》、高尔基的《母亲》、雷马克的《西线无战事》，以及将当时无产阶级文学的杰作舞台化，比如将小林多喜二的原作《蟹工船》、德永直的原作《没有太阳的街》等改编成话剧，搬上舞台，并且采取流动演出的新形式，获得了劳动大众的欢迎，迎来了无产阶级戏剧运动的高涨期。

1931—1934年，无产阶级戏剧运动高涨，左翼剧团有如雨后春笋，积极上演批判现实、宣扬革命的剧目。村山知义通过与地方剧团的联系，学习和吸收各种民间艺术，并发表了《胜利的记录》《东方车辆厂》《赤色火花的人们》等剧作，反映了工人在革命组织领导下进行自觉的阶级斗争。

同一时期，日本国内政治加速法西斯化，无产阶级剧目不断遭到禁演，左翼剧场被迫解散。村山知义在排练话剧《志村夏江》时被当局拘捕。他出狱后，无产阶级戏剧运动开始落潮，作为一种"暂时的战术退却"，在1934年9月的《改造》杂志上发表了《提倡话剧团大团结》，主张："（一）新的剧团以创造和提供进步的、有艺术良心的、不迎合观众、在导演上统一的戏剧；（二）排斥妨碍历史正确发展的反动的东西，统一在积极的主张之下。"村山这一"提倡"，促成各个进步剧团的联合，于1934年诞生新协剧团，成为写实主义、自然主义、空想社会主义、艺术至上主义诸潮流的汇合点。新协剧团的成立，实现了话剧界的大团结，成为三十年代进步戏剧运动的主流。它拥有村山知义、秋田雨雀、久保荣、久板荣二郎，以及千田是也、泷泽修、宇野重吉、三好十郎、冈仓士郎等各派的代表人物，标志着日本现代戏剧史的一个重大转折。新协剧团成立之初，日本警视厅当局下令"不准以工人阶级为观众对象""不准上演具有社会主义内容的剧目"。新协剧团则高举创造进步的、艺术的、社会的新戏剧的旗帜，首场上演了村山知义亲自改编岛崎藤村的《黎明前》，获得了成功。直至日本帝国主义发动全面侵华战争的1937年,新协剧团还上演由伊藤贞之助改编的长冢节的《土》。他们尽力从正确的历史观出发,提高和发展原作的内容。同时,注意克服政治化、概念化的倾向,艺术地再现现实生活,上演了久板荣二郎的《东北风》和久保荣的《火山灰地》,两者分别描写了纺织女工和贫农的艰苦劳动形象,成为当时现实主义戏剧的双璧。战前村山知义为了发展服务于无产阶级解放事业的艺术,多次被捕,前后经过4年的牢狱生活,经历了前卫座、前卫剧场、左翼剧场,战后成立了东京艺术座,与文学座、俳优座、民艺、葡萄之会成为战后日本五大话剧团,站在战后话剧运动的最前沿,继续为戏剧的进步而战斗。

五、久保荣的戏剧创作

久保荣(1901—1958),生于札幌市。1926年从东京大学德语系毕业后,加入筑地小剧场,师从小山内薰,并任土方与志的助理导演,翻译了许多德国的自然主义、表现主义剧本。后退出筑地小剧场,参加了无产阶级戏剧同盟,编辑《无产阶级戏剧》,同时研究和介绍各国的工人戏剧,并发表和上演了历史剧处女作《国姓爷合战新说》《五棱郭血书》,批判地继承歌舞伎和传统历史剧,更加凸显和深化历史主题的现代意义,在思想上和艺术上都给无产阶级戏剧带来新鲜的空气。久保荣还导演了村山知义改编的《黎明前》,为现实主义戏剧的再创造做出了自己的贡献。久保荣的代表作《火山灰地》是日本戏剧史上第一部现实主义作品,以"科学的分析与诗的统一"的戏剧创作方法创作而成。

这出二部十场的超大型话剧《火山灰地》,以日本扩大侵华战争时期的北海道十胜地方农村为舞台,描写了该地农业试验场场长、农学家雨宫,同情挣扎在封建的农业结构和寒冻等灾害下的贫苦农民,献身于农地改革和耕地改良,受到以治郎为代表的火山灰地农民的支持,但他主张的新耕作技术有违国家权力的农业政策,以及其岳父、恩师泷本的学说,而遭到权力机构、岳父和妻子的反对。于是,以此故事为主轴,围绕雨宫对学问、亲情、体制的矛盾关系而展开剧情,成功地塑造了雨宫在这种种封建的、资本主义的矛盾交织中的苦恼和孤寂的形象。同时,剧作者突破个人对立和家庭悲剧的框架,将触角伸向整个社会的政治结构和经济结构的对立现实,即揭示了封建性与现代化相克的现实,从而立体地再现了一个综合的社会本相,使人物的境遇和性格典型化。该剧1938年第一次由新协剧团公开上演,不仅为现实主义戏剧树立了一座里程碑,而且促使当时的反对侵华战争的"艺术抵抗运动"达到一个新的高潮。

第九章 近现代日本戏剧的改良与多元化发展

进入20世纪40年代,随着侵华战争的扩大,日本国内政治更加法西斯化。警视厅逮捕了新协和新筑地两剧团的秋田雨雀、村山知义、久保荣、薄田研二、千田是也等主要成员一百余人,同时于1940年8月19日,以"这两剧团政治色彩浓厚,不适合国情",以及"确立思想上举国一致的体制"为由,强制解散这两个剧团。新协剧团和新筑地剧团被强制解散后,日本无产阶级戏剧运动进入了低潮。

从日本无产阶级戏剧运动由兴起到式微的整个历程来说,20世纪20年代后期是无产阶级戏剧运动的最高潮,占据了话剧运动的主流地位。

第五节 战后戏剧的新发展

第二次世界大战后初期,日本戏剧是一片空白。日本戏剧界就这样在一片废墟上,于1945年12月与文学界同步迈出战后重建的第一步。首先泷泽修出狱后,与久保荣、薄田研二等人创办了东京艺术剧场。原有的杉村春子的文学座、千田是也的俳优座也重新起步,仍然坚持艺术派戏剧的方向,开展战后的戏剧运动。村山知义与刚出狱的土方与志重新开展被解散了的新协剧团的活动,并一方面欢迎东京艺术剧场、文学座、俳优座的活动,一方面又批评它们存在"群众基础薄弱"的问题。以上四个剧团于1945年12月26日联合上演了契诃夫的《樱桃园》,成为战后新剧运动再出发的第一声,刺激了剧作家的创作欲望,迎接日本话剧的复兴和重建时期的到来。同时,东京艺术剧场组成一年余就宣告解散。泷泽修另创立民艺剧团。原来无所属的山本安英组织了葡萄之会,形成新协剧团、文学座、俳优座、民艺剧团、葡萄之会五大剧团并立之势,成为战后日本戏剧运动的主流,促进了战后戏剧的复兴和新发展。战后戏剧家们不满足于单一的现实主义手法,不断从西洋戏剧和日本古典戏剧中学习有用的东西,尝试着各种手法表现生活、表现内心感受。例如,加藤道夫创立了心理现实主义戏剧,表现理想与现实的矛盾;饭泽匡创立了时事讽刺喜剧,以滑稽手法批判和讽刺贪官污吏;木下顺二创立了民间故事剧,找到了为民众所喜闻乐见的戏剧形式;青年座剧团公演了象征主义戏剧《文那啊,从树上下来吧》,剧本用动物世界的弱肉强食,象征人间社会的尔虞我诈;田中千禾夫受法国存在主义戏剧影响,创作了《教育》《玛丽亚的头颅》等作品;寺山修司首创诗剧形式,不久又大胆提倡前卫戏剧,为日本戏剧形式的多样化做出了不可磨灭的贡献。自20世纪60年代后期西方的荒诞派戏剧传入日本,不少戏剧家纷纷模仿,出现了日本式荒诞剧,日本戏剧家称之为"不条理戏剧"。总而言之,日本战后戏剧形式呈现出万紫千红的态势。

一、翻译剧的重新上演及人才培养

战后之初,日本戏剧界首先是重新上演翻译剧,比如易卜生的《玩偶之家》、高尔基的《检察官》、费德罗夫的《幸福之家》等,并且举办各种创作剧研讨会和戏剧评论活动。在这里值得一提的是,战争期间被逮捕入狱的土方与志,战后获释出狱后,担纲导演的第一部戏剧就是《玩偶之家》。同时,戏剧界创办了由秋田雨雀任院长的舞台艺术学院,复刊或创刊戏剧专业杂志。战后翌年,村山知义和久保荣又批判地继承战前现实主义的创作方法,率先分别发表了《幸福之家》和《苹果园日记》,前者批判了封建的家族制度,后者揭示了战争期间少数日本人对战争不妥协的良知。接着真船丰发表了《中桥公馆》,这是他将在北京迎接日本无条件投降时的体验作为素材写就,以喜剧的形式,讽刺了日本人以战败为契机呈露出来的种种丑态,以及反映了从大陆被遣返回国的日本人的挫折感。此剧奠定了真船丰战后时代戏剧创作的基础。此外,他还写了《黄色的房子》《猿蟹会战》等,为推动俳优座的追求现代演技艺术做出了贡献。三好十郎从对自己战时的"转向"进行自我批判出发,发表了《废墟》《不了解他》,前者正面描写了知识分子在战后废墟上的思想迷惘,以及家族制的瓦解;后者通过战争期间拒绝应征的工人受到迫害的过程,批判了随波逐流的错误行径。

有关人才培养方面,秋田雨雀首先于1948年创建三年制的舞台艺术学院,并亲自担任首任院长。不久朝鲜战争爆发,有人以政治为由威逼他辞去院长一职,他表示绝不辞职。千田是也亦于1949年创立俳优座演剧研究所,培养年轻演员。至1967年停办,由桐朋学园大学继续承担这项任务。俳优座演剧研究所办学18年,严格训练了600多名年轻人,他们毕业后成立了一些小剧团,有的属于千田是也主持的俳优座的卫星剧团,成为战后日本新剧运动一支重要的力量。

此外,一批颇负盛名的小说家也加入了戏剧创作队伍,写出了不少有影响的剧本。例如,中村光夫的《人与狼》《汽笛一声》,椎名麟三的《第三个证言》,安部公房的《幽灵在这里》,花田清辉的《炸弹爆炸记》,三岛由纪夫的《鹿鸣馆》《萨德侯爵夫人》等。这些戏剧为繁荣日本战后戏剧,做出了重大贡献。

二、讽刺时事的喜剧和反战剧的兴起

战后剧坛的一个新现象,就是兴起了时事讽刺的喜剧,开拓了批评喜剧的新路。除了上述真船丰,一些剧作家,如田口竹男、正宗白鸟、福田恒

第九章　近现代日本戏剧的改良与多元化发展

存、饭泽匡等以喜剧的形式,辛辣讽刺和严厉批判了战时屈从时势,以及战后的社会现实。这里重点说说饭泽匡。

饭泽匡(1909—1994),生于东京。1933年在文化学院本科毕业,曾任《朝日画报》《朝日妇女》杂志总编辑。他在20世纪30年代就已经发表了《对画家的愿望》和《藤原阁下的燕尾服》等喜剧。战后他坚持喜剧的创作道路,而且他的喜剧创作的目的意识更加明确,并有了新的发展。他在喜剧论方面,强调采取明确的批判立场,是喜剧成立的前提条件。讽刺的尖锐性和严厉性,正是喜剧所要求的。

在喜剧理论这个定位的基础上,饭泽匡战后创作的《鸟兽会战》《昆仑山的人们》,被誉为是"饭泽喜剧"的先驱之作。前者假托蝙蝠的命运,描写战争后期知识分子的抵抗故事;后者讽刺祈愿不老不死的人,探求有限的生命的意义。剧作家通过锐利的批评眼光,冷嘲热讽地或批判战争和战争期间的高压政治,或抨击战后的种种黑暗的政治,或嘲笑人的愚昧,发挥了政治批评喜剧的才能。

饭泽匡的政治批评喜剧从批判天皇制到讽刺高官贪污案。《另一个人》叙述这样一个故事:第二次世界大战结束后,退役陆军中将小泽向军事参议官香椎宫为永王献策,让南朝的王统占据皇位,以图收拾残局。香椎宫为永王虽认真考虑这个献策,但联合国军认为无论谁成为天皇,都会是希特勒式的人物而加以反对。这时另一个被视为相当于"熊泽天皇"的人物杉本纯一郎登场,他梦想当天皇。可是杉本家遭空袭,能够证明南朝王统的皇室宝器之一的八尺琼勾玉已化成灰烬了。杉本战后只好热衷于制作马靴,过着安稳的生活。这是一出讽刺和批判战争狂热和天皇制的悲喜剧。即使在战后,天皇制问题无论在政治上还是在文化上都是极难处理的问题,剧作家以极大的智慧和勇气将它戏剧化,并取得了成功。讽刺喜剧三部曲《过多的成叠钞票》,以滑稽的手法,就原首相田中角荣围绕洛希德事件涉嫌贪污案进行无情的暴露与鞭笞。

战后剧坛的另一个新现象,就是将原子弹灾害的故事戏剧化,作为反战剧的一个重要题材。有代表性的剧作家是田中千禾夫,他于战前开始创作活动,偏重心理的写实主义方法,战后则接受法国存在主义的影响,创作了日本戏剧最具存在主义特色的剧作《云际》。同时,他对宗教与战争问题表现了极大的关心,以现实与幻想交织写出《玛丽亚的头颅》。作品描写十三年前长崎遭受原子弹轰炸,变作一片废墟,长崎市浦上天守堂当然也被炸毁。圣母玛丽亚的雕塑像身首分离、断腿缺臂。市议会围绕着是否继续保存天守堂残迹而争论不休。护士阿鹿是基督教信徒,曾受原子弹伤害,脸上留下瘢痕。为了基督教信徒子孙后代的平安与幸福,她决定将天守堂中的玛丽亚头颅盗出来。作品中的另一个人物阿忍，受原子弹辐射影响，患了白血病，生命垂危，随时都可能死去。他与阿鹿有同样的想法，想悄悄从天守堂中盗出玛丽亚头像，作为原子弹轰炸的永久见证。一个雪夜，他们登上小丘，进入浦上天守堂。面对被炸得面目全非的玛丽亚头像，阿鹿双手合十，虔诚地祈祷："圣母玛丽亚，你也受伤了，作为那年8月9日（长崎被原子弹轰炸日）的火与风的永远证人，请将我们憎恨的火焰，用常明之灯挑明吧。"这时玛丽亚的头像轻轻地说："让我把丰满的乳房给你吮吸，甜甜的、甜甜的。"剧情离奇、想象丰富、语言富有诗意，对原子弹轰炸充满憎恨之情。这部诗剧重现了长崎原子弹爆炸殃及教会，破坏了教会的圣像，给人们留下创伤的悲剧。剧作家在剧中或明或暗地还批评了战后日本政府胁从美国占领当局极力隐瞒原子弹灾害的资料和事实。

探索原子弹灾害题材的剧作，还有佐佐木孝丸的《长崎的钟》、八木隆一郎的《姐姐的话》、小山佑士的《只有两人的舞会》、土屋清的《河》、宫本研的《飞行员》、大桥喜一的《零的记录》、别役实的《象》等，从不同的角度揭示了原子弹灾害给人类在精神和肉体上留下不可磨灭的伤痕，成为战后现实主义戏剧的一种基本形式。

一些反战剧甚至以直接挖掘战争根源为题材。这种反战剧的思想性更加深化，艺术性得到进一步的提升。有揭露军国主义践踏人性，追究战争根源的，如大泽干夫的《武器与自由》、由铃木正男改编的野间宏原作《真空地带》等；有揭示战争、和平与独立问题的，如安部公房的《石头说话之日》、村山知义的三部曲剧《死海》《深夜的港湾》和《涌向崖边小镇上的浪》等。野间宏的小说《真空地带》对侵略战争期间的日本兵营、陆军监狱、军事法庭、宪兵队作了毫不留情地揭露。剧作家铃木正男将其改编为戏剧，于1953年公演，成为反战剧的里程碑。剧本忠实地再现了原著的基本精神：日本军队如同地狱。一旦进入军队，就被抽去人性，变成行施暴力的机器，成为没有灵魂、没有思考与判断力的人。诚如主人公木谷所言："再也找不到比军队更可恶的地方了。"

三、现代话剧的兴隆

在话剧方面，战后的五大剧团：东京艺术剧场、文学座、俳优座、新协剧团、民艺剧团、葡萄之会，极大地刺激了剧作家的创作欲望。战后修改发表的艺术派剧作《女人的一生》和战后发表的民间故事剧《夕鹤》，成为现代话剧的经典之作，公演以来，经久不衰，成为保留的剧目。这两剧为战后日本戏剧的发展带来了新的机遇。

第九章　近现代日本戏剧的改良与多元化发展

《女人的一生》是日本现代剧作家森本熏的最后一部作品,是在1945年日本军国主义崩溃前夕,在飞机轰炸下特意为著名演员杉村春子赶写出来的。文学座当时只剩下以杉村春子女士为首的13个人,剧作家便写了13个角色。边写边排,克服了难以想象的困难,终于在1945年4月举行了首演。从此以后,《女人的一生》与杉村春子女士结下了不解之缘,她塑造的布引圭成了日本话剧舞台上的典型形象。《女人的一生》分为五幕,其故事情节发人深思:16岁的布引圭因不堪姑妈的虐待,从家中逃了出来,无意中闯进了堤家商行女主人堤倭文子家的客厅。二少爷荣二首先发现了这位不速之客,布引圭天真无邪、勇敢开朗的性格,使荣二对这个不幸的小姑娘产生了同情之心。鉴于堤家正缺一名女佣,布引圭被收留下来。转眼过了4年,布引圭已脱颖为一位窈窕淑女。凭着她的勤快、麻利、善于应对等,堤家的许多人都很喜欢她,尤其是大少爷伸太郎和二少爷荣二,几乎是同时对布引圭产生了爱慕之心。一天下午,当荣二与布引圭追逐嬉戏时,被女主人撞见了,迫使女主人不得不及早宣布她考虑已久的打算。伸太郎一心酷爱艺术,与经商无缘,而荣二在外面与工人们打得火热,更不可能是堤家事业的继承人,只有让布引圭来做堤家未来的女主人才是最可靠的。而按照继承权的顺序,布引圭必须嫁给长子伸太郎。布引圭本来心中爱着荣二,可由于女主人的请求,却违心地嫁给了伸太郎。婚后不久,堤倭文子即去世了,荣二接着也离开了家。作为堤家新的女主人,布引圭在经商事业上一帆风顺,但在家庭生活方面,尽管她与伸太郎已有一个女儿,但夫妇间并无感情。为此,伸太郎与布引圭分居,搬出了堤家。堤家商行和其他大企业一样,都受到罢工浪潮的冲击,一心为了堤家事业的布引圭,顽固地站在资产者的一方,眼睁睁看着警察带走了荣二。这使布引圭的女儿知荣非常伤心,最后也不满地离开了妈妈。布引圭开始感到自己的孤寂。她准备收留荣二的两个孩子,以弥补她犯下的罪过。第二次世界大战中,由于轰炸频繁,载运孩子的船只被击沉,荣二的两个孩子也失去了生命,这就更使布引圭感到内疚。这时,分居20年之久的伸太郎,为了荣二的孩子突然回来了。得知孩子已经不在人世,便突发心脏病,死在布引圭的面前。此后不久,堤家的商行连同住宅,全部毁于飞机的狂轰滥炸……本剧通过布引圭这个女人典型的一生,揭露了资本主义社会金钱的罪恶,具有深刻的思想意义和隽永的艺术魅力。前期的布引圭虽然一步一步地在金钱上获得了胜利,但在精神上变成了一个赤贫者,当她56岁的时候,眼看着半生积攒来的家产完全毁于战火之中,自己落得个一无所有、孤独潦倒的下场,这才开始清醒过来,重新选择新的道路……

《夕鹤》是木下顺二在自己创作的民间故事剧《鹤妻》的基础上改编的。

它叙述一个美丽而生动的悲剧故事：一只美丽的仙鹤，被箭所伤，落到人间，变成美丽的少女阿通，被老实的贫苦农民与平相救，两人结为夫妻。她为报答与平的救命之恩，以与平不得偷看为条件，躲在小屋里拔自己的羽毛，织出美丽的织锦，给与平赚了不少钱。但与平在唯利是图的小商人老惣、阿运的怂恿下，为了赚得更多的钱，让阿通纺织出更多的布。阿通拼命地拔自己的羽毛，纺织了一匹又一匹。最后老惣、阿运为了窃取阿通的织布技术，偷看了阿通的纺织，他们发现阿通原来是仙鹤。作为仙鹤化身的阿通已无法待在人间，对与平说了一句："我……（笑着站了起来突然全身变白）瘦成这个样子啦。……能用的羽毛都用上啦，剩下的只够飞啦！"于是仙鹤孤寂地飞回了天上。木下顺二通过这个民间故事剧展现了人间的复杂的精神世界，即阿通对与平的爱、怨与无言的抵抗，并批判了人的贪得无厌，赋予了深刻的现代意义。同时，剧作家采用接近传统能乐的形式，尽可能地简化表情和动作，将现实性和象征性统一，造成一种纯粹音乐性的感觉上的美。《夕鹤》的剧本曾被翻译成中、俄、英、法、西班牙等十余国文字出版，并由团伊玖磨作曲，改编为歌剧，向日本国外广泛介绍。1960年由葡萄之会、文学座、东京艺术剧场、俳优座、民艺剧团五大剧团组成的日本话剧团访华演出时，葡萄之会就由山本安英、木下顺二将《夕鹤》一剧带来，在我国各地公演。它与文学座的《女人的一生》一起，受到我国观众的热烈欢迎。

作为战后登场并与木下顺二齐名的加藤道夫，他曾根据《竹取物语》的古代传说故事创作了歌舞伎剧本《嫩竹抄》，在话剧方面，也创作了《插曲》《褴褛与宝石》，前者是一部从军体验的幻想曲，充满了讽刺的悲调；后者是一部"罗密欧与朱丽叶"式的战后混乱社会中的纯情悲剧故事，两者都是战后话剧的优秀作品。值得重视的是，加藤道夫在戏剧创作方面，很重视解决传统与现代的问题。他一方面探索日本古典的世界，一方面又学习西方戏剧，从古希腊悲剧到存在主义戏剧的精华，都广为吸纳，并努力将两者融合，展现在日本战后话剧舞台上。因而，他的剧作大多以追求理想的纯洁与现实的矛盾为主题，确立了新的理想主义戏剧观。它与以现实主义为基调的日本近现代话剧不同，从而开辟了一条新的创作道路。

战后话剧兴隆期培养的新一代主创人员成长了起来。他们在戏剧学校接受的基本教育是现实主义戏剧的方法论和实践，深化了斯坦尼斯拉夫斯基表演理论体系，同时引进西方的先锋派表演理论，并于20世纪60年代后半叶开展了小剧场运动。在这种新的变化中，20世纪六七十年代出现了许多新剧团和新剧场，有代表性的如竹内敏晴等的"变身"、瓜生良介等的"发现之会"、蜷川幸雄的"青俳"等，他们采取"个别推进，一齐出击"的手

第九章　近现代日本戏剧的改良与多元化发展

段,向既成的戏剧运动挑战,破坏自身迄今实践的现实主义表现法,以实现其先锋戏剧艺术的目标。

还有以探索象征主义戏剧艺术为目标的,其中青年座剧团公演的话剧《文那啊,从树上下来吧》最具代表性。该剧是根据著名作家水上勉的小说《青蛙啊,从树上下来吧》改编的。话剧《文那啊,从树上下来吧》,描写了青蛙文那生活在大池塘里,经历生物互相残杀的地狱般的磨难,以为高处是天堂,有更安全的地方,于是抱着这种单纯的想法,爬上了被雷打断了的栎树顶端形成的一个洞里。岂知在这洞里,文那接触到或目睹的,是被鸱鹰捕获的伯劳、麻雀、蛇、老鼠、牛蛙等,在艰难的条件下,苦苦挣扎乃至互相吞食,以求得生存空间所经历的凄惨情景。文那虽然不能像飞翔在天空的鸟儿那样可以看到广阔的世界,但它在栎树顶端形成的洞里,经过春夏秋冬四季的轮流转换,也可以看到和接触到这个弱肉强食的恐怖世界另一个侧面。在春天来临之后,文那又从树上下来,回到了大池塘里,面对一个实实在在的现实世界。剧本经历了四代改编者、导演精益求精地打磨,都很好地体现了原作者的创作意图,凸显以这些生物存活的生态谱系为中心,象征人世间一年四季竭力争取一个生存空间的艰苦斗争。特别是导演采取象征与现实结合的手法,通过拟动物化的象征性,在话剧舞台上展现了人类在地球上的种种恶劣的政治经济环境下,一个个为了温饱,为了求生存的活生生的艺术形象。青年座的演员表演非常出色,形象十分逼真,拟动物化的表情和动作栩栩如生。扮演青蛙文那以及其他角色的演员,各司其职,各展其能,艺术表现风格多样化。舞台布景虽然只是一棵大栎树顶端的一个空洞,大树下周围的黑漆漆一片象征大池塘,但是通过灯光照明的无穷变幻,反映了这些生物所处的不同境遇,以及通过服装的变化来体现四季时令的变迁,给观众留下了既抽象又真实的印象。

总之,文学座、俳优座、民艺剧团等大剧团面对新生代的挑战,依靠其牢固的组织,奋力保持他们的传统。传统戏剧与先锋戏剧在相克相承中,迎接话剧时代的到来。

四、现代戏剧的推陈出新

20世纪60年代至今,日本戏剧进入向既成戏剧挑战时期。戏剧家们在西方先锋派影响下,走上反对传统戏剧,创作现代前卫戏剧的道路。日本戏剧界的剧作家们时刻关注着西方现代戏剧的发展与变化,不断引进西方先锋派戏剧理论,并尝试着创作具有先锋派艺术特色的剧本。所以一时间,心理剧、象征剧、表现剧、荒诞派戏剧、存在主义戏剧等不同于传统戏剧的作品,粉墨登场,使日本戏剧呈现出变革性、多样性特点。在日本先锋戏剧中,别役实和清水邦夫的作品,最引人注目。

别役实(1937—),生于中国长春,1957年入早稻田大学政经学部政治科,参加早稻田自由舞台剧团,开始接触奥地利作家卡夫卡的作品。别役实被称为日本"不条理戏剧"即荒诞派戏剧第一人,可以说他的创作使欧美荒诞剧派在日本乃至亚洲得到了延续与发展。自1961年他的处女剧作《A和B及一个女人》问世以来,50年间平均每年写三本书,至今已写了近140部剧本、小说、随笔及评论。他受法国荒诞派戏剧家、诺贝尔文学奖得主贝克特影响,20世纪60年代先后创作并公演了《象》《卖火柴的少女》和《破坏了的风景》。这三部日本式荒诞派戏剧,确立了他在日本戏剧界的地位。这里重点说《象》《破坏了的风景》。

《象》是一出三幕荒诞剧,表现现代人的孤独、不安与苦难。剧中三个主要人物都是原子病患者。十多年前,他们在广岛原子弹轰炸中受到伤害,至今仍未痊愈。其中两个男子住在医院里治疗,女子是护士。这位护士曾一度头发全部脱落,现在头发虽长出来了,但却永远失去了生育功能。不能生孩子,对一个女人来说是致命的打击。因此她一直生活在幻觉中:我已经结婚了,丈夫住在远郊,打算生一个孩子。原子弹爆炸不仅伤害了她的肉体,还伤害了她的心灵。她把"无"当作"有",把"幻觉"当作"真实",成了精神异常者。住在医院里治疗的两个男子,他们所受到的伤害更严重。那稍稍年轻的病人,其父母都被原子弹炸死了,他自己也患了原子病,十几年不愈,长期受疾病折磨,过着生不如死的生活,因此他心灰意冷,不想见任何人,只想静静地躺在昏暗的病房里,等待死神的降临。另一位年长的病人则与其相反,倘若不把自己身上的伤疤让别人看见,他便无法确认自己的存在。别役实与贝克特一样,惯于用荒诞形式将人们的孤独、不安与苦难推向极端,以达到震撼人心的艺术效果。

《破坏了的风景》是一出典型的荒诞剧。传统戏剧须具备四个要素:曲折的情节,典型化的人物,个性化的语言,明确的主题。但这部戏剧不具备传统戏剧的基本要素。首先,人物不但没有个性,而且连姓名都没有。出现在舞台上的先是"女1"和她的母亲,接着是"男1""男2",然后是"男3"和"女2",最后是"男4"。人物固有的特性被抹去,他们只是符号式的抽象人物。其次,这部戏剧没有什么情节。日本传统戏剧讲究"序""破""急",西洋传统戏剧重视"头""身""尾",中国传统戏剧遵循"起""承""转""合"的原则,然而别役实的剧作完全打破了这种框框,根本没有什么"序""破""急",甚至连情节都没有。传统戏剧要求对话机智、犀利,闻其声如见其人。但这部戏剧,对话乏味,且毫无意义。剧中人物对鸡毛蒜皮的小事喋喋不休,

第九章　近现代日本戏剧的改良与多元化发展

争论不断。例如，人们对行李包里放着什么，议论纷纷。有的说是鸡蛋，有的说是白脱，有的说是蛋黄酱，有的说是芹菜。这种无聊的对话，剧中俯拾皆是，人们热衷于这种无意义的对话。

清水邦夫（1936—　）也是日本当代著名的先锋派剧作家。1958年，他还是学生的时候就发表了剧本《署名人》，并引起了社会关注。此后长期从事戏剧创作和戏剧教育。50年间，写了30余部剧本。其中《我们像树叶一样再生》《乐屋》《我的灵魂如同清水闪耀》《我梦见的青春之夜》《侵入破碎的心灵》等作品特别引人注目。他的作品大多表现封闭空间里人们的生存状态：或百无聊赖，或郁闷苦恼，或残酷迫害，或窒息得令人无法生存。人们欲冲破封闭空间，奔向"外面的世界"，但谈何容易。这"封闭的空间"不妨理解为"制度""体制"或"人生"。它充满了荒诞，剧中人物以不同方式反抗荒诞的社会。这里重点说1972年发表的《我们像树叶一样再生》。

《我们像树叶一样再生》写了一件匪夷所思的事情：一对青年男女半夜飙车，突然"嘣"地一声，撞破墙壁，冲入别人的起居室。坐在餐桌边的一家三口人——丈夫、妻子及其妹妹都吓了一跳，茫然地看着这辆镶嵌在家里的汽车，不知所措。不久，从车里爬出一个男子，他以为车撞在电线杆上了，当他明白撞入别人家里时，大吃一惊。坐在车里的女人受了伤，男的把她拖出来。丈夫搬来椅子让这对男女坐下。然后夫妻俩拿出水果、啤酒、威士忌及下酒的菜招待他们，妹妹跟他们谈论喜欢什么样的车型，并朗诵起里尔克的诗来。青年男女觉得这一家人不正常。深夜里墙被撞破了，按理应该发怒，然而现在却笑嘻嘻地请他们坐，热情地用酒菜招待他们，还朋友似的与他们聊天，他们觉得不可思议。在这对夫妇的一再挽留下，青年男女不得不住下来。两个年轻人在这家住下来以后，每天与他们一起不是酗酒便是演戏。

《我们像树叶一样再生》看似荒诞，其实含有深意，它所揭示的是人生活在乏味的荒诞社会里，变得死气沉沉，耗费毫无意义的一生。作品中的人企图从"堕落的日常性"中逃出，可把他们理解为"荒诞英雄"。

第十章 近现代日本小说的成长与发展

近现代日本小说是以一些配合自由民权运动的政治小说和翻译小说为先导的，这些小说主要宣传天赋人权的思想，整体文学价值不高。真正标志近现代日本小说形成的是坪内逍遥在1885年发表的文论《小说神髓》和二叶亭四迷在1887年发表的长篇小说《浮云》。自此，近现代日本小说呈现出快速发展的局面。与此同时，近现代日本小说在发展的过程中深受西欧资产阶级文学的影响，由此形成了现实主义、浪漫主义、现代主义等多种小说流派并存的局面。

第一节 二叶亭四迷等与现实主义小说的创作

近现代日本文学并没有像近现代西方文学那样以浪漫主义文学作为开端，而是以现实主义文学的诞生迎来了近现代文学的曙光。在此影响下，现实主义小说在近现代日本小说创作中最早取得了重要成绩，且出现了一批影响较大的现实主义小说家，如坪内逍遥、二叶亭四迷、岛崎藤村、夏目漱石、石川达三、山崎丰子等。在本节中，将着重分析二叶亭四迷、岛崎藤村和夏目漱石的现实主义小说创作。

一、二叶亭四迷的小说创作

二叶亭四迷（1864—1909），原名长谷川辰之助，出生于江户市（今东京）的武士之家，号冷冷亭否雨。他在幼年时接受了汉学教育，因此对中国古典写实主义文学产生了浓厚兴趣。1881年，他进入东京外语学校专攻俄语，接触了大量的俄国现实主义文学作品，从而树立了写实主义的文学观。后来，由于对学校不满，他选择了退学。之后，他与坪内逍遥邂逅，在其影响和激励下决心从事文学创作。1886年，他以俄国的文艺理论特别是写实主义理论为指导，观照坪内逍遥的《小说神髓》和《当代书生气质》在理论上和实践上的经验和教训，写就了《小说总论》。这一作品在文学论上具体阐明了文学的本质与现象、内容与形式这个根本性的问题，主张文学的主要目的是真实地描写生活现实，揭露生活现象偶然性的外壳所掩盖的实质，

第十章　近现代日本小说的成长与发展

强调作家不应脱离现实,歪曲现实,或根据自己的理想来粉饰现实,但同时在描写生活的某些现象时,又不能没有自己的观点。1887年,他以自己的文学创作理论为指导,创作了小说《浮云》。此后,他停止了创作生活,先后担任官报局的译员、陆军大学语文教员、海军部书记员、外国语学校俄语教授、朝日新闻社记者等职。后来,他恢复了创作生活,写了《面影》和《平凡》两部作品。不过,这两部作品无论从故事的结构或是人物的塑造来看,或多或少与《浮云》雷同,整体价值不高。1909年,二叶亭四迷因病溘然长逝。

《浮云》是二叶亭四迷最为重要的一部小说作品,也是二叶亭四迷根据写实主义的原则写就的作品。小说选择了明治维新后的日本政权机关这个典型环境,通过讲述洁身自爱、宁可忍受被撤职的痛苦也不愿充当附庸的官僚机构小办事员内海文三和为了一官半职而寡廉鲜耻、出卖自己灵魂的同是小办事员本田升对官僚机构的不同态度,以及内海文三的婶母阿政逼着其女儿阿势同失去官职的内海文三中止恋爱关系而嫁给本田升的故事,真实地再现了明治社会的生活世相,深刻地批判了明治社会在"文明"的背后所隐蔽着的种种丑恶现象和不合理的官僚制度,抨击了官僚的特权思想和官尊民卑的庸俗观念。

小说在创作方法方面,借鉴了俄国小说中常用的批判现实主义的创作方法。但是,二叶亭四迷并没有机械照搬或盲目模仿俄国小说作品,其主题是植根于日本社会从封建主义社会过渡到资本主义社会的现实土壤中,其人物原型是来自过渡期一部分失去原阶级地位的小武士出身的知识分子,他们的教育与封建的过去有切不断的联系,而他们的思想又倾向于新时代,这是日本的特殊现象。具体来说,小说中塑造了内海文三、本田升、阿政和阿势四个性格不同的人物,并将他们放在封建基础出现动摇、资本主义社会正在形成、新旧事物新旧思想错综交织和复杂斗争的典型环境中,达到了某种典型化的高度。其中,内海文三是小说的主人公,他所表现的心理结构和性格特征并不是偶然的、个别的形象,而是知识分子在新旧社会过渡时期普遍存在的形象,也就是内心所追求的新时代的理想和薄弱的意志无力应付的现实的矛盾而陷入失望的人的形象。内海文三一方面开始形成新的人生观,另一方面又与封建的家庭、思想有着千丝万缕的联系。因此,他对现实怀疑和不满,又没有改革社会的勇气和力量,也不打算变革社会和改变自己的生活。这就预先注定了他失败的命运,只能像一片浮云似的度过一生,甚至作为一个"多余的人"而被时代所淘汰。除了内海文三,本田升和阿势这两个人物也很有典型意义。本田升是一个市侩小官吏,为了升官往上爬,可以不择手段,最后甚至出卖灵魂,投靠统治阶级,这是转型期的部分知识分子出身的小官吏的奴才性格。阿势是明治新时代的"新"的女性,她接受近代的西方教育,空喊几句"自由""平等"的口号,表面上反对"旧"的东西,却没有与"旧"的东西决裂,实际上只是个爱摩登赶时髦的女人罢了。作者通过阿势这个人物形象,典型地反映了日本明治社会接受西方文化的肤浅性。可以说,二叶亭四迷对这些人物形象的塑造,都是以现实生活的本来面貌为基础进行的,即对人物形象与环境形象的处理、与人物形象有关的生活情景的处理,都实践了"对于人物和人物的生活环境作真实的、不粉饰的描写"的写实主义原则,成功地描写了典型环境的典型人物,使之富有日本式的社会内容和日本式的人物性格。

小说不仅在创作手法方面极富特色,在创作技巧方面也有一个重大突破,即注重描写人物的心理活动。二叶亭四迷描写人物的心理流程是入木三分的,他有时通过人物自身的内心独白,有时作为第三者进行心理剖析,有时又利用客观的生活形象展现人物的内心世界,或者几种方法交错兼用,相得益彰。以内海文三这个人物来说,作者通过内海文三自身的矛盾冲突行动来揭示人物的心理、思想和性格,写出了内海文三失意落魄,没有闲情逸致赏菊的心情;可他透过阿势无心邀他赏菊的冷淡表情,以及望着阿势和本田升双双外出赏菊的背影就万分痛心,于是又联想到自己和阿政闹矛盾时,阿势还袒护着自己,便产生了一种幻觉:阿势一定还爱着自己,可是,面对冷酷的现实,又觉得阿势被本田升迷惑,变心了,对她便起疑团;转眼又觉得自己与阿势的爱情是相敬而生的,连阿势也都怀疑,很对不起阿势,所以他既怪责阿势,也责备自己,对阿势又哀怨又怀恋,又恨又爱,忍隐着恨彼无情、怨己无能的痛楚。通过这样的心理描述,可以更为准确地把握内海文三的微妙心理。此外,《浮云》最先突破当时占文坛主流地位的戏作文学的旧框架,实践了"小说家的职责是要道出人生真谛"的创作理念;第一次将文言(书面语言)和白话(口头语言)统一起来,创造了以近代口语为基础的言文一致体,为表现新思想、创作新文学提供了有利的条件。

总的来说,《浮云》是一部难得的写实主义作品,生动地刻画了一幅明治 20 年代日本社会的典型人物生活——官僚社会和封建家族社会的缩影,为近现代文学中完善、发展以及实践写实主义做出了历史性的贡献。

二、岛崎藤村的小说创作

岛崎藤村不仅是近现代日本著名的浪漫主义诗人,也是近现代日本著名的小说家。他一生著有长篇小说 6 部、短篇小说 66 篇,兼采用浪漫主义、自然主义、现实主义的创作方法,其中以现实主义小说取得的成就最大。

长篇小说《破戒》是岛崎藤村最著名的一部现实主义小说作品,开拓了

第十章　近现代日本小说的成长与发展

自二叶亭四迷的《浮云》所确立的近代写实主义的道路。小说通过描写部落民备受歧视的苦恼、不安与反抗以及勤劳人民的苦难生活和悲惨命运，对日本社会存在的身份等级制度和种种不合理现象进行了深刻揭露。部落民问题，是日本社会长期存在的问题。日本古代封建社会就存在贱民阶级，德川幕府时代将其分为"非人""杂种贱民"和"秽多"。明治维新以后，这种封建的身份等级制度仍未有根本性的改变，将一般从事屠宰业、皮革业等的部落民看作"不净的人"，称他们为"贱民""秽多"，与他们"不同火、不通婚"，对他们歧视和侮辱，这引起了部落民的强烈不满。

小说的主人公濑川丑松是一个小学教员，也是一个部落民。为了生存、为了不被社会所抛弃、为了不受歧视的痛苦，他只能遵守父辈定下的戒规——隐瞒身份。在最开始的时候，濑川丑松严守这一戒规，深得学校同事和学生的爱戴，担任首席训导，还得到老教师敬之进的女儿志保的爱情。后来，濑川丑松的身份被保守派议员候选人高柳所了解。于是，高柳到处散布濑川丑松的身份，以实现打击其政敌，即濑川丑松的恩师猪子莲太郎的目的。如此一来，濑川丑松便遇到了一个重要问题，即是公开身份还是继续隐瞒身份，这使濑川丑松的内心产生了激烈的动摇和斗争。事实上，猪子莲太郎也是一个部落民，而且是部落民的先觉者。因此，他大胆公开身份，并与不合理的身份等级制度做斗争，同时支持进步派代表与高柳竞选国会议员，针锋相对地揭露了高柳等打击濑川丑松的阴谋，结果莲太郎被高柳唆使的暴徒杀害了。通过这一血的教训，濑川丑松认识到，在痛苦与悲哀面前，软弱与哀求是毫无意义的。于是，他置自己的工作与爱情于不顾，毅然决然地破了部落民的戒规，破了社会的封建枷锁，向社会公开了自己的身份。此后，为了逃避现实，到美洲另谋生计去了。

对濑川丑松这一人物形象进行深入分析，可以发现其是一个具有两重思想性格的知识分子形象。他一方面执着地追求进步与正义，另一方面又存在软弱与动摇。这个人物的性格是符合生活实际的，他从动摇到坚定的转变也是符合思想发展规律的。但作者过分精细地描写了濑川丑松在破戒过程中所表现的悲观、动摇、怯懦的心理，过分地渲染了濑川丑松卑屈的忏悔行为，而且濑川丑松在破戒后并不是继续与身份问题做斗争，而是选择了逃避。由此可以知道，明治维新资产阶级革命是十分不彻底的，而且在这一时期产生的启蒙运动思想具有极大的妥协性。

此外，小说虽然是围绕着濑川丑松所谓守戒和破戒展开故事的，但小说并没有把笔墨停留在揭示身份差别制度上，还试图通过这个问题探索日本近代社会的本质。以猪子莲太郎等为代表的进步势力与高柳等为代表的反动保守势力之间的政治斗争，以及敬之进一家在极端贫困下挣扎着生活的情节安排,巧妙地将身份差别制度问题同整个社会存在的恶劣政治、剥削制度问题有机联系起来,从更广阔的社会范围来反映部落民的问题,反映他们同压迫着他们的现实社会之间的冲突和斗争,以及对明治社会的黑暗现实和种种不合理现象作了有力的抨击,从而深化了主题思想,加强了这部作品的批判力量。

这部小说在艺术方面,也取得了不少成就。首先,小说中注重写实性与抒情性相结合,并促使两者达到浑然一体。比如,小说中描绘雪夜女子抽泣的场面,将景与情——雪夜的自然景色和女子的情绪起伏密切相关,达到情景交融的美境。其次,小说注重对人物的心理进行描写。小说中生动地展现了濑川丑松的内心世界及其心理变化,如对自己的部落民身份的悲哀以及身份暴露后的恐惧、无助等。最后,小说在语言方面完全摆脱了近代以来经常沿用的戏作调以及矫揉、浮夸的用词,对《浮云》以来的言文一致体又做了一次成功的实践,从而创造了一种朴实、清新而精确的文体以及间接、委婉而含蓄的表现方式,为近代文学语言的发展做出了重要贡献。

总的来说,《破戒》是一部充满了强烈的批判现实精神的小说作品,闪烁着强烈的批判现实主义的光芒。因此,它的诞生被认为是对二叶亭四迷以来的现实主义的新突破,进一步开拓了日本近现代现实主义文学崭新的领域,为日本批判现实主义文学的进一步发展做出了重要贡献。

三、夏目漱石的小说创作

夏目漱石(1867—1916),原名今之助,出生于江户旧幕府世袭制的名君家庭。他一出生便被父亲送出去寄养,后来因养父母离婚而回到亲生父母家,但他的父亲始终对他非常冷淡。这样的生活遭际,对他的精神打击很大,养成了孤独的性格,也培养了他对独立人格的苦苦追求。1890 年,夏目漱石考入东京帝国大学文学系,专攻英国文学。在此期间,他也广泛接触了西方的近代文明。毕业后,他一边攻读研究生,一边在东京高等师范学校教授英语。后来,他到伦敦留学两年,其间发现西方的商业主义和拜金主义的弊害,对西方文明提出了批判性的看法。同时,他广泛接触了西方文化和文学,体会到东方的所谓文学和西方的所谓文学的异质性,并开始思考日本文学近代化的问题,酝酿建立自己的文学论。1903 年,夏目漱石回国后,一边在东京帝国大学从事教职,一边进行文学创作。1907 年,他辞去教职,任《朝日新闻》的特约作家,创作了多部小说作品。1916 年,夏目漱石因胃溃疡引发大出血而去世。

第十章　近现代日本小说的成长与发展

夏目漱石作为作家,如同中国的鲁迅一样,具有一种硬骨头的精神。他坚决反对权贵,拿起尖锐批判和深刻讽刺的笔,决心"快刀斩断两头蛇""起挥纨扇对崔嵬",向社会的黑暗现实和邪恶势力挑战。这种伟大的精神力量和人格力量,使他在进行小说创作时,自觉地运用批判现实主义的手法,面对当时日本社会黑暗的现实。

夏目漱石的现实主义小说作品有《我是猫》《哥儿》《疾风》《二百一十日》《矿工》《门》等,其中以《我是猫》的成就最高。因此,这里主要对《我是猫》这部小说进行详细分析。

《我是猫》没有跌宕的情节和严密的结构,但以深刻的思想性、尖锐的讽刺手法和独特的幽默语言,对明治社会的庸俗、丑恶的现实进行了有力揭示与批判,成为一部流芳后世的伟大现实主义作品。

小说主要描写的是接受西方个人主义影响的中学教师苦沙弥先生与其友人迷亭、寒月、独仙等聚在自己的客厅里议论种种的社会世相和文化现象。他们有的人与主人一样,接受西方个人主义影响,有的人则保守传统的日本主义。总之,他们从自己的不同立场出发,大发议论,且常常互相批评或揶揄。但是,这些人都不是小说的主人公,真正的主人公是苦沙弥家里养的一只猫。这只猫被作者拟人化,通过猫的眼观察社会的种种世相,通过猫的脑思索着种种的社会问题,通过猫的口分析和批判种种丑恶的社会现实。总之,故事的发生、发展和结局都是由猫来扮演主要的角色,这充分体现了《我是猫》的艺术构思之奇特。

这部小说除了有着奇特的艺术构思,在思想内容方面也具有重要的价值。小说反映了日本近代化大潮中的种种物质生活和精神生活的重大矛盾和冲突,充满时代的气息。这一点,从作者精心设计的苦沙弥、迷亭、寒月、独仙等不同思想性格的知识分子人物形象,以及从这些人物对社会和时事的议论、挖苦和讽刺中得到有力的证明。当时日本维新已过 38 年,且经过日中、日俄两次不义的战争,掠夺别国的财富,发展了本国资本主义经济,巩固了资产阶级的权力。此外,明治维新后,学习西方文化在促使日本文化走向近代的过程中,交替出现盲目崇洋、全盘西方化和狂信国粹,全面复活日本主义、国家主义的两种极端倾向。西方的金权主义和东方的极权主义的结合,影响了当时日本文化的价值取向。知识分子也产生了明显的分化,一部分人以金钱为万能,成为拜金主义的俗物,或者依附政治权力,阿谀奉承权贵;另一部分有良心的知识分子,接受了西方近代文明的洗礼,初步确立并坚持"自我本位"的主体意识,在不同程度上具有近代自我的觉醒,追求独立的人格。他们对这种转型期的社会现实和文化现象表示了极大的不满,但在强大的政权金钱的双重压制下,近代的自我也受到极大的压抑,他们所能做到的,就是私下议论,不同立场和观点的人,相互或挖苦,或讽刺,以发泄积郁在胸中的愤懑。这样的思想内容,使这部小说具有对社会现实强烈的批判精神和巨大力量。

此外,这部小说充分运用了谐谑性的传统艺术形式,最大限度地调动它所追求的轻松、幽默、滑稽、谐谑的性格和暗示的警句式的表现。比如,作者一方面通过猫来津津乐道地大讲尊重知识和知识分子的可贵,另一方面通过此猫与邻居人力车夫的大黑猫谈话时,说自己"瘦得皮包骨",讥笑人力车夫的猫"身强力壮",却"头脑简单""毫无教养""野性十足",象征社会轻视知识和知识分子,以及轻蔑劳动和劳动者的可悲现实。

这部小说的语言也极具特色,成功地活用了日本语言的各种特色,包括日本语言特有的反语、双关语和谐音语,再加上交错使用幽默的词句、诙谐的语调、隐喻的警句、辛辣的妙语、轻松的插话等,极大地发挥各种不同的语言效果,组合成多彩的艺术语言世界,而且都使用了当代地道的东京腔,呈现出浓郁的民族特色。

第二节　小林多喜二等与无产阶级小说的创作

19世纪末20世纪初,随着日本产业革命的进展和资本主义的发展,日本加快了过渡到帝国主义的步伐。与此同时,产业工人的队伍迅速壮大,形成一支独立的力量,不断开展反对资本家残酷剥削和争取生活权利的斗争。在第一次世界大战后,随着俄国十月革命获得了成功,日本国内呈现出工农运动蓬勃发展的局面,社会主义思想也因此得到了广泛传播。这一社会现实反映到文学创作方面,便是促进了无产阶级文学的产生与发展。无产阶级文学重在批判日本的社会政治文化经济现状,剖析时弊根源,以崭新的政治视角表现日本人的生活和情感,开创了日本文学前所未有的新局面;热情而真实地表现了革命发展中的现实生活,展现了革命者所遭遇的困惑与困难。日本无产阶级文学以小说的成就最为突出。小林多喜二、叶山嘉树、黑岛传治、中野重治、德永直、宫本百合子、野上弥生子、广津和郎等都是著名的无产阶级小说家,这里着重对小林多喜二和德永直的无产阶级小说进行详细分析。

一、小林多喜二的小说创作

小林多喜二(1903—1933),出生于秋田县北秋田郡下川沿村的一个贫苦农民家庭。他的父母喜爱文学和戏剧,他也因此受到了一定的文学熏

第十章　近现代日本小说的成长与发展

陶。4岁时,他跟随父母从秋田搬到了北海道的小樽,后进入小樽商业学校就读。在此期间,他接受了民主潮流的洗礼,形成了开阔的心胸和明朗的性格,并对文学产生了浓厚的兴趣。1921年,小林多喜二进入小樽商业高等学校。在校期间,他广泛阅读了西欧和俄国的近代文学作品,特别是邓南遮、歌德、福楼拜、斯特林堡、契诃夫、屠格涅夫、托尔斯泰、陀思妥耶夫斯基等人的作品,并对作品中体现出来的人道主义精神和人物的性格力量产生了强烈的情感共鸣。与此同时,他开始将朴素的人道主义正义感与思想信仰和思想方法联系起来思考革命与艺术问题。1924年,小林多喜二从小樽商业高等学校毕业后,开始在北海道拓殖银行小樽分行任职。他在银行工作的同时,还全力以赴地从事文学创作。1926年,小林多喜二所在的北海道拓殖银行的资本家与地主勾结剥削佃农,引起了日本历史上第一次工农联盟的租佃斗争和罢工斗争,小林多喜二参加了这次斗争。自此,小林多喜二积极投身到如火如荼的工农群众的斗争中去,并因此走上了无产阶级文学之路,发表了《一九二八年三月十五日》《蟹工船》《在外地主》《沼尾村》《为党生活的人》等多部无产阶级小说作品。1931年,日本帝国主义发动"九一八事变"大举侵略中国之时,小林多喜二怀着对中国人民的深厚情谊,挺身而出,坚决反对这场屠杀中国人民的侵略战争。1933年,小林多喜二在街头进行地下联络工作时,由于叛徒出卖,被警察逮捕。他被严刑拷打了几个小时,英勇不屈,最后为日本人民的革命事业、为反对日本帝国主义发动的侵略战争,献出了自己的青春和生命。

小林多喜二的无产阶级小说主要关注的是工农群众的斗争以及工农群众的悲惨生活,较为重要的作品有《一九二八年三月十五日》《蟹工船》《工厂细胞》《组织者》《转型期的人们》《沼尾村》《为党生活的人》等。其中,《一九二八年三月十五日》描写了一群革命家在事件前后的生活状况以及在当局残酷镇压下表现出来的种种性格,重点突出了他们英勇不屈的革命性,揭露了绝对主义天皇制下国家政权的本质。《工厂细胞》描写被视为最难以开展工作的一家制罐厂建立了地下党支部,党支部巧妙地利用该厂实行所谓产业合理化的机会,动员全厂职工,建立公开的合法工代会,领导和组织工人进行斗争活动的故事。《组织者》是《工厂细胞》的续篇,描写在工厂党支部受到镇压而几近崩溃的情况下,潜入制罐厂的"组织者",以无产阶级战士的坚强意志,进行艰苦的重建组织的故事。《转型期的人们》以小樽的工人总罢工为中轴,艺术地概括日本革命运动所经历的一个时代的风云。《沼尾村》反映了在日本不断扩大侵略战争的情势下,北海道的一个歉收农村的贫农与附近的矿工联合反对帝国主义发动的战争,以及他们与社会民主主义者的斗争,进一步探讨了工农联盟和反战的重要课题。

《蟹工船》是小林多喜二的代表作,也是日本无产阶级文学杰作之一。小说以蟹工船为舞台,讲述的是渔业资本家勾结帝国的反动军队对北洋蟹工船上的渔工、杂工进行野蛮剥削和残酷镇压,渔工们过着地狱般的非人生活,他们在实际的阶级斗争中接受了革命思想的影响和血与火的洗礼,逐渐觉醒,加强团结,在生死线上同作为"阶级恶"的象征——渔业资本家的代理人浅川监工及其他恶势力进行了英勇、机智的斗争。这场斗争虽以失败告终,但觉醒了的工人们并没有气馁,他们总结失败的经验教训,重新组织力量,满怀胜利的信心,再一次迎接新的战斗。

在小说的开篇,作者就让上蟹工船劳动的渔工喊出:"下地狱去啰!"这说明,作者是有意识地选择了像地狱一样的蟹工船这一特殊的劳动形态和典型环境。与此同时,作者在讲述故事时,注重通过船上各阶级代表人物包括作为资本家代理人浅川监工的活动,以及"秩父号"的沉没、川崎船的失踪、帝国军舰的"护航"等情节,有机地把蟹工船同整个日本社会,乃至国际社会密切联系起来,大大地扩展了活动的空间,从而深刻地剖析了带有浓厚封建性的日本资本主义的剥削关系,科学地揭示了帝国主义阶段的资本主义的实质,无情地揭露了日本帝国主义发动侵略战争的总根源,形象地提出了无产阶级必须反对帝国主义战争的历史任务。

总的来说,小林多喜二的无产阶级小说创作,在日本近现代文学领域树立了与国家权力对抗的革命现实主义文学的题材,开启了民主主义文学的篇章,具有重大而深远的意义。

二、德永直的小说创作

德永直(1899—1958),出生于熊本县饱托郡花园村的贫农家庭,父亲是地主家的佃农。由于家境贫寒,德永直小学未毕业就辍学,12岁到当地印刷厂当学徒工,还在地方报纸、烟草专卖局、发电厂当过工人。在此期间,他开始接触工人运动,并对无产阶级文学产生了兴趣。1922年,德永直失业,之后只身到了东京,进入共同出版的前身博文馆印刷所担任排字工,参加了出版从业员工会并担任博文馆印刷所支部负责人,开始习作,在工会刊物上发表。1926年,日本暴发了劳动运动史上著名的共同出版争议罢工纠纷。德永直作为共同出版的工会干部之一,领导三千工人坚持了近两个半月的大罢工,结果罢工失败,德永直和几百名工人被厂方解雇。之后不久,德永直加入日本无产阶级作家同盟,发表了大量文学作品。1933年,他退出作家同盟,并于翌年与渡边顺三创办了《文学评论》杂志,开始了揭露劳动者悲惨现实生活的颇具社会性质的私小说创作,有《最初的记忆》

第十章　近现代日本小说的成长与发展

《八年制》等。第二次世界大战后，德永直参与创立了新日本文学会，并于1946年加入日本共产党。1958年，德永直因病在家中去世。

德永直在1928年，以1926年的共同出版争议罢工纠纷为题材，创作了长篇处女作《没有太阳的街》。凭借这部小说，德永直一举成为无产阶级文学的新晋作家。

《没有太阳的街》讲述的是拥有三千工人的大同印刷厂，劳资双方围绕解雇左翼工人而发生了纠纷，由此工会决定发动和领导全厂工人进行大罢工。在罢工运动中，生活在没有太阳的隧道似的简陋屋子里的工人，靠着叫卖来苦苦维持罢工后的生活。女工高枝不顾身边有一个患病的父亲要靠她的劳动来维持生计，也毅然加入了罢工的行列。罢工旷日持久，工人采取占领工厂、破坏机器，并袭击给大同印刷厂供应纸张的王子纸厂等行动，受到军警的镇压。同时，随着罢工运动的开展，工会分裂，还出了叛徒，导致罢工团会议最终接受了资方解雇工人的条件。但是，在罢工失败后，青年工人表示要继续坚持高举战斗的旗帜，相信工人的斗争终将获得最后的胜利。

德永直在创作这部小说时，运用了分镜头的手法，分别描写了意欲借此机会将左翼劳动组织斩草除根的资方、大同印刷厂大川社长的勾结活动，劳方代表——工人组织评议会最高干部们的斗争过程和会议内容等，中间穿插对警察、市议会议员、男女劳动者和他们的家人等社会各阶层人士的刻画描写，从而使整部小说形成了恢宏的气势。同时，小说中运用了工农大众所易于接受的通俗易懂的形式，切入一个个日常生活的镜头，比如高枝在罢工斗争中，与领导工会的薮村暗自相恋，并一度被捕；高枝的妹妹加代与薮村的同伴宫地相爱，并有了身孕，宫地由于暗杀厂长大川未遂被捕入狱，加代也被检举，最后流产死去等斗争与爱情的生活情节，从而使小说具有了较为浓郁的生活气息。

第三节　森鸥外等与浪漫主义小说的创作

日本浪漫主义的兴起，要比西方浪漫主义的兴起足足晚了一个世纪，即19世纪后半叶日本才兴起浪漫主义。兴起后的日本浪漫主义获得了很多作家的认可，逐渐形成了自身的特色，并一直延续到20世纪。从总体来看，日本浪漫主义在哲学思想上追求实现彻底的自由主义，在精神上追求自我的完全解放，主张彻底尊重人性、个人的感情，以发挥人和人的力量取代借助神和神的力量来寻找自身的创造力，同时主张扩充自我，争取思想感情上的自由；在艺术上则强调人道主义及其本身的价值，企图通过内部生命的发展深层之呈现来导致对人的肯定,同时在主观和空想中着力美化现实,在自我内心世界中创造一个虚构的现实世界,一个超越现实的、比现实更高的、理想的艺术世界。此外,日本浪漫主义以诗歌和评论为先导,同时也出现一批浪漫主义的小说家。森鸥外、樋口一叶、泉镜花、德富芦花、国木田独步、木下尚江、永井荷风等都是日本近现代著名的浪漫主义小说家,这里着重分析森鸥外、樋口一叶、泉镜花和永井荷风的浪漫主义小说创作。

一、森鸥外的小说创作

森鸥外(1862—1922),原名林太郎,出生于石见国(今岛根县)鹿足郡津野武士家庭。他的祖上历代是藩主龟井家的侍医,因而家境优越,从小便接受了良好的教育。他5岁开始向儒学者学汉学,9岁学习荷兰语。1872年,他进入文学社学习德语。1874年,他考入第一大学区医学校(现东京大学医学系)。在校期间,他积极学习专业知识,并进行了广泛的阅读,尤其爱读小说和随笔。毕业后,他从军,任陆军副军医。1884年,他被陆军派去德国留学4年,专攻卫生学和军医学,课余广泛涉猎古今东西方的名家名作,由此大大开阔了视野。留德期间,森鸥外曾与一个德国舞女相恋。1888年他回国时,舞女追随来到了日本,但森鸥外慑于家庭的压力和屈服权力对私生活的干预,万般无奈舍了那个异国女郎,但在他年轻的心中留下解不开的情结,这后来转化为他的文学创造力。回国后的森鸥外在陆军医校当教官,致力于医学界的医政近代化和陆军医疗组织的近代改革。同时,他开始进行文学创作,涉及小说、戏剧、随笔、文学评论等多个领域。晚年的森鸥外从事考证学传记研究,并于1917年起任帝室博物馆总长兼图书馆馆长、帝国美术院院长等职。1922年,森鸥外去世。

森鸥外是日本浪漫主义的先觉者,也是著名的浪漫主义小说家。他创作的小说《舞姬》三部曲(《舞姬》《泡沫记》《信使》)便孕育了萌芽期的浪漫主义思想,成了日本浪漫主义的源流。

《舞姬》用浪漫主义的手法,描写了知识分子近代自我的初步觉醒,以及在现实的压抑下个性的失落,反映了现实的悲哀、时代的悲哀。因此,这部小说被认为是日本浪漫主义的先驱之作。

小说讲述了一个凄美、悲惨的故事,主人公是太田丰太郎。太田丰太郎是一个青年官吏,奉命到德国留学。其间,他遇到了一个贫困的德国舞女埃丽丝。出于同情,他帮助了埃丽丝,这让埃丽丝十分感动。后来,两人的接触逐渐增多,并相爱、同居。日本某省官厅在得知太田丰太郎的这一

第十章　近现代日本小说的成长与发展

行为后十分生气,准备免去他的官职。此时,太田丰太郎在大学时代的好友相泽谦吉的忠告之下,为了安然回到日本,保住官位,不得不抛弃已有身孕的埃丽丝,抱着伤心之情回国了。这对埃丽丝造成了极大的打击,最终发了疯。

在小说中,作者第一次以近代自我的觉醒问题作为主题,力图描写主人公太田丰太郎从令人窒息的封建残余社会到了德国,接触到西方的近代文明和自由的空气,思想逐渐产生了变化,有了近代自我的初步觉醒的过程。为此,作者选择了那个时代最普遍存在的、最具典型意义的觉醒与屈从、叛逆与妥协的问题,即围绕太田丰太郎在自我觉醒的过程中的爱情与功名的激烈矛盾冲突来展开故事情节。作者笔下的主人公太田丰太郎,是一个具有明显的两重性格的人物:他一方面接受了新思想的洗礼,积极追求个性的解放、恋爱的自由,在一定程度上表现了他的叛逆性格;另一方面这种内在的叛逆性格又是不彻底的,在外在的孝道、利禄面前,他又动摇乃至妥协。这形象地表明了在封建社会到资本主义社会的转型时期,知识分子在激烈动荡的变革中的复杂心态、软弱性格,以及他们在旧的伦理道德束缚下思想的不成熟性。

从总体上来看,这部小说缺少西方浪漫主义小说的热情奔放的激情和彻底叛逆的精神。中村光夫说:"成为《舞姬》的基调的,是自觉了的'机械式人物'的忧郁。这种忧郁就是发生了类似这一小说所描写的事件后,回到了充塞着不自觉的'机械式人物'的我国的森鸥外的忧郁吧。"这一见解很有道理,《舞姬》中所流露出的确实是一种无可奈何的抒情的咏叹和屈从现实的悲哀和怨恨,这明显不同于西方的浪漫主义小说。

《泡沫记》讲述的是主人公巨势与卖花少女马丽的故事。巨势在留学德国学习画画期间,遇见了一个十二三岁的卖花少女马丽。当时,马丽的花散落一地,巨势觉得马丽十分可怜,便给了她一点钱,这让马丽难以忘怀。6年后,两人重逢。此时,马丽已成为美术学校的模特儿,而她的父亲是国王路特易二世的御用画师。有传言,国王路特易二世曾恋慕过马丽的母亲,但二人最终未能在一起。后来,马丽的父母先后去世。其间,马丽因得到巨势的帮助,便与其相好。一天,两人去城下的湖边泛舟,遇见了国王路特易二世。此时,国王已发疯,误将马丽看成是她的母亲,导致马丽落水身亡。后来,国王也溺死湖中。

《信使》的男女主人公分别是小林和依达。小林是一名青年士官,他在参加军团的秋季军事演习时,与米尔哈姆中尉的未婚妻、伯爵的女儿依达相识。此时,依达为自己的包办婚姻感到不满。她曾要求父亲解除这桩婚姻,但遭到了父亲的拒绝。为了不成为封建旧习的牺牲品,依达请求小林成为她的信使,为她将一封信交给她的姑姑国务大臣夫人。小林答应了依达的请求,并把信送给了她的姑姑。多年后,两人在一次新年晚会上再次遇到。此时,依达已成为女官。对此,小林感到十分惊讶。后来,在与依达的谈话中,他得知自己曾为她传递的那封信是依达为反抗重门阀、血统的贵族社会的风习而依附其姑姑选择走女官之路。这时,小林因感觉到依达对自己的信任与真诚,爱慕起已经与未婚夫解除婚约的依达。

《舞姬》三部曲都是森鸥外以自己的德国留学经历为素材创作的,且都以悲剧的恋爱为主题,用同样的文体,表现浓厚的抒情的咏叹,充满了异国的浪漫情调。

在《舞姬》三部曲之后,森鸥外创作了另一力作——《雁》。在这部小说中,森鸥外尝试将浪漫主义手法与现实主义手法相结合,以更好地表现小说的主题。

小说讲述了明治初期贫苦的少女阿玉的悲剧故事。阿玉为生活所迫,备受巡警的欺凌,后沦为高利贷者的小妾,遭人冷落。虽然如此,她仍不甘屈辱,热切地追求独立和自由。后来,她偷偷爱上了一个医大学生冈田,这使她感到十分幸福。但是,她还没来得及向冈田表明自己的爱慕之情,这一幸福的幻影便被打破了。

这部小说的叙述视角是十分独特的,它通过大学生冈田的朋友"我"的回忆形式展开了故事情节,并将叙述、议论、抒情三者有机结合起来。同时,小说中通过一系列的细节描写,对人物的内心世界进行了极富层次的展现,从而使人物的性格更为鲜明。以阿玉这个人物来说,小说中运用纤细清丽的词句,细腻地描绘了她从受凌辱到觉醒的全过程,以及她纯真、善良、开朗、追求自由的性格,生动而形象地反映出明治初期日本妇女要求摆脱封建束缚、追求个性解放的进步愿望。

总的来说,这部小说着墨淡雅,感情丰盈,文字清丽,情意缠绵,就像是一首抒情诗,给读者留下了诗一般的余韵。

在创作了《雁》之后,森鸥外的创作方向发生了改变,即转向了历史小说的创作,发表了《兴津弥五右卫门的遗书》《阿部一家》《大盐平八郎》等多部历史小说作品,试图把握历史的规律。

二、樋口一叶的小说创作

樋口一叶(1872—1896),原名奈津,是日本近现代文坛上第一个独放异彩的女作家,有"当代的紫式部"之称。她出生于东京府的一个下级官吏家庭,自幼聪颖好学,但她的父亲重男轻女,11岁便不再让她接受学校教

第十章　近现代日本小说的成长与发展

育。后来,她的父亲和长兄去世,家道中落,她与母亲、妹妹以洗衣和针线活来维持家计,更无法继续入学就读。但是,樋口一叶渴望接受教育,于是接受桂园派的短歌指导,并进入短歌名家中岛歌子主办的"秋舍"歌塾习作短歌,这为她日后走上文坛起了重要的作用。后来,樋口一叶看到她的挚友田边花圃因成功地发表了小说《丛林中的莺》而获得了一笔可观的稿费后,决心通过写作来解决自己家庭的经济危机。此后,她得到了她曾经爱慕过的记者兼通俗作家半井桃水的指导,并学半井桃水的戏作手法写了习作《暗樱》,描写一个15岁的少女恋慕一个21岁的男学生,男生却抱着一颗淡泊的心,将她当作妹妹来看待的故事,暗示了自己与半井桃水的一段关系,流露了自己对半井桃水的爱慕之情。其后,她又发表了若干作品,但均未受到文坛的认可。直到1892年她发表了小说《木化石》,才开始受到文坛的关注。此后,她结识了《文学界》的同人,并在与他们的接触、交流中接受了浪漫主义的文学理念,开始了浪漫主义小说的创作。正当她还要不断探索、进一步发挥自己的文学才华的时候,1896年,年仅24岁的樋口一叶被生活的压迫和肺病夺去了年轻的生命,文坛的一颗新星陨落了。

樋口一叶的小说多聚焦生活在时代与社会的夹缝中的明治底层社会的贫困女性,用女作家的纤细视角,对女性深微细腻的心绪进行描摹,并书写情感破碎的哀怨。因此,她的小说总是在感伤哀愁的浪漫主义风格中渗透着其对现实桎梏的深沉凝视和控诉,包含着深刻的批判意识。

《雪日》是樋口一叶写得较好的一部浪漫主义小说,它是樋口一叶以自己与半井桃水关系的体验为素材写成的,因而有着明显的自传体小说性质。小说讲述的故事是,女主人公阿珠失去双亲,寄居山村的伯母家中,与从东京来的一位教师邂逅,产生了恋情。伯母听闻邻居的风言风语,忠告她勿败坏家誉。但阿珠没有理会,某一雪日,造访了教师家,两人双双出走东京。在故事的结尾,阿珠获得了解放,但她并未因此感到喜悦,内心反而后悔自己的不知廉耻和自私自利。

这样的小说结局,不仅反映了樋口一叶在自由恋爱问题上所表现的自主意识,而且也反映了她在对待旧道德的矛盾态度。尽管如此,这部小说宣扬了超越世俗的恋爱才是真正恋爱的中心思想。由于樋口一叶在小说中运用了浪漫的语言和技巧,因而这部小说又完全体现了近代浪漫主义的文学精神和恋爱观。

在《雪日》之后,樋口一叶又创作了《大年夜》《青梅竹马》等优秀的浪漫主义小说。其中,《大年夜》写的是一个失去双亲的少女阿峰,为给生病的伯父治病,大年夜偷了主家的钱,快将暴露时,恰巧主家的浪荡公子也拿了钱去游乐,于是阿峰的盗窃事被掩盖了。这个故事反映了阿峰一家的贫穷生活的悲惨状况。《青梅竹马》写的是花街吉原里龙泉寺町三个少男少女思春期的恋情,以及他们的心理变化和生理变化,形象而生动地反映了生活在那里的人们的爱、忧郁、悲哀,痛苦与怨恨,并以深厚的哀惜感情描绘了贫街陋巷的现实,从而揭示了贫富差别和对立的社会矛盾。这两部小说都充满了浓厚的浪漫抒情性,也有着很强的写实性。

后来,樋口一叶在进行浪漫主义小说创作时,尝试将其与写实主义的方法相结合。《浊流》便是樋口一叶在这方面的尝试。这篇小说通过描写娼妓的苦恼和绝望的内心世界,对生活在花街及附近下层社会的人们的悲苦进行了深刻揭示。

第四节 田山花袋等与自然主义小说的创作

在 19 世纪后期,西欧自然主义文学已传入日本,但当时的日本尚未对它有真正的理解。直到 20 世纪以后,在西欧自然主义文学思潮已呈现衰落趋势之时,日本才形成了自然主义文学思潮。日本自然主义文学认为文艺与理想无关,探索人生的最初目的和终极理想都是没有必要和毫无意义的,因而文艺只要排除一切目的和理想,如实地表现自我的感觉就够了,这使得自然主义文学流露出悲观的情调、虚无的思想和黯淡的人生观,给人一种没有出路的窒息的感觉;认为文学的价值完全在一个"真"字上,要求作家像自然科学家一样,原原本本地再现现实生活的现象,忠实地描写自然界,为此在创作时必须放弃自我的主观,服从客观的面貌,对现实采取完全中立和旁观的态度、纯客观的态度;强调人的"本能冲动",认为性欲对人的生活起着"决定性"的作用,企图通过肉欲来宣泄主观苦闷的心境,以求得所谓人生的至乐;反对封建道德、反对因袭观念,追求个性和强烈的自我意识等。日本自然主义文学创作实践了上述思想,且在自然主义小说创作取得的成就最大。田山花袋、德田秋声、正宗白鸟、岩野泡鸣、真山青果等都是日本近现代文坛著名的自然主义小说家,这里着重分析田山花袋、德田秋声和正宗白鸟的自然主义小说创作。

一、田山花袋的小说创作

田山花袋(1872—1930),原名田山录弥,出生于群马县邑乐郡的一个下级藩士的家庭。6 岁时,他的父亲在西南战役中战死,自此家道中落。他从小就接受了汉诗文教育,14 岁时已编辑了汉诗诗集。可惜,由于家境贫寒,他中学就被迫辍学了。1881 年,他由祖父陪伴到了东京,在一家书店当

第十章　近现代日本小说的成长与发展

了学徒。第二年,他返回家乡,继续他一度中止的学业。1886年,他举家迁居东京,投靠已就职的兄长,并进入私塾学习英语,开始接触西方文学。1891年,田山花袋结识了尾崎红叶,并经介绍在砚友社成员江见水荫主持的一家小杂志当编辑。之后,他又陆续认识了国木田独步、岛崎藤村、柳田国男等作家,并开始了文学创作生涯。1902年,田山花袋发表了《重右卫门的末日》,文学才华初步得到肯定。此后,他的文学创作开始倾向于自然主义,创作了多部自然主义小说作品。1930年,田山花袋去世。

田山花袋被认为是日本自然主义的鼻祖,他在自然主义文学创作方面极力主张露骨的描写,暴露人的兽性的一面,认为题材不可避免肉与丑。同时,田山花袋以再现自然的无技巧主义为理想,主张"依照事实的原本,自然地描写事实"。

《棉被》被认为是日本自然主义的第一作,也是一部日本式的自然主义文学的典范作品。在这部小说中,田山花袋并未完全按照左拉的自然科学实证理论进行创作,只是停留在彻底的客观写实上。同时,田山花袋在这部小说中,实践了自己倡导的客观暴露描写。

小说的主人公是竹中时雄,他是一个中年文学家,有妻子和三个孩子。但是,他在文坛并没有什么突出建树,而且他的文学理想得不到家人的理解和支持。因此,他的日子是孤独平庸、波澜不惊的。而横山芳子的出现,彻底打破了他原本平静的生活。横山芳子是一个19岁的少女,有着艳美的容姿和温柔的声音。她由于喜爱文学,仰慕竹中时雄,便拜竹中时雄为师,学习小说创作。在与横山芳子的朝夕相处中,竹中时雄对她产生了爱慕之情,但为其妻子所嫉妒,且遭到横山芳子父亲的反对。无奈之中,竹中时雄只能将自己的爱欲强压在心头,终日郁郁寡欢。后来,横山芳子有了学生恋人田中秀夫。竹中时雄难忍嫉妒,以横山芳子监护人的身份,将他们硬生生拆散了。此后,横山芳子选择了离开。在横山芳子离去以后,竹中时雄独自走进横山芳子的卧室,并躺下来盖上横山芳子的棉被,埋头闻着棉被上留下的横山芳子的余香,一股性欲、悲哀和绝望的情绪立即袭上心头,失声痛哭起来。

事实上,这部小说并没有涉及任何露骨的肉体描写,它只是客观地将一位中年男子的内心爱欲毫无保留地呈现了出来,是对人的心理的真实,或称生物本性的"事实"的一种记述。同时,这部小说打破了一般小说通常的表现手段,没有着重以事件为中心来安排小说结构,而完全按照作者本人所主张的"舍弃小主观""露骨的描写"的精神,展现主人公之恋的心理路径,以反映作者本人的生活、思想和吐露自己的客观的感情。

这部小说在发表后,因其无所顾忌地暴露自己的生活中最丑恶的部分,大胆而勇敢地违反明治的伦理道德,使舆论哗然,田山花袋也因此一跃成为炙手可热的自然主义代表作家。此后,田山花袋继续创作了多部自然主义小说,其中最为著名的是《生》《妻》《缘》三部曲。这些小说的故事都以田山家族为中心,反映老母卧病在床半年期间所产生的母子之间、婆媳之间、姑嫂兄弟之间的微妙关系,暴露这个封建家庭的阴郁生活、新旧两代人的代沟和爱憎交集的感情。也就是说,在这三部小说中,田山花袋着重暴露了家庭的丑恶。

《乡村教师》被誉为是田山花袋自然小说中的杰作,其创意来自作者于1904年的所见所闻。当时,田山花袋作为日俄战争的从军记者刚刚回国,在家乡附近的羽生,偶然发现了一块簇新的墓碑,经向人打听才知道原来墓的主人是一个患结核病去世的青年。因为家里穷,青年中学毕业后没有继续升学,当了代课老师,后来患病默默地死去了。青年人的寂寞身世与田山花袋自身的幼年经历在他内心深处产生了强烈共鸣,于是田山花袋就以这个年轻人为原型,根据年轻人留下的日记,经过大量的实地走访调查,写作完成了这部客观小说。

小说的故事以日俄战争为背景,描绘中学毕业生林清三虽胸怀大志,但由于家境贫困,无法升学,只好留在乡村当代课教师。他手执教鞭,却想从文学中寻找人生的乐趣,于是投宿成愿寺,拜该寺方丈诗人山形古城为师。在寂寥的生活中,林清三悄悄地思恋其友的妹妹,爱恋未成,变得自暴自弃,经常出入青楼,在放荡的生活中,好不容易体会到乡村毫无矫饰的生活意义,这时他的肺病却日益加重,最后在庆贺日俄战争胜利的欢呼声中死去。

林清三这个人物在明治末期的窒息时代,是有其典型意义的。作者在塑造这个人物时,又把他放在当时无数穷乡僻壤之一的典型环境之中,倾注了自己的强烈的感情色彩。他不仅对林清三表示了深深的同情和爱,同时或多或少暴露了某些社会黑暗和矛盾。

晚年,田山花袋的创作中呈现出日益浓厚的宗教色彩。同时,随着自然主义运动的落潮和新锐作家的陆续登场,田山花袋渐渐被排挤出主流作家之列。

二、德田秋声的小说创作

德田秋声(1871—1943)是与田山花袋同时代的自然主义作家,原名德田末雄,出生于金泽横山町下级武士的家庭。在明治维新之后,随着武士制度被废除,德田秋声的家庭陷入贫困的境地。德田秋声自小喜欢读书,

第十章　近现代日本小说的成长与发展

但因身体孱弱,上学较晚,这使他产生了一种自卑的意识。上中学后,他对文学产生了浓厚的兴趣,后因父亲病故而退学。此后,他一心想当作家,以小说立世。1892年,他抱着习作《殉情女》到东京拜访尾崎红叶,但未见到,这使他深感失望。第二年,他回到了故乡,进入《自由新闻》报纸工作。但是,他始终未忘记从文之心。于是,1895年他再次来到东京,几经周折终于拜入尾崎红叶门下。1899年,经尾崎红叶介绍,他进入《读卖新闻》社工作,第二年便在《读卖新闻》上连载《飘浮的云》,获得意外的好评。此后,他辞去报社的职务,专心进行文学创作,且直到晚年都保持着旺盛的创作热情。1943年,德田秋声去世。

德田秋声在初涉文坛时,并不满足于客观反映社会的风俗和现象,而是期望能直接地描写社会的世相,对人生与社会进行批判。为此,他写了对当时社会的半封建性和强权的政治进行尖锐批判,主张尊重个性与自由的短篇小说《片断》;写了以受歧视的部落民生活为题材的短篇小说《紫金牛》。《紫金牛》通过描写善良的部落民医生的女儿为社会所迫发疯而终的不幸故事,表达了对部落民一家被歧视的不平和同情。但是,在关注遗传与境遇这点上,小说明显受到了左拉自然主义的影响。这表明,德田秋声的小说创作逐渐转向了自然主义。

德田秋声在进行自然主义小说创作时,在无理想、无解决的自然主义理念的引导下,直接将自己的私生活以及发生在自己周围的事件(真实)作品化,对其进行客观的、不掺杂任何主观情绪的观察与记叙。同时,德田秋声的自然主义小说注重在琐碎细小的生活描写中,着重暴露颓废的阴暗的心理情绪和渲染悲观绝望的情调。

《新家庭》是德田秋声最早进行的自然主义小说创作尝试,他在小说预告中说:"我的态度是,捕捉人生的某一事实,忠实地探究其核心的意义。"因此,在这部小说中,德田秋声对自己的主观情绪进行了极力压抑,用冷彻的自然主义的人生观,平淡简朴并原原本本客观地描写了新婚夫妇新吉和阿作的生活。这对新婚夫妇经营着一家酒馆,由于妻子愚痴蒙昧,丈夫却血气方刚,两个人的婚后生活既没有梦想也没有期待,有的只是斥骂、惊恐和疑虑等。如此一来,德田秋声便客观地展现了当时社会中市井庶民的日常生活。

在《新家庭》后,德田秋声又先后创作了《足迹》和《霉》,从而正式确立了他作为自然主义小说家的不可动摇地位。《足迹》对纷杂的人生进行了真实、客观的平面描写。小说的主人公是阿庄,她的父亲原来是地主,因而她原本有着较为富裕的家庭生活。在她十一二岁时,家庭没落,于是跟随父亲离开农村,到大城市东京谋生。在东京,阿庄受到周围淫荡和暗郁的贫困环境的困扰，尝尽了人间的辛酸。在这部小说中，作者以彻底的客观描写来反映阿庄平凡无奇而又坎坷的半生，但却采取立体描写的方法切入人物的心理深层，从而使人物的性格得到了更加立体的展现。《霉》描写主人公笹村与妻子阿银在结婚前数年的同居生活，生了二子后才登记结婚。但是，两个人的性格不合，于是发生了龃龉的故事。这部小说由于描写了夫妻间极为私密的事情，因而也被认为是日本私小说的先驱之作。

德田秋声在进行自然主义小说创作时，强调采用暗示的印象式描写手法，表现超越"各个物象"的"深奥的事物"。他说："印象式的描写法，也许是当今最先进的描写方法。大体上说，小说就是要写出作者的心情。而作者的心情最深处，其印象是可以最鲜明地表现在纸上的。故作者强烈感受的部分，在读者方面也可以享受到同样强烈的感动。也就是说，作者接触了事实，读者则依据其作品，可以一起享受到相同的印象和感动。"同时，德田秋声在运用印象式的描写时，企图从中发现半封建社会的人生的意义。

《糜烂》便是德田秋声采用印象式描写手法的尝试。在这部小说中，他采用印象式的描写法，描写了主人公浅井和妻子阿柳、女儿静子共同生活，后来浅井迷上了艺妓阿增，并为她赎了身。阿柳在得知这件事后，一气之下死了。之后，浅井和阿增同居，住在一起的还有阿增的远房堂妹阿今。不想，浅井又同阿今私通。这件事让阿增预感到，自己很可能会遭遇与阿柳相同的情况。于是，她把阿今许配给别人。小说中通过描述阿增这个平凡女人的颠沛的生活和阴郁的命运以及她的爱欲生态，企图窥视人生的一个真实，即挖掘沉潜在卑小的自我当中的人生观的一面。

在德田秋声的自然主义小说中，《粗暴》也是极有特色的一部作品。小说的主人公少女阿岛，是一个喜爱劳动的姑娘。她出生后被生母送了人，因而一直跟着养父母生活。一天，她的养父母作主要将她嫁给长工作太郎。但是，阿岛讨厌这个长工，于是在新婚之夜出走，回到生母家。但是，她与生母合不来，于是又回到养父母家。后来，她嫁给一个罐头商。在她怀孕后，罐头商怀疑自己并不是她腹中孩子的父亲，于是常常与她发生争执。无奈之下，阿岛再次回到生母家。在一次与生母的争吵中，阿岛不幸流产了。之后，她只身到了山间温泉浴场当女佣。在浴场主人猝逝后，她又回到东京与一西服店老板小野田同居。在同居过程中，她发现小野田太窝囊，于是离开他，移情于一个手艺人，逐渐养成了不依赖男人而自立生活的习惯。

在这部小说中，作者栩栩如生地描写了阿岛这个女性人物形象。她善良，敢于抗拒命运的摆布。但是，她又是无知的，因而她的反抗行动都是盲目的，最终只能是以悲剧结局。不过，作者在对这个人物的遭遇和造成悲

第十章　近现代日本小说的成长与发展

剧的命运进行描写时,只满足于追求微妙的感情和感觉上的满足,缺乏故事性和戏剧性,更无从人生哲学的角度对理想、人生和爱进行积极的探索,相反对于爱欲的描写似乎过于露骨和大胆,从而落入了"无理想、无解决"的自然主义文学的通病。

德田秋声在进入创作的晚期后,逐渐转变了其自然主义创作态度,开始采取旁观的态度,运用现实主义的创作方法,从社会的视角出发,一步步地深入描写生活在社会黑暗角落里的下层女性的不幸命运。《缩影》便是这方面的代表作,且有着极高的艺术性。由于这部小说不符合所谓的军国主义时代精神,因而遭到当局的查禁,德田秋声也被迫绝笔。

三、正宗白鸟的小说创作

正宗白鸟(1879—1962),原名正宗忠夫,出生于冈山县和气郡伊里村的地主家庭。他自幼便喜爱读书,尤其是江户时代的戏作小说。1892年,他进入旧藩校学习汉学和英语,但不到两年便退学。之后,他在家中无目的地滥读文学书籍。1896年,他进入东京专门学校(今早稻田大学)学习英语,两年后转学文学,并逐渐树立了自己的人生观和文学观。毕业后,他进入东京专门学校的出版部任编辑。1903年,他进入《读卖新闻》社,负责文艺栏。在此期间,他结识了田山花袋、国木田独步、蒲原有明等青年作家,并正式开始了自己的文学创作,发表了不少的作品。1962年,正宗白鸟病逝。

正宗白鸟被认为是继田山花袋、德田秋声之后的最为著名的日本自然主义小说家。他的自然主义小说大多从人道主义立场出发,描写在现实的苦难桎梏下呻吟的一般庶民特别是社会下层的命运,以及他们日复一日地送走他们没有希望、没有目的、庸碌而无意义的生活的悲痛,并以此忠实地对人生进行观照与探求。

《微光》和《泥人儿》这两部小说,可以说确定了正宗白鸟在日本自然主义文坛的地位。其中,《微光》运用虚无的笔触,描写了少女阿国玩弄男性,又被男性所抛弃,最后自己没有希望,自暴自弃,又去会另一个男人的故事。据说,这部小说是正宗白鸟以自己的经历为基础创作的,他通过这个故事对人的本能的利己主义进行剖析,继而对人生的丑恶进行暴露。《泥人儿》的主人公是守屋重吉,他刚刚结婚,对新婚妻子的态度十分冷淡。但是,他的妻子坚守旧的妇德,真心尽力地侍候他,期待他能够回报以爱情。可是,守屋重吉根本不想给妻子以爱情,还包了一个艺妓,常常不回家。据说,这是正宗白鸟的一段新婚生活的实际记录,但他采取惊人的冷静客观的态度,不带任何感情的因素,抒发了自己对人生的看法。

正宗白鸟的自然主义小说相比其他自然主义小说家的作品来说,还有一个鲜明的特点,即不满足于纯客观的写实,还尝试运用弗洛伊德的精神分析法,通过挖掘人物的深层心理,将他们的恐惧的不安、绝望的孤独和无端的猜疑等异常心理逼真地描写出来。比如,《地狱》描写主人公乙吉出生在一个放荡公子的家庭,其父放荡不羁的行为使他产生了一种异常的恐惧心理,企图借读书来驱赶其恐惧感,但仍不能摆脱困苦的精神状态,带来的仿佛是落入地狱般的苦痛。《徒劳》的主人公泽井壮吉患有一种"夸大妄想症",梦想到美国可以轻易地得到一笔巨大的财富,他用这些钱办一家贫民救济所,救济日本的贫民,以纠正日本政府错误的施政方针。壮吉的梦想进一步飞跃,加入天主教,探究政治,企图通过日俄贸易,谋求两国和睦。但他怀疑有人妨碍他的这些梦想的实现,他的行为将成为徒劳。

正宗白鸟自 1916 年以后,对写小说失去兴趣,转而埋头创作剧本。在第二次世界大战期间,由于他坚持自由主义的立场,为统治当局所忌,被迫停止创作。

第五节　三岛由纪夫与唯美主义小说的创作

日本的唯美主义文学产生于明治末年,认为文学应该游离生活现实,追求超然于现实生活的所谓纯粹的美,以创造独自的艺术世界;主张文学应该排斥思想和精神,不应服务于任何目的和带有任何功利的目的,从而超越人生与自然,超越美以外的一切价值,即将人生与自然的价值放在官能美的享受上,以追求独自的美的创造作为其艺术的至高无上的目的;强调生活就在于玩味、艺术也在于玩味的绝对官能主义,以官能的开放来改变一切价值观念;认为艺术之美的首要要素不是存在于思想、感情之中,而将思想、感情超越时空限制,以求得最彻底的享乐;日本唯美主义文学在诗歌、戏剧、小说诸领域都产生了一批重要成果,就小说领域而言,三岛由纪夫是最为著名的唯美主义小说家。

三岛由纪夫(1925—1970),原名平冈公威,出生于东京的一个高级官僚家庭。他出生不久,祖父卷进政治斗争而丢了官职,从商又遭失败,从此家道中落。三岛由纪夫在 13 岁之前,被迫离开母亲,由祖母严格管理。在祖母的管理下,三岛由纪夫可以说处于被锁在三重隔离的状态下,即与母亲隔离、与户外自然隔离、与同年代的游玩伙伴隔离。这样的生活境遇,导致他自己总是试图另外寻找一种"自我保护"的生活天地,那就是对绘画、童谣、童话产生一种一般幼童难得有的极其强烈的兴趣,仿佛企图从这些

第十章 近现代日本小说的成长与发展

东西里寻求某种在现实世界中得不到的东西。他每每耽溺于无边的梦幻，久而久之便无意识地躲避到非现实的世界里。中学时代的三岛由纪夫热心学习古典文学，同时也主动涉猎西方文学，尤其是英国唯美派作家王尔德的作品以及法国小说家拉迪盖的作品，从而开阔了自己的文学视野。自16岁起，三岛由纪夫开始发表小说作品。同时，三岛由纪夫越来越喜欢文艺复兴时期新古典主义的《塞巴斯蒂安·圣殉教图》洋溢着的异教的氛围，以及在圣者无与伦比的肉体上唯有青春、唯有闪光、唯有美、唯有逸乐的魅力，并被塞巴斯蒂安殉教的肉体、官能性、美、青春、力量乃至残酷的美所刺激，他性异常了，自我陶醉了；喜欢日本近现代作家谷崎润一郎的肉体恶魔主义、泉镜花的病态性的幻想、伊东静雄的浪漫的空幻、北原白秋的妖艳的语言，以及立原道造的爱与死的诗的戏剧性等，这些都为其后来形成唯美主义思想奠定了重要基础。在第二次世界大战后，三岛由纪夫在精神上处于一种混沌与清醒、绝望与希望参半的状态中，但他的创作从未停止。1970年，三岛由纪夫切腹自杀。

三岛由纪夫可以说是日本近现代文学史上最为著名的唯美主义小说家，他的审美意识起初是将井原西鹤的"好色"性和上田秋成的怪异性融合西方现代的弗洛伊德的性倒错说，构筑起自己唯美的审美价值取向。因此，他的小说结构大多是由性的美和性的对立组合而成，并常常以性爱和情事作为中心，展现和挖掘心理深层的一种异常的情欲，以便将人性和人的本能真实地展现出来。同时，三岛由纪夫注重将人心理的压抑升华为艺术的官能、隐微的颓废，继而从中发现意外的美、超常识的美。正是基于这种美学观，三岛由纪夫的小说大都面向怪异的世界，并用自己颠倒结构的思维方式，在现实的美与虚幻的美的交汇点上来创造自己的艺术。《禁色》和《假面自白》这两部小说可以说充分体现了三岛由纪夫小说创作的这一特色。《禁色》的主人公是作家俊辅，他的相貌十分丑陋，因而年轻时曾被女性拒绝其求爱。年老后，他将长期压抑在其生命内部的浪漫式的冲动转化为复仇，即企图通过青年悠一的相貌美和肉体美去完成其对女性的复仇。这表明，作者企图通过俊辅和悠一对女性的不同的异常情欲，对人的本能的真实进行准确的把握。由此，三岛由纪夫也实践了他的"艺术作品的逆反性的使命，就是美的使命和美的性格"的美学观念。《假面自白》是一部自传体小说，其文学结构分三个层次：一是写了主人公"我"的诞生和家庭状况以及家族人际的心理纠葛，并展现了幼时的"我"那光怪陆离的内心世界，激起一种官能的欲求而自我陶醉。结果养成了一种逆反心理，引发出第一次突发性的"恶习"——倒错的冲动，出现第一次性倒错。二是写了在学校的日常生活中，发现男学友近江健全的身躯以及壮实的完整无缺的美的幻影，"我"开始爱上男性的力量，并爱上了近江健全。但是，"我"与近江健全的同性恋是放置在固定观念上，由憧憬近江的男人野性的肉感，而联想到塞巴斯蒂安被乱箭射杀，由爱上近江的力度与肉感，到爱上塞巴斯蒂安的充溢的血，已经不满足于自己的肉体的成长，而转向追求自我的"精神锻炼"，开始了性的觉醒，出现第二次性倒错。三是写了与女性园子的初恋，由同性恋转向异性恋。"我"对自己的气质抱有一种不安感，曾尝试与异性恋爱，接近园子，但又自觉欠缺肉体的能力，难以成为现实的东西。最终，他选择忘却园子，同时视线内出现一个粗壮而野蛮却无比美的肉体，于是出现了第三次性倒错。这三次性倒错都是作者笔下的"我"的性欲与世人一般的性欲的倒错。

　　三岛由纪夫虽然力图在一切价值颠倒和现实虚妄之上来探索美，但他最终是为了不破坏性爱的"神圣的美"，而重新建立了性爱的"神圣的美"与崩溃了的自我的统一。《金阁寺》中主人公沟口就展现了这种奇妙的复杂的颠倒心态。这部小说中，三岛由纪夫撷取一僧人焚烧金阁寺的历史事件作素材，独创性地运用作者独立的思想和文体的力量，即从素材的现象独立出来，通过对主人公沟口的绝对的美与丑的展现，凸显其非人性的反社会行为，构建起纯粹的观念性的艺术世界。同时，在小说中，三岛由纪夫选择沟口这个人物的犯罪故事作为主题，离开善恶的价值观念和道德标准，通过自己的思想、感情和美学观，对沟口不为社会所容的行为进行了再现，并将其作为美的存在进行了赞美。

　　三岛由纪夫在进行唯美主义小说创作时，也注重将古典主义特别是希腊古典主义的美结构作为重要的创作支柱。三岛由纪夫十分思慕希腊艺术，但他不注意什么精神，只注重肉体与理性的均衡，并且在这种均衡即将被打破但可能难以打破的紧张中创造出美来。同时，三岛由纪夫接受古希腊对生的积极肯定的基本理念的影响，追求希腊英雄主义和男性裸体造型的宏大气魄，以及在艺术上所表现出来的严谨的完美性。《潮骚》这部小说，便是他在这方面的尝试。这部小说在神岛的自然与风俗画面上，展开了新治与初汀的渔歌式的纯情故事，将人物的生活、劳动、思想、感情镶嵌在大海的自然画框里，以大海寄意抒情，创造了一种自然美的独特魅力。尤其对于青春的描写，使之回归自然，返璞归真，极力提高爱情的纯洁度，达到了肉体与精神的均衡，并在这种均衡中创造了美。如此一来，新治与初汀这对恋人的爱情得到了绝对的纯化，推向至纯至洁的境界。在这里，美的艺术创造者与创造美的艺术，具有同一的伦理基准，即神岛古老共同体的基准，这不仅回归日本传统的深层，而且使渔歌的理想之乡的传统的古朴美保持完整无损而再现于现代。

第十章　近现代日本小说的成长与发展

三岛由纪夫在进行唯美主义小说创作时,还注意将破坏性的冲动与危险美的情趣相结合,并运用冷嘲热讽的、保守的乃至反动的言辞来构建新的文学模式。这里所说的危险美,实际上就是死亡之美。三岛由纪夫向来对生非常憧憬,但对死也非常固执。在他看来,死也是生的出发点,而且死也是一种美。这在《忧国》这部小说中有着鲜明的体现。这部小说着重描写中尉夫妻在悲境中自觉地捕捉生的最高瞬间,追求至福的死,并将他们肉体的愉悦和肉体的痛苦完美结合,使夫妻爱达到了净化的境地。但是,三岛由纪夫将这个美的世界安置上"2·26事件"的背景,目的在于表现比夫妻爱更为重要的主题,那就是大义与至诚,即将中尉对天皇和国家的忠诚抽象为纯粹的美。但是,在文学上并非愈抽象就愈纯粹,更何况注入这种强烈的政治意识和让人悚然的愚忠,实际上是一种明显的、从右翼的国家主义立场出发的政治批评,即企图将政治置于文学中,又将自己不可思议的美学置于文学中的政治。不过,这一切都是贯之以爱与死的主题来完成的,这也是作者为所要表达的真正主题而采取的一种巧妙的艺术手法。《丰饶之海》也表现了三岛由纪夫所提倡的危险美。小说中女主人公聪子和本多已经老迈,聪子对尘世的一切了无记忆,本多走向老丑的绝境。面对这一现实,作者情不自禁地道出:"人是要死的,肉体是要衰老的,为什么要等到老丑才死呢?这时候,他们两人什么也没有,既没有记忆,也没有过去,直面的是宿命的孤独,已是虽生犹死之人。"

总的来说,三岛由纪夫的小说呈现出鲜明的唯美主义倾向,大大丰富了日本小说的创作手法与创作内容。由此,三岛由纪夫在日本文坛享有极高的声誉。

第六节　川端康成等与现代主义小说的创作

日本现代主义文学思潮出现于 20 世纪初期,是伴随着日本资本主义的发展和机械文明的发达而产生的。在当时,机械技术支配人的生活,人的生活方式和思维模式随之发生了很大变化。在人的观念、文学的观念发生变革的情况下,不可避免地会产生一种新文学模式的要求,也就是要求排除以个人实感为基础的传统的写实,而以主观感觉为中心,在物质运动和瞬间的外部行为中分解人和现实,并且以感觉的文体和即物的文体变革为主导,通过这种新的文体再构筑这种变化了的人与现实。同时,在关东大地震后,日本政治、经济变得混乱,而日本统治阶级又以维持治安为借口,对工农革命运动进行残酷的镇压,整个日本处在一片白色恐怖之中。这一系列事件震动了日本知识界、思想界和文艺界,引起他们相当一部分人的思想混乱、不安和动摇,使他们陷入精神危机的旋涡中。无政府主义、虚无主义、唯我主义等社会思潮应运而生,西方战后贪图瞬间享乐的风潮席卷而来,冲击着日本传统的价值观念,他们对自己在社会的存在感到不安、彷徨,产生了消极和绝望的情绪,竭力挖掘自我内心的不安,追求刹那间的美感、官能上的享受和日常生活中非现实的东西。这种精神上的变化,为一种新思潮的诞生提供了实现的可能性。现代主义文学思潮,便是在此基础上产生的。日本现代主义文学思潮在诗歌、小说、戏剧等领域都有所体现,就小说领域而言,出现了一批风格多样的现代主义小说家,其中最为著名的是川端康成和横光利一。

一、川端康成的小说创作

川端康成(1899—1972),出生于大阪市北区此花町的一个医生家庭,家境富裕。他2岁丧父,3岁丧母,此后便跟随祖父母生活。不幸的是,当川端康成长到8岁时,养育他的祖母也去世了,后来他的祖父和姐姐也先后去世。这一连串的遭遇,给幼小的川端康成的心理造成了很大的阴影,使他的童年充满阴郁悲凉,他逐渐变得敏感、忧伤、孤僻、内向。为了排解内心的忧伤,他埋头书海,广泛猎取世界和日本的古今名著,并开始尝试文学创作。1924年,25岁的川端康成大学毕业,从此开始了正式的文学创作之路。可是,真正标志着他走上文坛并被人赏识,是他在1926年发表了《伊豆的舞女》之后。此后,他积极进行文学创作,发表了众多优秀的作品。1968年11月17日,川端康成获得诺贝尔文学奖,得到生平最高的文学奖项。1972年,川端康成含煤气管自杀,离开了人世。

川端康成一生创作了100多部小说,而且中短篇多于长篇。他早期的小说作品中的主人公多为下层女性,着重描写她们的纯洁和不幸;而后期的小说作品中出现了一些关于近亲之间,甚至老人的变态情爱心理的描写,表现出颓废的一面。川端康成的小说创作手法,总体上来说是较为多样化的。其中,现代主义是其运用较多的一种创作手法。

川端康成在运用现代主义手法进行小说创作时,极力强调主观感觉,热心追求新颖形式。同时,川端康成在进行现代主义小说创作时,常常运用新心理主义和意识流的创作手法。对此,《伊豆的舞女》和《雪国》这两部小说作品中有着鲜明的体现。

《伊豆的舞女》描写主人公"我"怀着自身的悲哀来注视女主人公舞女阿薰的命运,而舞女对"我"体贴入微,把"我"看作"好人"。这种不寻常的"好意",使"我"感到自己是确确实实的存在。这样,他们才得以进行纯粹

第十章 近现代日本小说的成长与发展

的心灵交流。"我"对舞女，或舞女对"我"所流露的情感、悲哀是直率的，寂寞也是直率的，没有一点虚假和伪善，如水晶般的纯洁。

在这部小说中，作者对平安王朝文学幽雅而纤细、颇具女性美感的传统进行了继承，并透过雅而美反映内在的悲伤和沉痛的哀愁，同时也蕴藏着深远而郁结的情感，这是一种日本式的自然感情。此外，作者从编织舞女的境遇的悲叹开始，由幽雅而演变成哀愁，使其明显地带上多愁善感的情愫。"我"之于舞女，或舞女之于"我"，都没有直抒胸臆，他们在忧郁、苦恼的生活中，从对方那里得到了温暖，萌生了一种半带甘美半带苦涩之情。这种爱，写得如烟似雾，朦朦胧胧，从而使作品具有了独特的艺术魅力。

《雪国》的女主人公驹子是一名艺伎，她经历了人间的沧桑，承受着生活的不幸和压力，勤学苦练技艺，对生活、对未来抱有希望与憧憬，具有坚强的意志，挣扎着生活下来。驹子对生活的热爱和追求，还表现在她对纯真爱情的热切渴望上。她虽然沦落风尘，但仍像普通女人一样，渴望得到真正的爱情。于是，她在遇到来自东京的中年男子岛村后，将全部的爱情都倾注在他的身上。而且，她对岛村的爱不是出卖肉体，而是没有任何杂念的爱的奉献。这种爱恋，实际上是对朴素生活的依恋。但是，岛村把驹子这种认真的生活态度和真挚的爱恋情感都看作"一种美的徒劳"，他迷恋的只是驹子的美丽肉体。同时，岛村又陶醉于山村姑娘叶子的超越世俗的美。因此，驹子对岛村的爱情是十分苦涩的，这实际上也是她的辛酸生活的一种病态反映。

这部小说的情节是十分简单的，事实上，这部小说本就不是什么情节小说，它几乎全部由感受性、感觉性描写组成。川端康成从他独特的"新感觉"的角度出发，对人物进行了深刻的观察与形象的描写。这种"新感觉"与西方现代主义诸流派的作品有许多相同之处：它是非现实主义的，人物和环境都带有很强的主观性、精神性，它的基本情调是消极、虚无和厌世的。但是，《雪国》的感觉更主要的是东洋式的感觉、禅宗的感觉，这与西方现代主义作品具有更多的不同点：西方现代主义是社会性的，而《雪国》是超社会性的，"雪国"这个环境本身具有游离时代和一般社会的封闭性；西方现代主义是批判性的，而《雪国》继承的是日本文学"哀而不怨"的传统，不仅没有任何的社会批判，甚至不表现冲突与矛盾，从而追求东方传统的和谐之境、中和之美；西方现代主义作品中的人物往往是被社会压垮、挤扁的人，而《雪国》中的人物寻求的是超脱与逍遥；西方现代主义的基本情调是虚无主义的，那是一种价值否定的虚无、无所归依的虚无，而《雪国》中的虚无是抛却和远离现实，摆脱世俗的系累，从而发现和追求更高远的美的境界、精神的境界。正如岛村所做的那样，远离家眷，到世外桃源般的雪国去体味精神的逍遥、体悟精神的虚空。

这部小说除了从"新感觉"的角度对人物进行观察与描写,还在继承传统的基础上,充分运用"意识流"、象征、暗示、自由联想等手法,对人物的深层心理进行了剖析。比如,作者借助两面镜子(一面暮景中的镜子,一面白昼中的镜子)作为跳板,把岛村诱入超现实的理想世界。从岛村第二次乘火车奔赴雪国途中,偶然窥见夕阳映照的火车玻璃窗(这是前一面镜子)上的叶子的面庞开始,即采用象征的手法,捕捉超现实的暮景中的镜子,揭示了《雪国》主题的象征。镜子中叶子是异样美的虚像,引起岛村扑朔迷离的回忆,似乎已把他带到遥远的另一个女子——驹子的身边,接着倒叙岛村第一次同驹子相遇的情景。次日到达雪国,从映在白昼化妆镜(这是后一面镜子)中的白花花的雪景里,看见了驹子的红彤彤的脸,又勾起了他对昨夜映在暮景镜中的叶子的回忆。作家写岛村第三次赴雪国,更多的是与驹子的交往,当他们两人的关系无法维持,岛村决计离开雪国时,又突然加进"雪中火场",叶子的坠身火海,又把现实带回到梦幻的世界,这时再次出现镜中人物与景物的流动,增加了意识流动的新鲜感。总之,多样化的现代主义手法的运用,使得这部小说的主观感觉更为真实。

总的来说,《雪国》的问世标志着川端康成在创作上已经成熟,达到了他自己的艺术高峰。同时,这部小说也显示了日本现代主义小说创作的成就,因而有着极大的价值。

二、横光利一的小说创作

横光利一(1898—1947),出生于福岛县城下町的测量技师家庭,在母亲的家乡三重县阿山郡度过了童年。1916年,他进入早稻田大学预科,未毕业即离校。之后,他便埋头于小说的创作。1924年,横光利一同川端康成等人创办《文艺时代》,发起了"新感觉派"运动。其间,他创作了大量的具有新感觉特征的小说作品,在文坛引起了极大反响。1947年,横光利一去世。

横光利一在进行小说创作时,一反自然主义照相式的平板写实技法,通过构建雕刻性的文体来完成构图的象征性的美。同时,他在进行小说创作时,常常运用感觉、象征等现代主义创作手法。《头与腹》是横光利一最有代表性的小说作品,下面进行具体分析。

《头与腹》通过描写路轨发生故障,列车停车后绅士与一般乘客在退票问题上的依存关系,展现了在以权势财势为中心的社会里,人的心灵被扭曲的现实。小说标题中的"头",象征着无数的一般乘客;"腹"则象征着腰

第十章　近现代日本小说的成长与发展

缠万贯的绅士。在退票时,只有"腹"挤出人群办理退票手续以后,"头"才如获天启,涌向"腹"争先恐后地退票。正是通过"头"与"腹"的视觉作用,作者对当时社会中人与人之间的畸形关系和依存法则进行了生动再现。此外,作者选择了"头"与"腹"这一外在形态作为主观感觉的触发物,是为了使这个"巨大的内部人生"象征化、个性化,刺激人们产生一种新的感受,进而领悟这"小小外形"中所包含的思想底蕴。

第七节　芥川龙之介等与历史小说的创作

历史小说,简单来说就是"以作者记忆前时代的真实历史人事为骨干题材的拟实小说"①。在日本近现代小说创作中,历史小说也是不容忽视的一种类型。其中,以芥川龙之介和井上靖的历史小说创作最为著名。

一、芥川龙之介的小说创作

芥川龙之介(1892—1927)出生于东京市京桥区入船町的一个商人家庭。他原姓新原,其生父在新宿和筑地拥有牧场,其母在他出生7个月时发疯,在他11岁时死去。因此,芥川龙之介"一次也没有从自己的母亲那里感受到那种像母亲似的爱"(《点鬼簿》)。这件事被芥川龙之介认为他的"人生悲剧的第一幕是从(他们)成为母子开始的",给他的一生产生了不可磨灭的阴影。之后,他被舅父芥川道章抱回家中抚养,并在12岁时正式成为芥川家的养子。芥川家世代为士族,且有着浓厚的传统文化艺术气氛,对江户文艺无所不通。因此,芥川龙之介在家庭的熏陶下,从小就养成了良好的艺术素养和文学气质。中学时代的芥川龙之介,有着极为旺盛的读书欲,阅读了大量的国内、国外作家的文学作品,并因此了解了形形色色的人生。1910年,芥川龙之介以优异的成绩被保送升上第一高等学校文科,过着寄宿的生活。在此期间,他更广泛地涉猎文学和历史书籍,积极参加各种课外读书会、文学研究会,这对他后来的思想情趣和艺术创作产生了重要影响。1913年,他以全班第二的成绩毕业,并顺利地考入东京帝国大学英文系。在校期间,生父家和养父家事业失败,家庭的生活重担过早地落在他的肩上,使他心力交瘁,患了严重的神经衰弱症。同时,他在校期间结识了立志成为作家的同窗久米正雄,并在他的影响下对文学创作产生了兴趣,开始进行文学创作。大学毕业后,芥川龙之介一度在海军学校任教

---

① 马振方. 马振方论著自选集[M]. 北京:人民日报出版社,2016:153.

员等职,后辞去教职,从事专业创作,发表了众多的作品。1927年,芥川龙之介吞服大量安眠药结束了自己年轻的生命。

芥川龙之介是一位天才型小说家,同时又是个典型的艺术至上主义的信奉者。他匠心独运,善于撷拾古代典籍故事,作品从内容到形式都经过苦心的雕琢和推敲,艺术构思缜密,意旨幽深,立意精辟,文采清俊,修辞精妙,特别是对人性的刻画清醒透彻富有张力,题材把握充满了思想性、智慧性和艺术感染力。同时,在文体上,他在吸取西方小说文学结构样式的基础上,平衡了"自我"的"写实"与"虚构"的"创作"之间的矛盾,开创了独特的文学叙事形式。

芥川龙之介的小说创作以历史小说为主,但也尝试了现实主义小说和超现实主义小说的创作。他的历史小说主要通过历史的传说和故事来反映现实、解释人生。同时,他的历史小说多取材于《今昔物语》《宇治拾遗物语》《十训抄》《古今著闻集》等。其中,《今昔物语》是一部日本从古代文学到中世纪文学转折期诞生的说话集,利用从天皇、武士、平民一直到盗贼、乞丐的种种故事,以及有关狐狸、天狗、鬼怪等怪诞的集录形式,描绘出众多跃动的人物形象,并摸索出担负下一时代历史使命的新的人物形象。这不仅与芥川龙之介喜欢表现平民、喜欢怪诞的兴趣相投缘,而且与芥川龙之介要在追求精神的革命和新的艺术中发现人与生命的目的是相契合的。因此,他在邂逅了《今昔物语》后,从中获得了极大的力量。同时,他对《今昔物语》最感兴趣的是"世俗"和"恶行"部分。他认为,这部分最明显的就是愈发辉耀着野蛮,或者说野性的美。此外,他的历史小说大多巧妙地用近代人的利己主义来解剖历史上的人物,对人赋予新的解释。比如,《罗生门》《鼻子》《芋粥》《地狱变》《竹丛中》《六个宫姬》等小说,就采取历史上奇异的、超自然的事件,描写生活在社会底层的民众,在面对地狱般的现实时不断复苏野性的生命,顽强地挣扎着继续生存所展现的"野性的美"。如此一来,他便借助历史的舞台,深入而理性地思考了现实与人生。这里着重分析一下《罗生门》和《鼻子》这两部小说。

《罗生门》主要借用了《今昔物语》第29卷的"登罗生门见死人、贼人的故事第十八"的艺术材料,从中汲取其精神力量,然后运用奇特的思想表达方法,展现了自己的观念世界。小说的故事发生在12世纪,经过保元、平治战乱之后,一片荒芜、盗贼猖獗的京城罗生门下。一个被主人驱赶出来的仆役,走投无路,又下不了决心当盗贼。一天夜里,他登上了罗生门城楼。在那里,他遇到了一个老妪。老妪此时正在腐烂的尸体堆里拔死人的头发,以便做成发结。见到这一场景的仆役忘记了先前自己也想当贼人的事,充满了对恶的憎恶、反感和义愤,于是拔刀追问。老妪辩白说自己也是

第十章　近现代日本小说的成长与发展

为了不被饿死才做这样的事情,而且这些死者生前都做过坏事。听了老妪的话后,仆役就下了决心,也要为了生活当一次坏人。于是,他决然把老妪的衣服剥了下来,之后便消失在漆黑的夜色之中。

在这篇小说中,作者将现代社会的"现实场"置于日本的历史之中,通过对仆役的心理流程和行为变化进行细致的描写——开头的憎恶老妪拔发所抱的正义感和后来的发生剥老妪衣服的恶行,对人在善恶、美丑的对立和相克中所流露出来的不安定心绪进行了客观的揭示,从而达到了以冷眼的旁观者对社会上的利己主义进行观照的目的。

《鼻子》讲述的故事也是十分简单的,主人公禅智内供长了一个十分奇怪的鼻子,这使他感到极为苦恼。后来,他在弟子的帮助下,借助一个秘方将鼻子变成了正常的。为此,他欣喜不已。但是,他的鼻子在变正常后,别人反而觉得滑稽可笑,并常常以奇异的目光注视他。这使他感到极度的失望与后悔,于是用同样的秘方使鼻子变回原来的样子。

在这个故事中,可以看到近似《罗生门》的主题:一是主人公没有对自我进行把握的能力,自己始终注意映现在他人眼里的形象;二是观照其合理性与非合理性,通过揭示非合理性的一面,对人贪得无厌的行为进行了深刻的批判与讽刺。

芥川龙之介的历史小说除了取材于《今昔物语》《宇治拾遗物语》《十训抄》《古今著闻集》等,还常常取材于江户时代的人物和事件。在这些历史小说中,他以锐利的目光,企图尽力在江户时代历史名人的身上,或多或少发现前人所未发现的"野性",对他们的人生观或艺术观做出知性的剖析,向人们提供观照近代人生的一份极好的材料。

《戏作三昧》《枯野抄》都是取材于江户时代的人物和事件的历史小说,且写得都较为出色。其中,《戏作三昧》是以江户戏作小说家曲亭马琴这一人物以及发生在他身上的故事为蓝本创作的。小说中,作者通过曲亭马琴的日记,对他与家属的风马牛不相及的生活、他的创作生涯、他对待读者和评论家的态度等进行了深入而细致的研究,从而捕捉曲亭马琴献身于写戏作小说所面对的艺术与道德的矛盾,对自己的能力感到不安的心理特征,进而展现曲亭马琴一进入戏作三昧,就一扫各种疑惑,不顾个人利害、爱憎和毁誉,沉湎在"不可思议的喜悦"和"悲壮的感激"之中,可以直面"像新矿石般在作者面前闪耀的美"。芥川龙之介创作这部小说,很重要的一个目的是借曲亭马琴作为艺术家的不幸和对民众的孤高的态度,表明自己献身于艺术的心情和对人生的态度。《枯野抄》描写近世一代名俳人松尾芭蕉的弟子们在师匠临终与穷死于枯野时所表现的各种举止和态度,反映师匠及他们各自跃动的个性,以及师匠与他们存在的距离。在此基础上,芥川龙之介对近代的个性进行了深刻的省察。

东西方古文献资料也是芥川龙之介进行历史小说创作的一个重要题材来源。比如，《蛛蜘丝》取自印度佛经故事《业》，《杜子春》取自中国古代话本，《酒虫》取自中国《聊斋志异》第 14 卷的同名小说等。

总的来说，芥川龙之介的历史小说，挖掘的大多不是重大的历史事件和历史人物，而是平凡的历史事件和平凡的历史人物，而且不是停留在历史真实的再现，而是着眼于近代现实性的发现。同时，他在发现历史题材时，还注重对其进行艺术再创造，从而将发现与创造作为一个运动的整体来把握，显示出多彩的变化，具有极高的艺术价值。

二、井上靖的小说创作

井上靖(1907—1991)，出生于北海道上川郡旭川町的一个医学世家。他的父亲在从军后，由于要经常辗转各地，因而他在三四岁时便离开父母，由艺妓出身且备受村里人冷眼的庶祖母抚育。这给他幼小的心灵留下了浓重的阴影，使他养成了孤独的性格。不过，乡间的生活经历也使井上靖接触到旖旎的风光，孕育了他对大自然的敏锐感觉，这对他作为作家的直观和感觉的特质的形成产生了重要作用。中学时期，井上靖原本志愿学医，继承父业。但他在高中时期，由于沉溺于道场而荒废了学业，最终放弃了学医。大学时，他进入九州帝国大学哲学系，一边学习，一边尝试创作。毕业后，他进入《每日新闻》社任编辑。第二次世界大战期间，他一度应征入伍，但由于生病被除名。同时，他在战争期间停止了创作。战争结束后，已经步入中年的井上靖发表了短篇小说《斗牛》和《猎枪》，才以小说家立足文坛。之后，他创作了大量的小说作品，对日本小说创作以及日本文学的发展产生了重要影响。1991 年，井上靖因急性肺炎去世。

井上靖的小说作品，无论是现代题材小说还是历史小说，都颇具特色。其中，他的历史小说涉及的时间比较久远，空间比较广阔，上至一两千年前，下至十七八世纪，既创作日本历史小说，也推出中国以及俄罗斯、高丽、印度、波斯和整个欧亚大陆的历史小说。同时，井上靖的历史小说常常出自诗的构思，注重将历史事实与虚构故事有机地糅合在一起，尊重史实而又不拘泥于史实，充溢于文中的是史实所不能完全涵盖的诗意。其中，井上靖艺术成就最高、数量最多的，还是以中国历史为题材创作的历史小说，代表作有《天平之甍》《楼兰》和《敦煌》。

《天平之甍》这部作品，反映了中日人民的传统友谊和文化交流的业绩。小说是根据日本奈良时代文化名人淡海三船所著的《唐大和尚东征

第十章　近现代日本小说的成长与发展

传》所记载的史实为素材改编而成的,以形象的艺术手法,将鉴真应日本留学僧荣睿、普照等的恳请而东渡传法的全过程,以及当时日本奈良的佛教状况和日本留学僧在唐朝的动态进行了真实再现。小说的结局可以说是悲剧的,鉴真承受自然和社会环境的种种阻力,前后十一年六次东渡,弄得双目失明。而邀请鉴真东渡的五个留学僧,荣睿客死他乡,业行葬身大海,玄朗离开了求道之路,戒融失落异国,只有普照经过20年的艰苦奋斗,才与鉴真一起胜利地达到目标。这样的结局,展现出一幅壮美的平安文化发展史和中日文化交流史图景。

在创作这部小说时,作者注重以史实为主,辅以虚构。也就是说,作者完全尊重历史的真实,但又没有囿于史料,而是跳出历史,对《唐大和尚东征传》中只留其名而无事略的人物玄朗,根据当时日本许多留学生或留学僧以种种理由长留唐土的散见史实,进行了艺术塑造。另外,小说中出现的留学僧业行、戒融在史书中并无记载,是作者为了表达小说的主题而虚构的。但是,作者根据主题和情节的需要,赋予他们以特定性格,使这两个人物有血有肉、栩栩如生。

《楼兰》是以《汉书》《晋书》等有关史实为本,间以某些虚构情节。在叙述历史时,作者并非直接还原,而是运用形象思维调动一切艺术手段,尤其是调动诗的瞬间的美,加以灿烂多彩的描写。但是,小说中没有出场人物,没有爱也没有恨,只有在席卷的风与沙之中,小国楼兰的一切——两千年前的国土、湖泊和沙漠,随着时间的流逝被埋没在远景之中。西域楼兰国兴亡史在作家的笔下,就像海市蜃楼般地艺术重现。然而,它不是简单的历史复述,而是诗的苦吟。此外,作者在这部小说中,娴熟地运用了悲切与壮烈统一的审美意识,通过汉匈两军的宏伟而激烈的场面,展现了楼兰人的悲惨命运。

《敦煌》可以说是井上靖写得最好的一部历史小说,他以虚实相间、收放自如的笔致,在反映历史真实的基础上,虚构了落第书生赵行德与王女的悲恋故事,还虚构了赵行德把大批珍贵的经卷藏入千佛洞的情节,再将这些虚构人物和故事情节编织在发现敦煌千佛洞藏经的历史传说中。这种虚构,无论故事情节的安排,还是主要人物的塑造,都是与历史生活和时代气氛相符合的,极有可能在当时的历史条件下产生。就以赵行德的形象来说,他虽然是个虚构人物,但当时秀才考试落第而被西夏看中,受聘于西夏的大有人在,也是有历史记载的。作者不过是根据这个史实,加以集中概括罢了。此外,小说中的西夏李元昊、敦煌太守曹贤顺等人物以及千佛洞的开凿、封闭与再发现,都是真实的历史,有史料可查;小说的情节结构、故事发展都与小说艺术的一般规律相符合,历史人物的描摹也注入了生命力。

总的来说,井上靖的历史小说正确处理了历史科学与小说艺术的关系,使两者很好地统一起来。同时,井上靖的历史小说,在真实中包含着真实的想象,在虚构中不失历史的真实,从而构成了一幅完整的历史画卷,开辟了历史小说创作的独特道路。

参考文献

[1]王向远.日本古代诗学汇译(下卷)[M].北京:昆仑出版社,2014.

[2]华生.通俗日本纪[M].哈尔滨:哈尔滨出版社,2016.

[3]沙薇,张娅萍,张利.新编日本文化概论[M].北京:光明日报出版社,2015.

[4]唐月梅.日本戏剧史[M].北京:昆仑出版社,2007.

[5]叶渭渠.日本文化通史[M].北京:北京大学出版社,2009.

[6]叶渭渠,唐月梅.日本文学简史[M].上海:上海外语教育出版社,2006.

[7]雷石榆.日本文学简史[M].石家庄:河北教育出版社,1992.

[8]叶渭渠.日本文学大花园[M].武汉:湖北教育出版社,2007.

[9]叶渭渠,唐月梅.20世纪日本文学史[M].青岛:青岛出版社,2004.

[10]叶渭渠.日本文学思潮史[M].北京:经济日报出版社,1997.

[11]张龙妹,曲莉.日本文学[M].北京:高等教育出版社,2008.

[12]魏大海.日本当代文学考察[M].青岛:青岛出版社,2006.

[13]刘德有,马兴国.中日文化交流事典[M].沈阳:辽宁教育出版社,1992.

[14]张介明.比较大学语文[M].上海:立信会计出版社,2006.

[15]陈振濂.维新:近代日本艺术观念的变迁——近代中日艺术史实比较研究[M].杭州:浙江古籍出版社,2006.

[16]穆迦,等.《阴阳师》同人专辑:似蝶舞,舞遍天地[M].重庆:重庆出版社,2006.

[17]高书金,刘绍周,杨家振.日本百科辞典[M].长春:吉林人民出版社,1990.

[18]孙欢.日本细节[M].上海:上海锦绣文章出版社,2012.

[19]王向远.东方文学史通论[M].增订本.北京:高等教育出版社,2013.

[20]蓝泰凯.日本文学研究[M].贵阳:贵州人民出版社,2009.

[21]罗文敏,韩晓清,刘积源.外国文学经典导论[M].北京:民族出版社,2013.

[22]张德政.外国文学知识辞典[M].北京:书目文献出版社,1993.

[23]宋成魏.一口气读懂日本史[M].北京:民主与建设出版社,2012.

[24]《世界通史》编委会.世界通史(2册)[M].长春:吉林出版集团有限责任公司,2013.

[25]《山东大学百年学术集粹》编委会.山东大学百年学术集粹[M].济南:山东大学出版社,2001.

[26]何慈毅,赵仲明,陈林俊.日本文化史的点与线[M].南京:南京大学出版社,2013.

[27]宿久高.日本语言文化研究:王长新教授诞辰100周年纪念文集[M].长春:吉林出版集团有限责任公司,2014.

[28]中国社会科学院文学研究所.中国文学资料丛刊[M].北京:知识产权出版社,2010.

[29]高文汉.中日古代文学比较研究[M].济南:山东教育出版社,1999.

[30]钱红日.日本概况[M].天津:南开大学出版社,2004.

[31]崔佳.一本书读完人类戏剧的历史[M].北京:中华工商联合出版社,2014.

[32]叶渭渠,唐月梅.日本文学史:近代卷、现代卷[M].北京:经济日报出版社,1999.

[33]刘研,裴丹莹.外国文学史话:东方近现代卷[M].长春:吉林人民出版社,2001.

[34]夏丏尊.春晖的使命:夏丏尊散文精选[M].济南:山东文艺出版社,2015.

[35]王爱民,崔亚南.日本戏剧概要[M].北京:中国戏剧出版社,1982.

[36]杨国华.日本当代文学史[M].上海:上海三联书店,2014.

[37]杨永生.世界艺术风采(第2集)[M].南宁:广西人民出版社,1987.

[38]严绍璗.中日古代文学关系史稿[M].长沙:湖南文艺出版社,1987.

[39]李文禄,黄永恒.外国爱情诗鉴赏辞典[M].长春:吉林大学出版社,1994.

[40]罗兴典.日本诗史[M].上海:上海外语教育出版社,2002.

[41]张玉安.东方研究2004——中日文学比较研究专辑[M].北京:经济日报出版社,2005.

[42][日]吉田精一,分铜惇作.近代诗鉴赏辞典[M].东京:东京堂出版,1978.

[43][日]大冈信.现代诗人论[M].东京:角川书店,1969.

[44]中国传媒大学新闻传播学部.文史要览[M].北京:中国传媒大学出版社,2006.

参考文献

[45]马振方.马振方论著自选集[M].北京:人民日报出版社,2016.

[46]北京未来新世纪教育科学研究所.日本文学史话[M].喀什:喀什维吾尔文出版社;乌鲁木齐:新疆青少年出版社,2006.

[47]陈周方,林瀛.外国文学题解辞典[M].大连:大连出版社,1990.

[48]胡令远,邱岭,朱静雯.世界文化史故事大系:日本卷[M].上海:上海外语教育出版社,2003.

[49]吕元明.日本文学史[M].长春:吉林人民出版社,1987.

[50]严绍璗,[日]中西进.中日文化交流史大系:文学卷[M].杭州:浙江人民出版社,1996.

[51]严绍璗.中日古代文学交流史稿[M].福州:福建教育出版社,2016.

[52]张海萌.谐趣三味——日本江户时代滑稽本研究[M].天津:南开大学出版社,2013.

[53]郑振铎.文学大纲[M].2版.北京:商务印书馆国际有限公司,2015.

[54]中华文化通志编委会.中国与东北亚文化交流志[M].上海:上海人民出版社,2010.

[55]王淼.左手新书 右手旧书[M].成都:天地出版社,2012.

[56][日]诹访春雄.日本的祭祀与艺能:取自亚洲的角度[M].凌云凤,译.长沙:湖南美术出版社,2002.

[57][日]井上亘.虚伪的"日本":日本古代史论丛[M].北京:社会科学文献出版社,2012.

[58][日]加藤周一.日本文学史序说(下卷)[M].唐月梅,叶渭渠,译.北京:开明出版社,1995.

[59][俄]高尔基世界文学研究所.世界文学史(第5卷)[M].上海:上海文艺出版社,2013.

[60][韩]李京美.那些活在传奇中的女子[M].北京:北京燕山出版社,2004.

[61]谭晶华,李征,魏大海.日本文学研究会延边大学论文集[C].青岛:青岛出版社,2012.